Die Originalausgabe
»The Noël Coward Murder Case«
erschien 1992 bei St. Martin's Press, New York

*Dieses Buch ist
American Express, Optima,
Mastercard, Visa und Discover gewidmet,
ohne die es nie geschrieben worden wäre.*

Deutsche Erstausgabe

Veröffentlicht als
Haffmans-Kriminalroman Nr. 106, Sommer 1999
Umschlagbild von Nikolaus Heidelbach

Gesamtherstellung: Ebner Ulm
ISBN 3 251 30106 3

EINS

Kriminalinspektor Abraham Wang von der Polizei in Shanghai betrachtete die Leiche, die man aus dem Treibgut und Unrat des Huangpu gefischt hatte. Er wandte sich an seinen Assistenten, einen strebsamen jungen Mann namens Matt Lee: »Was treibt eine schwarze Frau in einem chinesischen Fluß herum?«

»Was treibt sich eine schwarze Frau in Shanghai herum?« fragte Matt Lee zurück.

Der Leichenbeschauer, ein kleiner, dicklicher Mann, der ständig mit einem widerwärtigen Geräusch die Luft durch die Zähne sog, erklärte: »Sie war schon tot, bevor sie im Fluß gelandet ist. Mit der Würgschraube erdrosselt.« Er deutete auf die häßlichen Würgemale an ihrem Hals. »Unter den Fingernägeln sind Fleischfasern. Sie hat sich tüchtig gewehrt.«

»Dafür verdient sie meine Hochachtung«, sagte Wang. Er betrachtete das aufgedunsene Gesicht. »Sehr stark geschminkt, wie für die Bühne. Dieses französische Varieté da im Opernhaus . . .«

»Keine schwarzen Darstellerinnen. Ich hab es letzte Woche gesehen.«

»Nimm dir den Laden trotzdem mal vor. Womöglich hat sie hinter der Bühne gearbeitet. Und die Klubs am Ufer auch. Sie hat ein ausgesprochen enges, ausgesprochen aufreizendes Kleid an. Vielleicht ist sie sowas wie eine Nachtklubtänzerin.«

»Vielleicht war sie eine Hure.«

Am rechten Fußgelenk war ein Kettchen. Wang sah es sich an. »Maxine Howard.« Dann sagte er: »Mit der

Würgschraube. Das muß man sich mal vorstellen. Nicht einfach so erdrosselt, sondern mit der Würgschraube. Völlig überholt. Die Dacoits haben ihre Opfer mit der Würgschraube erdrosselt.« Die Dacoits hatten China jahrelang terrorisiert, gedungene Mörder, die heimlich und unerkannt bei Nacht töteten.

Matt Lee grinste und sagte: »Doktor Fu Manchu.«

»Was hat der damit zu tun?«

»Er hat Dacoits für sich arbeiten lassen. Ich habe alle Bücher über ihn gelesen. Toller Schriftsteller, dieser Sax Rohmer.«

»Blinddarmnarbe«, sagte der Leichenbeschauer. Er sah sich den linken Arm an. »Sie hat mehrere Impfstellen. Sowas wird in Amerika viel gemacht.« Er untersuchte ihr Gebiß. »Goldplomben. Eindeutig Amerikanerin.«

Matt Lee ging mit Wang in das Büro zurück. Unterwegs sagte Wang über die Schulter zu dem Jüngeren: »Wir schicken ein Kabel an meinen Freund Jacob Singer von der Polizei in New York City. Er ist ein sehr guter Freund von mir. Ich kenne ihn seit meiner Studienzeit an der Columbia University. Zehn Jahre ist das jetzt her. Maxine Howard. Ich wette fünf zu eins, das ist wieder so eine angeblich Verschollene, die hierher verfrachtet und gezwungen wurde, in einem Freudenhaus zu arbeiten.«

Wangs Büro war klein und eng. An einer Wand hingen Porträts seiner chinesischen Idole: Sun Yat-sen, Chiang Kai-shek und Anna May Wong. Er bot Matt Lee einen Stuhl an, und der holte Block und Stift aus der Jackentasche. Wang diktierte bedächtig.

Anderntags las Detective Jacob Singer in New York Wangs Kabel und ging sofort an die Arbeit. Er setzte sich mit der Vermißtenstelle in Verbindung und gab den Namen Maxine Howard durch. Es dauerte keine Viertelstunde, bis der Rückruf kam. Singer machte sich Notizen

und las sie dann seinem Mitarbeiter Abel Graham vor. »Maxine Howard, achtundzwanzig Jahre, ein Meter siebzig ... ganz schön groß geraten ... Gewicht neunundfünfzig Kilo ... Sängerin und Tänzerin ... Negerin ...«

Abel Graham reinigte seine Fingernägel mit einem goldenen Zahnstocher und fragte: »Was treibt denn eine Negerin in einem Fluß in Shanghai herum?«

»Genau das will Wang wissen. Ihre Schwester Electra Howard hat sie vor vier Monaten als vermißt gemeldet.«

»Electra?«

»Ja, doch, was ist daran so Besonderes? Wie in dem Stück von O'Neill, *Trauer muß Elektra tragen.*«

»Nie gehört.«

»Du bist eben ein Kulturbanause. Ich hab hier eine Telephonnummer von Electra.« Singer wählte. Er ließ es achtmal klingeln, bevor er auflegte. »Macht wohl Mittagspause.«

»Hast du eine Adresse?«

»Ich habe eine Adresse, eine Telephonnummer und die Adresse von ihrem Agenten.«

»Dacht ich's mir doch, daß sie im Showgeschäft ist. Genau dein Fall. Schick ihr ein Telegramm.«

»Hervorragende Idee«, sagte Singer mit monotoner Krächzstimme. »Wär ich von selbst nie drauf gekommen.« Wieder einmal fragte er sich, warum ein Schwachkopf wie Abel Graham ausgerechnet im Polizeidienst Karriere machen wollte. Andererseits hatte er Zweifel, ob es zum Hundefänger bei ihm gereicht hätte.

Die Stimme war hoch, dünn und etwas schrill, aber nichtsdestotrotz melodisch. Noël Coward wußte, wie man einen Song an den Mann und die Frau brachte, vor allem, wenn er selbst ihn geschrieben hatte.

Yesterday was gray, the day before was blue,
I am in the pink, darling how are you?

Sonnenschein strömte in das große, hübsch eingerichtete Wohnzimmer, wo Noël vor einem einköpfigen Publikum namens Millicent Headman auftrat, einer gutaussehenden Frau Anfang Sechzig.

Monday was ecru, Tuesday I thought puce,
Wednesday was a flood, of lovely orange juice …

Er brachte seine neueste Komposition vollendet zur Geltung. Auf Millicent Headmans Gesicht lag ein engelhaftes Lächeln. Noël ging der Gedanke durch den Kopf, daß sie vor dreißig Jahren – also 1905 – einen Bombenerfolg gehabt haben mußte, als sie mit Größen wie Lillian Russell und Mae West zusammen in Kabaretts auftrat. Sie sah auch jetzt noch verteufelt gut aus mit ihrem sorgfältig frisierten weißen Haar und einer schlichten Perlenkette, die ihr schlichtes marineblaues Kostüm vorteilhaft zur Geltung brachte.

Life can be a rainbow,
When you let the pain go …

Er hörte sich liebend gern singen und fand Millicent Headman ausgesprochen liebenswert, da sie ihn offenbar auch liebend gern singen hörte. In dem Moment war seine Entscheidung gefallen. Er würde diese reizende möblierte Wohnung mieten. Die monatlichen Kosten waren angemessen, die Wohnung lag zentral in New York City an der Achtundfünfzigsten Straße West zwischen Sixth und Seventh Avenue, und sie ging nach Süden hinaus. Der Sonnenschein war himmlisch.

Thursday might be black, Friday might be white,
Put them all together, dear, what a colorful sight . . .

Außerdem war es nicht allzuweit bis zu der Brücke an der Neunundfünfzigsten Straße, die nach Astoria in Queens und damit zu den East Coast Studios der Paramount führte, wo er in *Ein charmanter Schurke* bald zum ersten Mal in einer Hauptrolle vor der Kamera stehen sollte. Ungeachtet des Titels war es kein autobiographischer Film. Das Drehbuch stammte von Ben Hecht und Charles MacArthur, die bereits zwei Broadway-Schlager zusammen geschrieben hatten, *The Front Page* und *Twentieth Century*. Sie würden den Film auch produzieren und Regie führen. Beide waren durchtriebene Scharlatane.

Gray – blue – pink – puce – ecru –
White and black . . . My darling how are you?

Er hatte die Hände ausgebreitet, und um seine Lippen spielte ein fast schon kokettes Lächeln. Mrs. Headman klatschte in die Hände und sagte mit ihrer Schlagsahnestimme: »Wie entzückend, Mr. Coward. Ich fühle mich so geschmeichelt, daß ich Ihr einköpfiges Publikum sein darf.«

»Das sollten Sie auch, meine Liebe. Sie sind die erste, die das zu Gehör bekommt. Ich habe es heute morgen zwischen Grapefruit und Eiern hingeworfen. Man sieht es an den Flecken auf dem Notenblatt.«

»O Mr. Coward, Mr. Coward!«

»Sie müssen mich Noël nennen, und ich nenne Sie von jetzt an Millicent, ich habe mich nämlich entschlossen, Ihr Mieter zu werden.«

»Wie köstlich!«

»Wirklich?« Er ging vom Klavier weg und steckte eine

Zigarette in seine Zigarettenspitze. »Ich wußte nicht, daß Entscheidungen auch eßbar sind. Was für ein prachtvolles Tischfeuerzeug. Das muß von Tiffany sein.«

»So ist es.« Er merkte, daß sie plötzlich traurig wurde. »Es war das Lieblingsstück meines Mannes. Ich hab es ihm zu unserem zwanzigsten Hochzeitstag geschenkt.« Sie brachte ein kleines Lächeln zustande. »Ich glaube, Sie hätten sich sehr gut verstanden. Linus war sehr anglophil. Vom englischen Theater hat er geradezu geschwärmt.«

Noël freute sich aufrichtig. »Ach wirklich? Wie schön.«

»Er war ein großer Verehrer von Ihnen ...« Noël dankte es ihr mit einem bezaubernden Lächeln. »Und von Beatrice Lillie und Miss Gertrude Lawrence natürlich auch ...«

»Natürlich ... das wäre ja noch schöner.«

»... und Marie Tempest ...«

»Die gute Marie.« Er blies einen Rauchkringel an dem prächtigen Kronleuchter vorbei.

»... und Gerald du Maurier ...« Noël überlegte, wo wohl der Knopf zum Abschalten saß. »... und Ivor Novello ...«

Noël zuckte zusammen, aber sie bemerkte es nicht. Sie hielt inne, um Luft zu holen, und er machte sich die Pause rasch zunutze. »Wann käme Ihnen mein Einzug denn gelegen?«

»Meinetwegen sobald Sie möchten. Ich bin in meine kleinere Wohnung am Ende des Flurs gezogen. Sie war eigentlich als Dienstbotenunterkunft gedacht.«

»Ach herrje ...« Er hoffte, einen angemessenen betrübten Ton getroffen zu haben.

Sie hob die Hand. »O nein, nein, nein! Sie ist recht hübsch und recht gemütlich und mehr als ausreichend für mich. Meine Tochter hat eine eigene Wohnung am Central Park West. Vielleicht haben Sie schon von ihr gehört?

Diana Headman. Sie tritt neuerdings als Nachtklubsängerin auf.«

»Aber natürlich! Das ist doch die ›sinnliche High-Society-Sängerin mit den sündigen Songs‹. Und sie ist offenbar gar nicht ohne.«

»Diana ist sehr schön, wenn ich das so sagen darf.«

»Das sollte sie wohl, bei der Mutter.«

»Sie sind zu gütig.«

»Das ist sonst gar nicht meine Art. Singt sie im Augenblick irgendwo hier in der Stadt?«

»Im Moment nicht. Demnächst hat sie Premiere in einem neuen Klub an der Siebenundfünfzigsten Straße West Ecke Tenth Avenue, am Rande von Hell's Kitchen.«

»Das müssen aber kühne und verwegene Besitzer sein. Es handelt sich nicht zufällig um das Cascades?«

»Doch. Sie haben also schon davon gehört.«

»Gehört? Meine Liebe, es verfolgt mich wie die Pest. Die drei vermaledeiten Besitzer bedrängen mich mit allen möglichen schwindelerregenden Angeboten, für sie das Zugpferd zu spielen. Ich habe berechtigten Grund zu der Annahme, daß sie in ihrem früheren Leben Gangster waren. Jetzt sind es nur noch kleine Ganoven. Aber sie bilden ein durchaus musikalisches Kleeblatt. Vivaldi, Beethoven und Bizet. So nennen sie sich jedenfalls. In ihrer früheren Gestalt hießen sie sicher anders. Dabei fällt mir ein, ich habe da einen Freund bei der Polizei, einen Detective namens Jacob Singer. Bei dem muß ich mich mal erkundigen. Da gibt es bestimmt dicke Akten mit ausführlichen Berichten von Alkoholschmuggel, Waffenschieberei und aufklärungsresistenten Mordanschlägen.«

»Noël, Sie haben eine so hinreißend lebhafte Phantasie.«

»Aber natürlich, meine Liebe. Sonst wäre ich ja längst verhungert.« Er war ans Fenster getreten und sah hinaus. »Was für eine herrliche Aussicht. Ich finde Ihre Skyline

entzückend. Sie begeistert mich stets aufs neue, wenn ich mit dem Schiff im New Yorker Hafen einlaufe, und diese göttliche Statue der Constance Bennett natürlich auch. Ich will Ihnen einen Scheck ausschreiben, damit der Handel perfekt ist.« Er setzte sich an einen schönen antiken Schreibtisch, der einst Nathaniel Hawthorne gehört haben sollte, holte ein Scheckbuch aus der Innentasche seines Jacketts und begann mit seiner klaren, präzisen Schrift einen Scheck auszustellen. »Die Miete für den ersten Monat und eine Monatsmiete als Kaution, ja?«

»Ja, das wäre schön. Ich verstehe nicht viel von geschäftlichen Dingen.«

»Na, na«, dabei schrieb er mit akribischer Sorgfalt den Scheck aus, »die Frau von Linus Headman soll nicht viel von geschäftlichen Dingen verstehen?«

»Überhaupt nichts. Linus verstand leider auch nicht viel davon. Der Ärmste. Jahrelang hat er sich abgemüht, um Headman Pharmaceuticals aufzubauen ...«

»... die Kopfschmerztabletten sind hervorragend ...«

»... aber dann hat der Börsenkrach vor sechs Jahren ihm den Garaus gemacht. Er mußte alles verkaufen, und das für sehr wenig Geld. Das hat ihn schließlich ins Grab gebracht.«

»Wie überaus traurig. Da ist Ihr Scheck. Ist alles korrekt so?«

»Oh, vollkommen korrekt.«

»Ähm ... vielleicht käme Ihnen eine etwas größere Summe gelegen?«

»Ach, mein lieber Noël, das ist überaus nett von Ihnen, aber nein, nein danke. Ich komme ganz gut zurecht, das versichere ich Ihnen. Diese beiden Wohnungen hier gehören mir, und dann bekomme ich noch Gebühren für Patente und Lizenzen aus dem Geschäft. Falls ich je Unterstützung brauche, würde Diana mir sicher helfen.«

»Ach, dann hat sie also eigenes Vermögen?«

»O ja. Sie ist einträglich geschieden.«

»Schön für sie. Wie oft?«

»Drei Mal.«

»Drei Mal!«

»Die Ehen hielten nur kurze Zeit, die ersten beiden jedenfalls. Diana kann nämlich nie lange bei einer Sache bleiben. Das meiste Geld stammt aus ihrer dritten Ehe. Der Mann hatte eine Ranch.«

»Ah! Der wilde Westen! Montana?«

»Afrika. Das Land von Rhodes.«

»Ein Gelehrter?«

»Nein. Und auch kein Gentleman.«

»Na ja, jetzt kann sie sich ja mit den Mäusen trösten.«

»Mit den Mäusen?«

»Den Mäusen, ja. Dem Geld. Ein umgangssprachlicher Ausdruck aus England. Kommt vielleicht von mausen, weil es häufig jemanden voraussetzt, der es sich mausen läßt.« Ihr Lachen klang glockenhell, und Noël fand es angenehm.

Als sie den Scheck in die Handtasche steckte, sagte sie: »Nun, 1935 war für mich soweit ein erfreuliches Jahr.«

»Es freut mich, daß es für irgend jemanden erfreulich war.« Jetzt ereiferte er sich. »Sie wissen sicher, daß ich am Broadway zweimal hintereinander ein Fiasko erlebt habe.«

»Ach, wie traurig.«

»Traurig ist gar kein Ausdruck, liebe Millicent. Zuerst kam *Conversation Piece*. Ich fand es absolut zauberhaft. Die Hauptrollen waren mit den hinreißenden französischen Stars Yvonne Printemps und Pierre Fresnay besetzt. Es war wohl nicht gerade von Vorteil, daß niemand auch nur ein Wort verstand – und Noël Cowards Worte müssen weiß Gott deutlich ausgesprochen werden. Ein Rezensent hat den Slogan von den Rice-Krispies-Schachteln paraphrasiert . . . und ich schwärme immer noch für

sie … für Rice Krispies, meine Liebe, nicht die Rezensentenworte. Er schrieb« – und nun artikulierte Noël jedes Wort mit einer Prise Gift – »Knall! Krach! Flop!«

»Wie ungehobelt!«

»Neigen Sie immer zu solchen Untertreibungen? Dann kam *Point Valaine*. Es war auf durchtriebene Weise ordinär. Ich dachte, mit Lynn und Alfred würde es klappen. Die Lunts, wissen Sie. Sie bringen eigentlich immer Geld in die Kasse. Aber bei mir haben sie eine Ausnahme gemacht. Ein bestialischer Kritiker schrieb: ›Die Lunts bringen auch kein volles Haus, und bei Noël ist der Ofen aus.‹ Manchmal frage ich mich, ob Kritiker ein Liebesleben haben. Nun ja. Eines Tages werde ich darüber lachen. Die können mir alle mal den Buckel herunterrutschen. Ich lasse mir von niemandem, und von einem schäbigen Kritiker schon gar nicht, die perfekte Symmetrie meines Lebens durcheinanderbringen. Deshalb bleibe ich hier und mache den Film. Das liebe Geld, meine gute Millicent, das liebe Geld. Dabei fällt mir ein, das Cascades bietet mir einen Batzen Geld. Das schaffe ich doch mit links, tagsüber Dreharbeiten und abends Vorstellung …« Er hing kurz seinen Gedanken nach.

»Ach, das müssen Sie ernsthaft in Betracht ziehen«, drängte Millicent. »Diana wäre bestimmt entzückt, die Ehre mit Ihnen zu teilen.«

»Zu teilen? Mit mir? Na ja, so kann man es wohl auch ausdrücken. Also dann, ich gehe jetzt in mein Hotel und schnüre mein Bündel, und am Nachmittag ziehe ich dann ein.«

»Da sind die Schlüssel. In doppelter Ausführung. Wenn Sie wollen, kann ich es arrangieren, daß meine Haushälterin auch zu Ihnen kommt.«

»Ach, das ist nicht nötig, danke sehr. Ich habe einen Gesellschafter, der sozusagen als Faktotum und Mädchen für alles mit mir reist. Er heißt Jeffrey Amherst. Vielleicht

kennen Sie das Lied ...?« Er sang mit schriller Stimme: *»Oh Lord Jeffrey Amherst ...«*

»Aber natürlich«, sagte Millicent.

»Natürlich. Also, mein Jeffrey ist ein Nachfahre von jenem Jeffrey. Er ist furchtbar charmant. Sie werden sehen, er ist ein höchst geselliger Junge, zumal er Junggeselle ist. *A bientôt*, liebe Millicent, Sie sind ein reizender Mensch.« Er nahm ihre Hand und küßte sie. Und wieder hatte er ein Herz betört.

Als er gegangen war, rief Millicent ihre Tochter an. Diana hatte Besuch von Nicholas Benson, ihrem Hausfreund und Gelegenheitsliebhaber. Auch Nicholas war der Sproß einer reichen Familie, die der Börsenkrach in den Ruin getrieben hatte; es war ihm jedoch gelungen, die einträgliche Laufbahn eines Krimi-Schriftstellers einzuschlagen. Diana nahm den Hörer ab, sagte: »Hallo?« und dann: »Ach hallo, Mutter.« Dann: »Noël Coward?« Ihre Stimme war eine Oktave höher gerutscht. Nicholas horchte auf. »Nick, du wirst es nicht glauben, Noël Coward hat Mutters Wohnung gemietet.«

»Wie schön für Mutter.«

»Jetzt kann ich ihn doch näher kennenlernen und ihn dann überreden, die Eröffnung des Cascades mit mir zu bestreiten. Ist das nicht wundervoll?«

»Noël Coward soll in einem Nachtklub singen? Das kann ich mir nicht recht vorstellen.«

»Ich schon.« Sie schlug ihm die beiden Wörter nur so um die Ohren. Er hörte Diana weiterplappern und ließ dann seine Gedanken in eine andere Richtung schweifen. Vivaldi, Beethoven und Bizet. Das klang ja wie Lirum, Larum, Löffelstiel für Erwachsene. Am Broadway war das Cascades Tagesgespräch, und diese drei Männer waren fest entschlossen, die Eröffnung zu einem spektakulären Ereignis zu machen. Der Klub lag in einem alten, einen halben Straßenzug umfassenden Lagerhaus und

war nach Umbau und Renovierung mit Drehbühnen ausgestattet, die im Keller verschwanden und dann auf Knopfdruck wieder auftauchten. Die Hauptattraktion sollte ein echter Wasserfall sein, eine Kaskade, die sich tosend von der Decke bis zum Boden ergoß, ein Wunderwerk der modernen Technik. In der Küche sollte eine fünfzigköpfige Mannschaft wirken und doppelt so viele im Saal. Man scheute keinerlei Kosten, um das Cascades zum neunten Weltwunder zu machen, wie es die Zeitungen schon jetzt titulierten. Es verging kein Tag, ohne daß der einflußreichste Klatschkolumnist der Welt, Walter Winchell, eine Nachricht, ein Gerücht oder das Reklamegeschrei eines Pressedienstes zu vermelden wußte. Vier Sonntage hintereinander hatte er es in seiner Fünfzehnminutensendung um neun Uhr abends auf NBC erwähnt. Die Konkurrenz schäumte vor Wut und Neid.

»Nick!« Ihr scharfer Tonfall ließ ihn aufschrecken.

»Was? Was ist denn?«

»Du bist ja ganz woanders!«

»Oh, Entschuldigung. Hast du das Gespräch mit deiner Mutter beendet?«

»Wie man sieht. Was beschäftigt dich denn neuerdings so?«

»Vivaldi, Beethoven und Bizet.«

»Gib dich nicht zu sehr mit denen ab.«

»Wieso nicht? Die ganze Stadt redet über sie. Da ist bestimmt eine gute Story drin. Vermute ich jedenfalls. Ich hab da so ein Gefühl.«

»Gefühlen soll man nicht trauen.«

»Lächerlich, wenn eine Frau das sagt.«

Sie tätschelte ihm die Wange. »Ich mag sie. Sie zahlen mir ein hübsches Gehalt. Ich repräsentiere die High Society, ich verleihe ihnen Reputation.«

»Und Noël Coward brauchen sie, um die Kundschaft anzulocken.«

»Mutter will ihn heute abend auf einen Drink einladen. Am späten Nachmittag zieht er ein. Und ich werde dabei sein. Willst du auch kommen?«

»Um nichts in der Welt würde ich mir das entgehen lassen.«

Der Keller dieses speziellen Hauses in Harlem war feucht und kalt und roch nach Unheil. An einem Eisenring war eine Ziege an die Wand gebunden; sie versuchte sich loszureißen und meckerte vor Angst und ob der Vergeblichkeit ihres Bemühens. Entsetzen lag in ihrem Blick, als die große schwarze Frau langsam auf das Tier zukam. Sie hielt ein Schlachtermesser in der rechten Hand. Während sie auf die Ziege zuging, sagte sie einen Zauberspruch. Das arme Tier spürte, welches Schicksal ihm bevorstand, und sprang hin und her. Da ging eine Tür auf, und ein orangefarbener Lichtstreifen fiel in den Raum. Ein großer, kräftiger, gutaussehender schwarzer Mann trat ein, der sich mit tänzerischer Grazie bewegte. In der Linken hielt er einen gelben Umschlag.

»Electra!«

Die erhobene Hand, die das Messer umklammert hielt, erstarrte. Die Frau drehte sich geschmeidig um.

»Du weißt doch, daß du mich nicht stören darfst, wenn ich einen Zauberbann verhänge!«

»Da ist ein Telegramm für dich. Telegramme sind immer wichtig.«

Sie schleuderte das Messer zu Boden. Das Tier stand zitternd hinter ihr, dankbar für die kurze Gnadenfrist. Electra ging zu dem Mann und nahm den Umschlag. »Schlechte Nachrichten. Ich spüre es in den Fingerspitzen. Daniel ...« Ihre Blicke trafen sich, als sie ihm den Umschlag zurückgab. »Lies du es.«

Daniel Parrish, Tänzer, Choreograph und nebenberuflicher Voodoo-Priester, riß den Umschlag auf. Er las die

Nachricht, dann trafen sich ihre Blicke wieder. Er sprach leise. »Es sind schlechte Nachrichten. Maxine ist tot. Das Kabel kommt von der Polizei. Du sollst einen Detective Jacob Singer anrufen. Ihre Leiche wurde in Shanghai gefunden, im Fluß. Sie ist ermordet worden.«

Electra warf den Kopf zurück und stieß ein Geheul aus, von dem das ganze Haus erbebte. »Maxine!« schrie sie. »Mein kleines Schwesterchen! Man hat dich ermordet! Man hat dich ermordet!«

Sie hob das Messer vom Boden und stürzte sich auf die Ziege. Sie traf das Tier mit solcher Wucht, daß ihm die Knie einknickten und es zu Boden fiel, jämmerlich mekkernd, den Tod vor Augen und in der Seele spürend. Electra schnitt ihm die Kehle durch. Es war auf der Stelle tot. Sie sprang auf und stellte sich vor Daniel Parrish hin.

Ihre Worte schlugen ein wie der Blitz. »Die bring ich um.«

»Immer ruhig Blut, Baby, und ruf Mr. Detectiveman an. Ruf Jacob Singer an. Und tu nicht so theatralisch. Du konntest Maxine nicht ausstehen.«

ZWEI

Die Direktion des Cascades war im Untergeschoß untergebracht. Obwohl die drei Kompagnons jeweils ein eigenes Büro hatten, nisteten sie sich wie die Tauben lieber im Konferenzsaal ein, der mit einem langen, ovalen Mahagonitisch samt einem Dutzend dazu passender Stühle, einer Bar und einem Kühlschrank ausgestattet war; als Wandschmuck dienten zahlreiche gerahmte Photographien von berühmten Nachtklubkünstlern. Ein dichter Nebel von schwarzem Zigarrenrauch hing unter der Decke, und Big Ike Vivaldi, der am Kopfende des Tisches saß, wirkte wie ein Angeklagter vor Gericht, eine Situation, die ihm durchaus nicht unbekannt war. Big Ike war in der Tat groß. Er maß über einen Meter neunzig und hatte riesige, häßliche, kräftige Hände. Vom linken Nasenloch zog sich eine feine Narbe bis zum linken Ohr, ein Andenken aus seiner Jugendzeit an einen Zusammenstoß mit einem Gangster, dessen Beerdigung er lieber ferngeblieben war. Er war vierzig Jahre alt und hegte wenig Illusionen, die Fünfzig zu erreichen.

Fat Harry Beethoven war ein paar Jahre älter als Vivaldi, gut eins achtzig groß und birnenförmig. Er hatte einen starken Bronx-Akzent und schwache Augen. Er trug eine dicke Brille, die seinem Gesicht etwas Bedrohliches verlieh. Ein ehemaliger Geschäftspartner hatte einmal gesagt, Fat Harry wäre in einem Becken mit Tropenfischen besser aufgehoben, weshalb er nunmehr ein ehemaliger Geschäftspartner war. Harrys Hände hielten dem Vergleich mit einem Amboß stand. Trotz des enormen Gewichts,

das er mit sich herumschleppte, war er leichtfüßig und bewegte sich mit athletischer Anmut.

Irving »Das Wiesel« Bizet war der kleinste und jüngste der drei. Während seine Kompagnons gern protzig-fette kubanische Zigarren rauchten, bevorzugte Irving dünne Panatelas. Seine Anzüge waren selbstverständlich maßgeschneidert und betonten mit ihrem vorzüglichen Schnitt seine fast knabenhafte, schlanke Figur. Er suchte und genoß die Gesellschaft berühmter Zeitgenossen, wobei er um sie herumschwänzelte, als gehöre er dem Gefolge eines königlichen Herrschers an. Er hatte eine lange, dünne Nase und schmale Augen. Die Ohren liefen spitz zu, weshalb Big Ike ihm den Spitznamen »Das Wiesel« verpaßt hatte. Alle drei waren unsichere Kantonisten und hatten darüber hinaus noch etwas gemeinsam – eine Vorliebe für hochgewachsene Revuegirls.

Die Damen ihres Herzens sollten natürlich auf der Bühne des Klubs zur Schau gestellt werden. Vivaldis Mädchen war die große, blonde Edna Dore. Edna war aus der Art geschlagen. Sie las Bücher. Beethoven hatte die große, rothaarige Trixie Bates an Land gezogen. Trixie sparte, was sie konnte, und kaufte von dem Geld Liegenschaften in Brooklyn auf. Sie hatte begriffen, daß ihre exotische Schönheit sie nicht ewig ernähren würde. Die Freundin des Wiesels war die große, brünette Angie Murray. Sie hatte als Schreibdame in einem Bürogebäude gearbeitet, in dem Bizets Steuerberater seine Kanzlei hatte. Sie hatte das Wiesel tatsächlich gern. Er war für ihre Wohnungseinrichtung aufgekommen, ihre Zahnkronen, einen großzügigen Monatswechsel sowie zwei Abtreibungen. Die Mädchen verstanden sich prächtig untereinander und teilten sich auf eigenen Wunsch eine Garderobe, wo sie nach Herzenslust tratschen und albern und sich über ihre Männer austauschen konnten. Sie teilten sich auch Hattie Beavers, eine schwarze Frau, die ihren

»Ladies« treu ergeben war. Sie kleidete sie an, kleidete sie aus, erledigte Botengänge und teilte Weisheiten aus, die sie sich, wie manche argwöhnten, aus Wochenblatthoroskopen aneignete.

Big Ike schlug mit seiner häßlichen Faust auf den Mahagonitisch und brüllte: »Fangt ihr zwei mir jetzt bloß keinen Streit an! Ich hab sie für die Show verpflichtet, also bleiben sie auch!«

»Aber das sind Nigger!« jammerte das Wiesel.

»Dan Parrish und Electra Howard sind einsame Spitze! Wißt ihr das nicht? Sie haben in ganz Europa vor Königen und Königinnen und sogar Majestäten gespielt. Irving, hast du etwa Vorurteile gegen Nigger?«

»Aber Ike, sowas hat es noch nie gegeben. Nigger und Weiße zusammen in einem Klub! Menschenskind nochmal, selbst der Cotton Club oben in Harlem läßt keine Nigger rein, und der liegt mitten in Harlem!«

»Ich sag ja nicht, daß wir Nigger als zahlende Gäste reinlassen, aber wenn es gute Darsteller sind, dann heuern wir sie an, so wahr ich hier sitze.« Sein Blick wanderte zu Beethoven hinüber. »Willst du auch deinen Senf dazu beitragen?«

Beethoven nahm seine dicke Brille ab und legte sie auf den Tisch. »Was ich beizutragen hab, ist kein Senf. Als wir beschlossen haben, den Klub aufzumachen, da waren wir uns einig, daß alle Entscheidungen einstimmig getroffen werden. Wieso verpflichtest du sie dann, ohne uns zu fragen?«

Big Ike beugte sich mit unheildrohender Gebärde vor. »Ich hab sie angeheuert, weil es fix gehen mußte. Da waren noch zwei andere Läden hinter denen her, und ich wollte sie für uns haben. Die sind erste Klasse, und wir wollen der erstklassigste Laden der Stadt sein. Wenn ihr sie nach der Eröffnung nicht gut findet, schmeiß ich sie raus. Nun hört mal zu, ihr zwei, wichtiger ist doch, wie

kriegen wir diesen Inselaffen dazu, daß er bei uns das Zugpferd spielt?«

Bizet hatte einen Vorschlag. »Soll ich ein paar von den Jungs zu ihm rüberschicken, um ihn zu überreden?«

»Davon will ich nichts wissen, Irving. Übrigens sagt Diana, daß er in die Bude von ihrer Mutter einzieht. Die wollen wir doch nicht in Unordnung bringen. Da stehen Antiquitäten rum und noch mehr so alter Krempel.«

Fat Harry setzte seine Brille wieder auf und wedelte dann eine selbsterzeugte Rauchwolke fort. »Hat einer von euch diesen Kerl mal auf der Bühne gesehen?« Hatten sie nicht. »Woher wissen wir dann, ob er was taugt?«

Vivaldi meldete sich zu Wort. »Hört mal zu, ihr zwei, er ist ein großer Name im Showgeschäft. Er hat viele schöne Melodien geschrieben. Und er ist echt vornehm, ausgesprochen hotwohlee. Bei den feinen Pinkeln hat er unheimlich Schlag, und wir brauchen ihn, damit er uns die feinen Pinkel anschleppt.«

Fat Harry schnaubte. »Feine Pinkel! Die kommen doch nur an die West Side, um sich nach Europa einzuschiffen.«

»Ach ja? Gehen sie hier nicht auch ins Theater, nein? Oder ins Konzert, nein? Und sie besuchen eine Menge Restaurants hier in der Gegend. Schreibt euch das hinter die Ohren, ihr zwei, das meiste Geld hier in der Stadt sitzt an der East Side, und wir müssen es nach Westen holen!«

Das Wiesel seufzte. »Ich hab ein Bild von ihm in der *Daily News* gesehen. Er macht einen furchtbar faden Eindruck.«

Big Ike sagte: »Ich hab mal wo gelesen, daß der erste Eindruck täuschen kann. Ich verlaß mich auf Dianas Urteil. Wir müssen Noël Coward haben.«

Jacob Singer konnte es sich gerade noch verkneifen, die Lippen zu spitzen und einen hundsgemeinen Pfiff auszu-

stoßen, als Abel Graham mit Electra Howard und Dan Parrish in sein Büro kam. Er schob seinen Drehstuhl zurück, stand auf und streckte die rechte Hand aus. Er gab beiden die Hand, und als alle Platz genommen hatten, drückte er Electra sein Beileid aus. Dann kam er zur Sache.

»Was hat Ihre Schwester in Shanghai gemacht?«

Electra schlug die wohlgeformten Beine übereinander. Abel fing Singers Blick auf und hob zum Zeichen der Anerkennung dezent eine Augenbraue. Electra fragte: »Was glauben Sie denn?«

»Ich könnte mir alles mögliche denken, Miss Howard, und es wäre alles nicht sehr schmeichelhaft. Die Beschreibung, die mir mein Kollege in Shanghai von ihrem Make-up und ihrer Kleidung gegeben hat, könnte durchaus darauf hindeuten, daß sie in einem Freudenhaus gearbeitet hat.«

»Meine Schwester war keine Hure.«

Singer setzte sich in seinem Stuhl auf. »Sie haben sie vor etlichen Monaten als vermißt gemeldet.«

»Das stimmt.«

»Sie hat sich also davongemacht, ohne Ihnen oder sonst jemandem zu sagen, wo sie hinwollte.«

»Ich war auf Tournee, als sie aus New York abreiste. Wir hatten schon eine Weile keinen Kontakt mehr. Unser Verhältnis war nicht gerade innig. Als ich zurückkam, war sie schon mehrere Monate fort. Meine Mutter, die draußen in Queens wohnt, war natürlich sehr beunruhigt, weil sie nichts mehr von ihr hörte. Ich habe Erkundigungen eingeholt, bevor ich sie als vermißt meldete. Bei Freunden von ihr, bei Männern, mit denen sie ausgegangen ist, und an ihren Arbeitsplätzen.«

»Sie sind Künstlerin, Miss Howard?«

»Ich trete mit Dans Tanztruppe auf.«

Dan Parrish meldete sich zu Wort. »Electra ist jetzt ... ähm ... über fünf Jahre bei mir.«

Singer fragte: »Hat Maxine auch getanzt?«

Electra sagte: »Vor allem hat sie gesungen.«

Dan Parrish kicherte. Auf Singers fragenden Blick hin sagte er: »Sie konnte nicht besonders gut singen, verstehen Sie? Ich meine, in einer lauten Kneipe, wo sie nicht so gut zu hören war, da mochte es angehen. Sie hat sich auf ihr Aussehen verlassen. Phantastisches Gesicht, phantastische Figur.«

Singer dachte, daß Gesicht und Figur nach dem Versenken im Fluß sicher nicht mehr so phantastisch waren.

Electra unterbrach seine Gedanken. »Wie wurde sie ermordet? Erschossen? Erstochen? Erwürgt?« Es war, als läse sie einen Einkaufszettel vor.

»Sie sind nahe dran. Sie wurde mit einer Würgschraube erdrosselt.« Singer erläuterte, was es mit den Dacoits und der chinesischen Unterwelt auf sich hatte. Weiter erklärte er: »Kriminalinspektor Abraham Wang meint, sie wurde von einer Organisation in den Staaten nach Shanghai verfrachtet, die darauf spezialisiert ist, asiatische Freudenhäuser mit Mädchen zu beliefern.«

»Meine Schwester war keine Hure«, beharrte Electra. »Wenn sie irgendwohin gegangen ist, muß man ihr ein Engagement als Sängerin versprochen haben. Maxine war schon immer eine Abenteurernatur. Sie war ein Wildfang als Kind.«

»Wundern Sie sich nicht, daß sie Ihnen und Ihrer Mutter nicht erzählt hat, daß sie nach Asien wollte?«

»Darüber hab ich mir den ganzen Weg hierher den Kopf zerbrochen.« Sie beugte sich vor, wobei Singer eine Wolke ihres berauschenden Parfüms in die Nase stieg. Er schnupperte und war vorübergehend hypnotisiert. »Als Kind wollte Maxine immer Polizistin werden.«

Abel Graham lächelte; er erkannte in Maxine eine verwandte Seele. Nur schade, daß sie sich nicht mehr treffen und darüber reden konnten.

George Baxt · Mordfall für Noël Coward

GEORGE BAXT

Mordfall für Noël Coward

KRIMINALROMAN

AUS DEM AMERIKANISCHEN

VO

GERT ER

HAFFMANS VERLAG

Electra fuhr fort: »Als ich ins Showgeschäft eingestiegen bin, hat Maxine auch hineingeschnuppert, sie kam auf den Geschmack und beschloß, ebenfalls einzusteigen. Zwischendurch hatte sie aber alle möglichen Gelegenheitsjobs. Kellnerin, Verkäuferin, und ab und zu war sie für einen Privatdetektiv tätig.«

Singer riß erstaunt die Augen auf. »Wissen Sie, wie er heißt?«

»Da bin ich überfragt. Sie hat sich als Hausmädchen oder Putzfrau ausgegeben, um Ehemännern und Ehefrauen auf die Schliche zu kommen. Sie hat das wohl recht gut gemacht. Sie hätte dabei bleiben sollen.« Sie schüttelte traurig den Kopf und fragte sich plötzlich, warum sie ihre Schwester nie besser hatte kennenlernen wollen, warum sie sie als aufdringlich, unverschämt und egoistisch empfunden hatte.

Dan Parrish brachte wieder einen nüchternen Ton in die Debatte. »Hat dieser Detective Wang schon irgendeine Spur?«

»Er überführt die Leiche nach New York.« Das war keine Antwort auf Dans Frage; Singer hatte noch nicht die Absicht, sie zu beantworten.

Electra schlug die Beine auseinander. »Ich wollte Sie schon fragen, ob wir sie zurückholen können. Meine Mutter will sie anständig beerdigen lassen. Wann kommen sie hier an?«

Singer sagte: »In ein paar Wochen.«

Dan fragte: »Ist das nicht ungewöhnlich, daß ein Detective eine Leiche begleitet?«

»Abe Wang ist ein sehr ungewöhnlicher Detective. Er hat an der Columbia University studiert. Einer der wenigen Asiaten, die da reingekommen sind. Ich habe ihn damals kennengelernt, als er hier ankam und mich ausgefragt hat. Die reinste Intelligenzbestie. Nicht so ein Charlie-Chan-Detektiv mit lauter Konfuzius-Sprüchen.

Er kommt hierher, weil er meint, die Organisation, die es auf diese Frauen abgesehen hat, sitzt hier in der Stadt.«

Dan Parrish hatte einen merkwürdigen Ausdruck im Gesicht. »Ich überlege gerade ...«

»Ja?«

Parrish sah Singer ein paar Sekunden lang unverwandt an. Sein Gesicht gefiel ihm, seine sanfte Art, mit Electra umzugehen, und daß er offensichtlich an ihrem sinnlichen Sex-Appeal Gefallen fand, so wie sich alle Männer und auch manche Frauen im Publikum von ihrer Schönheit betören ließen. »Ich überlege gerade, ob es sein kann, daß Maxine sich bei ihrer Ermittlungsarbeit bewußt in Gefahr begeben hat?«

»Das ist sehr gut möglich«, sagte Singer. Und dann, an Electra gewandt: »Und deshalb hatte ich gehofft, Sie wüßten den Namen des Privatdetektivs, für den Maxine einmal gearbeitet hat.«

»Ich frage meine Mutter. Vielleicht weiß sie es.«

»Das wäre nett. Ehe ich es vergesse: Haben Sie Bühnenphotos von Ihrer Schwester? Wir werden die Geschichte von ihrer Ermordung an die Presse geben. Es wäre hilfreich, wenn Sie ein paar gute Aufnahmen von ihr hätten. Die von der Polizei in Shanghai wollen wir lieber nicht verwenden.«

Electra seufzte. »Arme Maxine. Endlich steht sie einmal im Mittelpunkt, und dann kann sie es nicht mehr genießen. Meine Mutter hat Bilder. Ich schicke einen Cousin von mir mit ein paar Aufnahmen vorbei. Geben Sie mir Bescheid, wenn die Leiche eintrifft. Ich will ein Bestattungsinstitut beauftragen ... Sie verstehen schon ...«

»Wir geben die Leiche erst frei, wenn wir sie selbst untersucht haben. Vielleicht hat Shanghai etwas übersehen.«

»Shanghai«, sagte Dan Parrish. »Wir sind noch nie in Shanghai aufgetreten.«

In Millicent Headmans Wohnung hatte Nicholas Benson die Drinks gemixt und serviert, und Mrs. Headman hatte Käse und Gebäck bereitgestellt. Noël war charmant und liebenswürdig wie immer und nahm Diana Headman im Handumdrehen für sich ein. Nicholas hatte den Star schon auf der Bühne gesehen; er stellte belustigt fest, daß Schauspieler und Mensch austauschbar waren, und sagte das auch.

Noël lachte. »Wie klug Sie beobachten, Nicholas. Ich höre es gern, daß ich eine fesche, charismatische Erscheinung bin. Es gibt nur so wenige Schauspieler, die die Crème de la crème der Männerwelt darstellen können, ohne das Publikum zu beleidigen. Gerald du Maurier – ein schrecklich guter englischer Schauspieler vom Boulevardtheater – und ich sind wohl zwei der ganz wenigen, die das zustande bringen.«

Nicholas fragte: »Und Ivor Novello?«

»Ach Gott.« Noël schnippte ein Aschenflöckchen in einen Aschenbecher und sagte: »Ich wollte, ich beherrschte die schöne Kunst des Errötens. Ivor, der gute Knabe, ist ein Freund von mir, doch als Schauspieler finde ich ihn vollkommen schrecklich. Ich wünschte wirklich, er wäre schrecklich vollkommen. Ivors Tragödie ist die, daß er ein umwerfendes Profil hat, und zum Schauspieler braucht man mehr als das, wie John Barrymore so glänzend bewiesen hat. Was für reizende Vorhänge.«

Millicent sagte: »Ich bin so froh, daß sie Ihnen gefallen.«

Sie gefielen ihm überhaupt nicht, er wollte nur das Thema wechseln. Er wandte sich an Diana: »Ihre Mutter sagt, Sie treten bei der Eröffnung von dieser Cascades-Geschichte auf.«

»Ja, es ist furchtbar aufregend. Ich habe es mir angeschaut; es ist sagenhaft verschwenderisch ausgestattet.«

»Ich verabscheue Klischees, aber man sollte einen Klub nicht nach dem Äußeren beurteilen.«

»Tu ich auch nicht. Meine Bosse haben eine phantastische Truppe von Profis engagiert, um die Vorstellung herauszubringen.«

»Tatsächlich? Ist jemand dabei, den ich kenne?«

»Die Tanznummern macht Mickey DuVane.« Noël nickte weise. Er hatte noch nie von DuVane gehört. »Nancy Adman macht die Kostüme.«

»Die gute Nancy.« Auch von ihr hatte er noch nie gehört.

»Und dann noch Chick Mason und sein Orchester.«

»Ach, der ist gut, nicht wahr? Und Sie sind die Chanteuse.« Er lächelte ein schwaches Lächeln.

Diana fuhr eifrig fort, während Nicholas Noël beobachtete und sich fragte, ob seine Oberflächlichkeit nur Pose war oder echt. »Und es wird eine aufsehenerregende Neuerung geben.«

»Ach ja? Mir sind Neuerungen immer so suspekt.«

»Sie haben Daniel Parrish und Electra Howard und ihre Tanztruppe engagiert.«

»Und wieso ist das eine Neuerung?«

»Das sind Neger!«

»Na und? Ich habe schon viele Neger wunderbar tanzen sehen.«

»Aber noch nie in einem New Yorker Klub mit Weißen zusammen.«

»Ach, natürlich. Diese gräßliche Sache mit der Rassentrennung. Nun ja. Wie überaus mutig von Ihren Brötchengebern, daß sie es wagen, die Schranke zu durchbrechen. Wie hießen sie noch mal?«

Diana lachte. »Vivaldi, Beethoven und Bizet.«

»Hört sich an wie ein Opernball. Bestimmt sind sie allesamt durch und durch unmusikalisch. Sind das Gangster?«

»Schon möglich.« Sie sagte das so nüchtern, daß es Noël amüsierte.

»Dann tragen sie wohl ›Ballermänner‹ mit sich herum und haben ›Bräute‹ und drohen, andere Männer kaltzumachen. Es kommt gewiß selten vor, daß sie andere Männer heiß machen.«

»Sie sagen, sie hätten Ihnen ein Angebot gemacht, als Zugpferd aufzutreten.«

»Ja, und ein recht großzügiges dazu.«

»Ach bitte, nehmen Sie doch an.«

Noël schnippte wiederum Asche. »Mir liegt nicht sonderlich viel am Kabarett. Dieser ganze gräßliche Lärm dabei. Da schnattern die Gäste, Betrunkene krakeelen herum, Kellner klappern mit Geschirr und Tabletts, ich darf gar nicht daran denken.«

»Bestehen Sie auf einer ›Bedienungsfrei‹-Klausel in Ihrem Vertrag.«

»Bedienungsfrei?«

»Die Bedienung wird während Ihres Auftritts vollkommen eingestellt.«

»Das ist ja hochinteressant! Meinen Sie, die würden sich auf so etwas einlassen?«

»Ich glaube, die würden sich auf alles einlassen, um Ihren Namen unter den Vertrag zu bekommen. Die New Yorker Nachtklubsaison ist jetzt in vollem Gange, da sind nicht mehr so viele Spitzenstars zu haben.«

Jetzt mischte sich Millicent ein. »Ach, Noël. Tun Sie es doch bitte. Ich fände es so aufregend.«

»Ich muß zugeben, es klingt alles sehr verlockend. Das Cascades, ebenso wie der Film, den ich in Astoria drehen will. Mr. Benson, was starren Sie mich andauernd so an?«

»Ich habe mich eben gefragt, was wohl passiert, wenn ich an Ihrer Fassade kratze, Mr. Coward?«

»Dann blutet es. Ich vertraue anderen nur selten ohne

Not ein Geheimnis an, aber Sie sind mir ganz sympathisch, und ich meine, dieses Geheimnis sollte ich Ihnen anvertrauen. Ich habe ganz im Alleingang die Oberflächlichkeit zu einer schönen Kunst erhoben. Meine Art, Zigarettenasche zu schnippen, die Nase zu rümpfen, als ob ich mich in einer Wolke giftiger Dämpfe befände, oder einem furchtsamen Sittich gleich den Kopf zur Seite zu legen. Alles nur Fassade, mein lieber Junge, aber bei mir funktioniert es. Und allein darauf kommt es an. Finden Sie nicht auch, meine Damen? Diana, Sie sperren ja Mund und Nase auf.«

Voller Bewunderung sagte sie: »Sie sind ein wahrer Perfektionist.«

»Großer Gott, ich hoffe nicht. Niemand ist weniger perfekt als ein Perfektionist. Nun, Nicholas, lassen Sie uns etwas über Sie hören.«

Benson stand an der Bar und füllte sein Glas auf. »Da gibt es nicht viel zu erzählen. Die Familie hat beim Börsenkrach ihr Vermögen verloren. Ich habe eine gewisse schriftstellerische Begabung. Mit Hilfe eines Freundes bekam ich die Chance, ein paar Artikel für Krimi-Zeitschriften zu schreiben.«

»Ach, da gibt es so viele hier bei Ihnen.«

»*True Detective, True Crime . . .*«

»Das heißt, es ist alles wahr, und sicher viel zu wahr, um schön zu sein. Und Sie und Diana sind bis über beide Ohren ineinander verliebt?«

»Aber Noël«, mahnte Millicent.

»Was aber Noël?« sagte er naserümpfend. Er fragte Diana: »Bringe ich Sie in Verlegenheit?«

»Guter Gott, nein. Sie sind eine frische Brise . . .«

». . . die einen Schwall schaler Witze heranweht. Na, hoffentlich sind Sie tatsächlich ineinander verliebt, Sie geben nämlich ein so hübsches Bild zusammen ab. Erzählen Sie mir von Afrika.«

»Was?« Einen Moment lang wirkte sie wie ein aufgescheuchtes Reh.

»Afrika, meine Liebe. Das Land von Rhodes. Ihre Mutter sagt, Sie waren in Rhodesien mit einem Rancher verheiratet. Afrika hat mich schon immer fasziniert. Ich muß wohl in meinem früheren Leben Sklavenhändler gewesen sein.«

»Bitte, Diana«, mahnte Millicent, »reg dich nicht auf. Ich habe Noël gegenüber heute zufällig erwähnt, daß du einmal mit einem Rancher in Rhodesien verheiratet warst.«

»Das war alles äußerst öde und langweilig«, sagte Diana und zündete sich eine Zigarette an. »Mein Mann war ungeheuer provinziell und ungeheuer reich und hatte keinerlei Humor.«

»Verstehe. Esprit gleich Null.«

»Sicher hat Mutter Ihnen erzählt, daß das Nummer drei war.« Noël lächelte.

»Da können Sie sicher verstehen, warum ich einen Ehemann Nummer vier nur sehr vorsichtig in Erwägung ziehe.«

»Drei Ehemänner und noch so jung. Unglaublich.«

»Waren Sie nie verheiratet, Noël?« fragte Millicent.

»Nein. Nie. Ich habe durchaus Angebote bekommen. Womöglich könnte ich schwach werden, wenn ich die perfekte Kombination von Reichtum und Dummheit fände. In Wahrheit hat die Ehe für mich etwa so viel Wert wie ein Scheck ohne Unterschrift. Nun gut, ich löse diese bezaubernde Soiree nur höchst ungern auf, aber ich bin zum Dinner verabredet und muß noch Jeffrey auftreiben.« An Diana und Nicholas gewandt, erläuterte er: »Jeffrey ist mein Gesellschafter.«

»Warum haben Sie ihn nicht mitgebracht?« rügte Millicent.

»Weil ich Sie ganz für mich haben wollte, meine Liebe.« Er nahm ihre Hand und küßte sie.

Kurz darauf schlenderte er durch den Flur zu seiner Wohnung zurück und trällerte dabei unablässig vor sich hin: »Vivaldi, Beethoven und Bizet ... Vivaldi, Beethoven und Bizet ...«

DREI

Abel Grahams ganzer Neid galt Jacob Singer. Abel beneidete ihn um sein männlich-herbes gutes Aussehen, seine Freundschaften mit Berühmtheiten aller Art, die phantastischen Weiber, die – wie Abel mutmaßte – sein Bett frequentierten, seine brillanten argumentativen Schlüsse, selbst wenn er vollkommen auf dem Holzweg war, und seine Begabung zum Zuhören. Wie er mit Electra Howard und Dan Parrish umgegangen war, das war nun wirklich ein Musterbeispiel an Manipulation. Es war vom ersten Moment an sonnenklar, daß beide vor Feindseligkeit nur so brodelten. Singer aber sprach ihnen sein Beileid aus, redete nicht lange um die tragische und niederträchtige Ermordung des Opfers herum, brachte die Sache gleich auf den Punkt, daß er den Täter entlarven wollte, verblüffte sie mit der Mitteilung, Abraham Wang begleite die Leiche persönlich nach New York zurück, und schon fraßen sie ihm aus der Hand. Singer war Dan Parrish sympathisch, das sah Abel sofort. Bei Electra war die Sache noch unentschieden, aber er war sich sicher, daß sich auch da schließlich alles in Wohlgefallen auflösen würde.

»Du guckst ja so dumm aus der Wäsche, Abel, was hast du denn?« Singer hatte den Wandschrank aufgemacht. Da hingen etwa ein Dutzend Krawatten an einer Stange, und die Entscheidung fiel ihm schwer.

»Jacob, ich finde, du bist ein verdammt guter Cop.«

Singer ließ die Schultern hängen. Der Schwachkopf, dem er das Talent zum Hundefänger absprach, bewunderte ihn, und er hatte keinerlei Gegenleistung anzubieten. Bescheiden sagte er: »Ich habe auch schon Böcke geschossen. Wie kommst du denn plötzlich darauf?«

»Wie du mit der Schwester und ihrem Freund umgegangen bist. Als sie reinkamen, waren sie auf Streit aus, und du hast sie einfach nicht zum Zug kommen lassen. Jacob, du beherrschst die Kunst der Menschenkenntnis.«

Singer war peinlich verlegen. Wenn es nicht so abwegig gewesen wäre – zumindest hoffte er, daß es abwegig war –, dann hätte er das für einen Annäherungsversuch gehalten. »Siehst du heute deine Freundin vom Cascades?«

»Wenn sie sich loseisen kann, treffen wir uns nachher auf einen Drink. Vivaldi ist sehr mißtrauisch Edna gegenüber. Es macht ihm zu schaffen, daß sie etwas im Schädel hat.«

»Sorg möglichst dafür, daß er keinen Grund findet, ihr denselben einzuschlagen.« Er musterte eine Krawatte in Blau und Braun mit gelben Pünktchen.

»Edna ist klug und außerdem vorsichtig. Sie hat dick Freundschaft mit den anderen beiden Flittchen geschlossen; sie meint, die könnten auch etwas erfahren, das für uns nützlich wäre.«

»Die Unheilige Dreieinigkeit hat damals in den zwanziger Jahren mit Mädchenhandel ein Vermögen gemacht. Es gibt keinen Grund zu der Annahme, sie hätten es nicht immer noch faustdick hinter den Ohren, nur arbeiten sie jetzt auf anderer Ebene.« Singer schüttelte bedächtig den Kopf. »Unglaublich – Mädchenhandel, und das hier und heute.«

»Maxine Howard war kein Mädchen mehr.«

»Sieh mal, Abel, Mädchenhandel ist nur ein allgemeiner Ausdruck, er deckt mannigfache Freveltaten ab. Aber mach dir nicht allzu viele Gedanken darüber, das ist, als ob man sinniert, wie die Löcher in den Käse kommen. Ich glaube, ich nehm die da.« Er hob eine original Countess-

Mara-Krawatte hoch, die ihn fünfundzwanzig Dollar ärmer gemacht hatte. »Ja, damit wird er mich bestimmt beachten.«

»Du hast ein Rendezvous mit einem Mann?«

Singer grinste, während er die Krawatte band, und ergötzte sich an seinem Abbild in dem Spiegel über dem Krawattenhalter. »Nein, eigentlich bin ich mit einem Frauenzimmer verabredet. Dorothy Parker. Schon mal gehört?«

»Na klar. Sie steht ja in allen Klatschspalten. Scheint nichts als geistreiche Sprüche von sich zu geben. Stimmt das?«

»Wenn sie sternhagelvoll ist, nicht. Und die Hälfte von allem, was man ihr zuschreibt, hat sie gar nicht gesagt. Im Grunde ist sie eher gehässig als geistreich. Na egal, bevor du vor Neugier platzt – sie will mich mit einem weltberühmten englischen Schriftsteller bekannt machen.«

»George Bernard Shaw?«

Singer brach in schallendes Gelächter aus und sagte: »Noch besser. Noël Coward.«

»Ach, der. Ein Freund hat mich mal in ein Stück von ihm mitgenommen. Freikarten. So ein Reinfall. Es war entsetzlich. Diese Lunts haben auch mitgemacht.«

Singer warf ihm einen bösen Blick zu. »*Diese* Lunts. Sind ja auch bloß zwei der größten Bühnenstars von Amerika. Das sind großartige Schauspieler. Sowas wie die gibt es nicht noch einmal.«

Abel bemerkte nüchtern: »In dem Stück waren sie ziemlich mies.«

»Jetzt hör mal zu, jeder hat mal einen schlechten Tag. Mein Gott! Wie kann man nur so von Alfred und Lynn sprechen!«

In der Halle des Algonquin Hotels an der Vierundvierzigsten Straße West Ecke Sixth Avenue legte Dorothy Parker

Noëls attraktivem jungen Begleiter Jeffrey Amherst gegenüber eine herablassende Höflichkeit an den Tag. »Gefällt es Ihnen in New York?« Sie nippte an ihrem Bourbon.

»Ich bin nicht zum ersten Mal hier.« Sein Akzent war ausgesprochen vornehm, sein Drink nicht. Er hielt sich an seinem Bier fest, bis es so warm war, daß es ihm schmeckte. Über das Bier in englischen Kneipen hatte der große Al Jolson einmal gesagt: »Man sollte es den Pferden in den Hals zurückkippen, denn da kommt es her.« Noël betrachtete Mrs. Parker mit zusammengekniffenen Augen und leicht geöffnetem Mund, bereit, sich mit Zähnen und Klauen auf sie zu stürzen, sollte sie Jeffrey Amherst mit verbalem Gift bespritzen.

Mrs. Parker fuhr fort: »Ich dachte, die letzten beiden Fiaskos von Noël hätten Ihnen New York vielleicht verleidet.«

»Aber woher denn. Ich hab sie ja nicht geschrieben. Sie waren schlecht inszeniert. Eines Tages werden sie wieder ausgegraben, und dann wird man ihren wahren Unterhaltungswert erkennen und würdigen.«

»Danke, Jeffrey. Jetzt hast du's ihr aber gegeben.«

Mrs. Parker lächelte. »Wo nimmst du nur deinen erstaunlichen Gleichmut her, Noël?«

»Den Seinen gibt's der Herr im Schlafe.«

Mrs. Parker stöhnte gequält auf. »Ich bewundere Ihre Loyalität, Mr. Amherst. Den meisten Menschen ist Loyalität viel zu teuer.«

Jeffrey sagte: »Ich bin finanziell unabhängig, Mrs. Parker. Ich kann mir diesen Luxus erlauben.«

Mrs. Parker seufzte. »Ich habe nicht die geringste Hoffnung, je einen Penny zu erben.«

»Sie verdienen aber doch gewiß mehr als einen Penny«, sagte Jeffrey mit liebenswürdigem Lächeln.

»Ich verdiene mehr als einen Penny, aber alles in allem ist damit herzlich wenig Staat zu machen. So verliere ich einen Verehrer nach dem anderen. Wo Jacob bloß steckt?«

»Woher soll ich das wissen«, sagte Noël. »Er ist doch dein Freund.« Und dann zu Jeffrey: »Jacob Singer ist ein berühmter Detective. Dottie hat ihm vor etwa zehn Jahren mal bei einem Fall geholfen. Es ist doch zehn Jahre her, Dottie?«

»Neun, aber wer nimmt das schon so genau.«

Noël fuhr fort: »Singer ist anscheinend ein kleiner Parvenu.«

»Gehen Sie nicht so hart mit jemandem ins Gericht, den Sie noch gar nicht kennen. Jacob ist ein goldiger Kerl. Und er ist ein großartiger Detective. Über den wird noch mal ein Buch geschrieben.«

»Schreib du es doch, Dottie.«

»Warum verlangen alle Leute ständig von mir, daß ich schreibe? Ich hasse die Schreiberei. Ich würde mich viel lieber aushalten lassen.«

»Manche Leute sind eben nur schwer auszuhalten.«

»Noël, wer im Glashaus sitzt, soll nicht mit Steinen werfen.«

»Meine liebe Dottie, ich gebe mir solche Mühe, dich nicht zu mögen, und doch fühle ich mich deinen Finten von Unentschlossenheit, Taktlosigkeit und ausgesprochen schlechten Manieren zum Trotz immer wieder unwiderstehlich zu dir hingezogen, wie ein Floh zu einem Straßenköter.«

Mrs. Parker sagte zu Jeffrey: »Schade, daß Sie Noël noch nicht kannten, als ich ihm damals in grauer Vorzeit begegnet bin. Da war er schon ein Snob, auch wenn ihm noch die Referenzen fehlten. Das hat sich mittlerweile geändert. Sein hohes Roß kommt jetzt aus edlem Stall.«

Noël lachte. »Man würde nie darauf kommen, wie sehr wir einander schätzen. Dottie ist noch nie unbewaffnet zu einem geistigen Duell angetreten.«

»Da ist Jacob. Seid nett zu ihm, hört ihr, sonst zieh ich euch die Ohren lang und leg euch übers Knie. Jacob, wo zum Teufel haben Sie gesteckt? Das ist Noël Coward, und das ist sein Freund Jeffrey Amherst, und das da ist ein Kellner. Packen Sie ihn am Schlafittchen und bestellen Sie einen Drink.« Man begrüßte sich, bestellte eine neue Runde, Singer fand einen Stuhl, und Noël starrte wie gebannt auf Singers Krawatte.

Singer erklärte gerade: »Tut mir leid, daß ich so spät komme, Mrs. Parker, aber da draußen auf der Straße ist die Hölle los, und da Noël Coward Ihnen Gesellschaft leistet, dachte ich, es fällt sowieso nicht auf.«

Noël lebte spürbar auf. »Wie überaus freundlich von Ihnen.«

»Mr. Coward, ich kann mir schlechterdings nicht vorstellen, daß man sich mit Ihnen langweilt.«

»Reden Sie weiter, dann schreibe ich in meinem Testament sogar Ihren Namen richtig. Ich kann wirklich nicht an mich halten. Mr. Singer. Diese Krawatte.«

Jacob strahlte vor Freude. »Es ist eine Countess Mara.«

Mrs. Parker sagte rasch: »Ich finde sie umwerfend, Sie nicht, Jeffrey?« Schweigen. »Jeffrey? Noël, atmet er noch?«

Jeffrey warf ihr einen Blick zu, der glücklicherweise nicht die Durchschlagkraft einer Kugel hatte, und sagte: »Ihre Krawatte ist atemberaubend, Mr. Singer, und dabei wollen wir es bewenden lassen.«

»Irgendwelche atemberaubenden neuen Fälle, Jacob?« fragte Mrs. Parker.

»Ich hab da einen, der Sie interessieren könnte.« Er erzählte ihnen von dem Mord an Maxine Howard. Seine Darstellung war knapp und gut, und Noël lauschte gespannt.

»Mädchenhandel!« rief er aus. »Das kann es doch gar nicht mehr geben!«

Jacob erklärte ihm: »Im Orient, in Afrika und in Südamerika ist es ein blühendes Geschäft.«

Noël überlegte einen Augenblick und sagte dann: »Ah! Ich dachte mir doch, daß ich die Namen Electra Howard und Daniel Parrish schon einmal gehört habe. Das sind die exotischen Tänzer, die im Cascades engagiert sind.«

»Meine Güte, jetzt bin ich aber beeindruckt, Noël«, sagte Mrs. Parker. »Über alles weißt du Bescheid, sogar über Nachtklubengagements!«

»Na ja, eigentlich bin ich nur über dieses eine im Bilde, weil man mir angeboten hat, dort bei der Eröffnung als Zugpferd aufzutreten.«

»Tatsächlich?« Die Vorstellung, daß Noël Coward in einem Nachtklub auftreten könnte, erschien ihr ebenso absurd wie Noël Coward in der Rolle des König Lear.

»Ich bin noch am Überlegen. Es hängt davon ab, wie grausam mein Drehplan für den *Charmanten Schurken* aussieht.«

»Was ist der *Charmante Schurke*?« fragte Jacob.

»Das ist ein ganz hinreißendes Drehbuch von Hecht und MacArthur, das die beiden hier in Astoria für Paramount Pictures produzieren und dabei auch gemeinsam Regie führen. Die weibliche Hauptrolle soll wahrscheinlich Helen Hayes spielen, andernfalls hat man eine junge Schauspielerin ins Auge gefaßt, Julie Haydon heißt sie wohl.«

»Großer Gott«, sagte Mrs. Parker. »Ist das nicht der Film mit Alec?«

»Alexander Woollcott tritt in einem Film auf?« Jacob war entzückt. Zu Noël und Jeffrey sagte er: »Der hat damals neunzehnsechsundzwanzig mit Mrs. Parker und mir an dem Fall gearbeitet.«

Noëls ungläubige Miene belustigte Mrs. Parker. »Kann Alec denn spielen?«

Mrs. Parker bemerkte: »Er hat sein Leben lang nichts

anderes getan. Ist es ein lustiger Film? Ich meine, soll er lustig sein?«

»Ähm, na ja. Witzig ist er schon, aber sehr übernatürlich. Ganz außergewöhnlich in seiner Art. Er handelt von einem gemeinen, selbstsüchtigen, menschenverachtenden Verleger, den niemand liebt und der bei einem Flugzeugabsturz ums Leben kommt. Doch wie sich herausstellt, kann er erst dann Frieden finden, wenn er einen Menschen auftreibt, der ihn liebt. Und so ist er dazu verdammt, unter den Lebenden umherzustreifen und Freiwillige anzuwerben, die sich bereitfinden würden, ihn zu lieben.«

»Was meint ihr wohl, warum ich nicht gefragt wurde, ob ich bei dem Film mitmachen will?« überlegte Mrs. Parker laut.

»Die einzige Rolle, die für dich in Frage gekommen wäre, hat Hope Williams bekommen«, erklärte Noël. Die genannte hervorragende Schauspielerin war in der Uraufführung von Philip Barrys *Holiday* am Broadway aufgetreten und hatte nie eine würdige Nachfolgerin gefunden.

»Ich würde Sie gern im Cascades sehen, Mr. Coward«, warf Singer ein.

Noël fand ihn sympathisch. »Um die Wahrheit zu sagen, mein lieber Junge, ich überlege ganz ernsthaft, ob ich das Angebot annehmen soll. Nach meinen letzten beiden Fiaskos hier habe ich sogar erwogen, dem Theater Lebewohl zu sagen und als Verbrecher Karriere zu machen.«

»Wo ist da der Unterschied?« fragte Mrs. Parker.

»Mr. Singer? Darf ich Sie Jacob nennen oder Jake oder notfalls auch ›He, Sie da‹? Mister Singer klingt für mich wie Meistersinger, und ich erwarte ständig, daß Sie in eine Arie aus Rigoletto oder so einem verstaubten alten Opernschinken ausbrechen.« Er wartete eine Antwort gar nicht erst ab, sondern ratterte weiter wie ein überfälliger D-Zug. »Was wissen Sie über diese drei zwielichtigen Gestalten, die sich im Cascades zusammengefunden haben? Das wird dir gefallen, Dottie. Sie heißen Vivaldi, Beethoven und Bizet.«

»Wer ist ihr Agent?« erkundigte sie sich gelassen.

Jeffrey fragte: »Sind das ihre richtigen Namen?«

»Vor der Aufhebung der Prohibition«, sagte Jacob, »hießen sie Brunetti, Goldfarb und O'Shaughnessy.«

Noël schaute verblüfft drein. »Warum haben sie ihre Namen geändert? Die waren doch ethisch und ethnisch einwandfrei.«

»Die drei sind die reinsten Clowns. Jede Menge Streiche, jede Menge Albernheiten. Wir wissen, daß sie mit Schnaps, Waffen und Frauen gehandelt haben, konnten ihnen aber nie das Geringste nachweisen.«

»Sie waren nie im Gefängnis?« fragte Noël.

»Doch, doch, aber das ist Jahre her. Kleinkram. Diebstahl, Einbrüche, Zuhälterei, Schlägereien, Sie wissen schon, hier und da mal ein paar Knochen gebrochen.«

»Bescheidene Leistungen«, bemerkte Mrs. Parker, während sie dem Kellner ein Zeichen gab, um eine neue Runde zu bestellen.

Jacob fuhr fort: »Als die Prohibition aufgehoben wurde, wollten sie dem Vernehmen nach ein ehrliches Leben anfangen, haben aber die Kurve nicht gekriegt. Sie waren vor ein paar Jahren abgetaucht, und jetzt sind sie plötzlich wieder da. Neue Namen, neue Geldgeber, aber wir haben trotzdem den Verdacht, daß sie immer noch dasselbe im Schilde führen wie damals. Handel mit Menschenfleisch. Weiblichem Menschenfleisch.«

»Sollen wir sie mal zum Essen einladen?« fragte Mrs. Parker.

Noël trommelte mit den Fingern auf der Stuhllehne herum. »Da setz ich mich wohl in ein Wespennest, nicht wahr? Was denkst du, Jeffrey?«

»Es spielt keine Rolle, was ich denke, Noël, du tust ohnehin nur das, was du willst.«

»Wie gut du mich kennst. Das wird eines Tages bestimmt gefährlich. Dottie?«

»Das Geld könntest du sicher gebrauchen.«

»Das Geld könnte ich immer gebrauchen. Mutter hat einen bestialischen Appetit.«

»Und dann dieses Rudel von Speichelleckern, das heulend und winselnd angelaufen kommt, wenn es dich nur eine Flasche Champagner aufmachen hört. Mit Ausnahme von Mr. Amherst natürlich, der finanziell unabhängig und vermutlich gar ein subversives Element ist.« Sie lächelte Amherst gewinnend zu. »Ich nehme an, Sie praktizieren irgendwelche putzigen Perversionen?«

»Schon seit er Päderast buchstabieren kann.« Noël zündete eine Zigarette an und blies eine Reihe von Rauchringen in die Luft, von denen einer wie ein Heiligenschein über Singers Haupt schwebte, ehe er sich auflöste. »Na, Dottie, soll ich das mit dem Klub machen?«

»Sieh zu, daß du an den Einnahmen beteiligt wirst.«

»Mein Gott, Dottie, was für eine schlaue Idee.« Dann: »Und wenn ich nun gar nicht der Kassenmagnet bin, für den ich mich halte?«

»Dann gibst du der Presse und dem Rundfunk Interviews, in denen du geistreich-munter und kühl-ironisch den schlechten Geschmack des Pöbels anprangerst. Ich jedenfalls sage, pfeif drauf und scher dich nicht drum, du schlägst bestimmt ein wie eine Bombe.«

»Mein Gott, Dottie, wie außergewöhnlich gütig von dir. Und was soll ich da zum besten geben?«

»Du hast doch ein großes Repertoire an selbstgeschriebenen Songs«, meinte Mrs. Parker. »Damit kannst du bestimmt dreißig, vierzig Minuten füllen.«

»Selbstverständlich. Nur, was bringe ich dann als Zugabe?«

»Du bringst dich um.«

»Liebe Dottie, du bist immer so aufmunternd. Sollen wir hier essen oder irgendwo, wo es gut ist?«

Sie beschlossen, ins Sardi's zu gehen, das nur zwei Straßen weiter gelegene Theaterrestaurant; Noël verkündete, ein flotter Spaziergang würde ihnen allen ausgesprochen gut tun. Jeffrey half Mrs. Parker in ihren Nerzmantel, woraufhin sie mit den Worten seinen Arm nahm: »Jetzt, wo Sie mir in den Mantel geholfen haben, sind wir alte Freunde. Sollen sich Noël und Jacob ruhig beschnuppern, während sie hinter uns hergehen. Meine Güte, sind Sie groß!«

»Meine Güte, sind Sie winzig!«

»Herr des Himmels, wir haben ja alle nicht bezahlt!« rief Mrs. Parker.

»Das hat Noël erledigt, bevor Sie kamen.«

»O je. Jetzt muß er auf jeden Fall im Cascades auftreten.«

Sie hatten es nicht eilig, ins Sardi's zu kommen. Mrs. Parker schaute sich gern Schaufenster an, und Noël und Jacob waren ins Gespräch vertieft. Jacob erzählte Noël fast alles, was er über Vivaldi, Beethoven und Bizet wußte, wer ihre Freundinnen waren und daß die Ehefrauen sich klugerweise und mit großen Summen baren Geldes gepolstert in die Anonymität der Vororte zurückgezogen hatten. Er berichtete Noël von seiner Begegnung mit Electra Howard und Daniel Parrish, und daß Electras Mutter einen Neffen mit ein paar vorzüglichen Porträts im Presseformat von Maxine Howard zu ihm geschickt hatte.

»In dem Umschlag waren auch Name und Adresse des Privatdetektivs, für den sie einmal gearbeitet hat. Er heißt Casey Sterne.«

»A-ha! Das dürfte dann wohl eine Spur sein.«

»Hoffentlich. Sein Büro hat er vor etwa acht Monaten

geschlossen. Er hat seine Privatpraxis aufgegeben und ist zum FBI gegangen. Das ist J. Edgar Hoovers Bande von Verbrecherjägern in Washington, D. C. Wahrscheinlich hat Casey Sterne Jura studiert. Beim FBI muß man ein abgeschlossenes Jurastudium vorweisen können.«

»Dann fällt das für Sie wohl flach.«

»Es würde mich nicht einmal reizen, wenn ich studiert hätte. Ich bin sehr glücklich da, wo ich bin.«

»Es tut so gut, endlich einmal einen zufriedenen Menschen zu finden.«

»Daß ich zufrieden bin, habe ich nicht gesagt, Noël. Ich habe nur gesagt, ich bin glücklich da, wo ich bin.«

»Wie lange sind Sie schon bei der Polizei?«

»Gut fünfzehn Jahre.«

»Wann wollen Sie sich zur Ruhe setzen?«

»Wenn sie mich rauswerfen. Jetzt bin ich dran, Noël. Seit wann kennen Sie Mrs. Headman und ihre Tochter?«

»Mrs. Headman habe ich Anfang der Woche bei einer literarischen Matinee im Ritz kennengelernt. Eine charmante Frau, sie benutzt das richtige Besteck mit einem gewissen verwegenen Elan. An dem Morgen hatte ich mich gerade entschlossen, die Hauptrolle in dem Film zu übernehmen, wollte aber nicht im Algonquin wohnen bleiben, weil es da allmählich verdammt teuer wurde mit diesen Zimmerkellnern und all den anderen Lakaien, die immerzu eifrig die Hand aufhalten. Nun, wie das Leben so spielt, sie hatte zwei möblierte Wohnungen zur Verfügung, eine große, die sie selbst bewohnte, aber um des lieben Geldes willen durchaus zu räumen bereit war, und eine kleine, die einst als Dienstbotenunterkunft gedient hatte und mich nicht im mindesten interessierte. Also habe ich heute vormittag das größere Quartier in Augenschein genommen, war entzückt davon, da es groß genug ist für Jeffrey und mich, und habe den Handel perfekt gemacht. Dann hat sie mir von Diana erzählt, ihrer Tochter, die gleichfalls im Cascades auftreten soll. Sie singt. Ich habe sie noch nicht gehört. Sie?«

Singer lachte. »In der Tat, voriges Jahr in so einer Bruchbude im Village. Sie war die Vorreiterin der High-Society-Schönheiten, die urplötzlich zu Nachtklubsängerinnen erblühen. Von einigen haben Sie sicher schon gehört. Adelaide Moffet, Eve Symington und so weiter und so fort. Im Augenblick ist das der letzte Schrei. Lange werden sie sich nicht halten. Was gucken Sie so?«

»Mir ist gerade ein Gedanke gekommen. Sie haben doch sicher Thornton Wilders *Brücke von San Luis Rey* gelesen.«

»Aber sicher, Noël. Es ist eins meiner Lieblingsbücher. Ich habe ein paarmal mit Thornton zu Abend gegessen.« Noëls Augen blinkten wie wildgewordene Signalanlagen. »Ich habe es vier Mal gelesen.«

»Um dagegen immun zu werden? Na egal, ich habe irgendwie das Gefühl, dieses Unternehmen mit dem Cascades hat starke Ähnlichkeit mit der Handlung des Buches. Die unterschiedlichsten Gestalten kommen auf einer Brücke zusammen, die zwangsläufig unter ihnen zusammenbrechen und sie töten muß. Schauen Sie uns an – mich, Diana Headman, Electra Howard, Daniel Parrish, die drei zwielichtigen Gestalten, ihre Frauen und Sie. Sagen Sie, Jacob, meinen Sie, daß wir alle im Cascades zusammenkommen, weil das Schicksal es will, daß wir allesamt ... o je ... mich schaudert bei dem Gedanken.«

Jacob legte den Arm um Noël, eine spontane Geste, von der Noël durch und durch warm wurde. »Noël, ich will Ihnen etwas aus einem meiner Lieblingsdramen von Shakespeare zitieren – *Othello* ...«

Mein Gott, dachte Noël, er zitiert Shakespeare.

»Da sagt Desdemona: ›Töte mich morgen, laß mich heut noch leben!‹«

»Und was zum Teufel hat das mit uns und dem Cascades zu tun?«

Mrs. Parker drehte sich um und sagte: »Vorsicht, Jacob, sonst spült man dir noch den Mund mit Seife aus, weil du Shakespeare zitierst.« Ihr fiel auf, daß er Noël den Arm um die Schulter gelegt hatte. Dann erblickte sie wenige Schritte vor sich das Restaurant. »Ah!« rief sie aus. »Der sichere Hafen!«

VIER

Ein japanisches Linienschiff, die *Matso Maru*, war die schnellste Verbindung über den Pazifik. Abraham Wang buchte eine Überfahrt für sich und den massiven Bleisarg mit den sterblichen Überresten von Maxine Howard. Er hatte seine Vorgesetzten rasch überzeugt, daß die Zusammenarbeit mit Jacob Singer, dessen Ruf sie kannten und schätzten, das Aufspüren und Zerschlagen des Mädchenhändlerrings beschleunigen würde. Es leuchtete ihnen ein, daß Wang das Übel an der Wurzel packen wollte. Shanghai war logischerweise nur eine von vielen Zweigstellen dieses Unternehmens. Und Wang brannte darauf, nach allzu langer Abwesenheit wieder einmal nach New York City zu kommen. Er freute sich auf das Wiedersehen mit Jacob Singer, auch wenn er dessen Angewohnheit, ständig irgendwelche berühmte Namen fallenzulassen, lästig und ermüdend fand. Andererseits war Singers kleines rotes Büchlein prallvoll mit Namen und Telephonnummern, eine erlesene Auswahl verfügbarer Frauen jeder Größe, Hautfarbe und Glaubensrichtung. Aber am meisten freute er sich auf ein Doppeldecker-Sandwich mit heißem Pastrami und Corned beef in dem Deli an der Sixth Avenue.

Obwohl die See rauh war und man in dem scharfen Wind nur mit Mühe vorankam, ging Wang doch auf dem Oberdeck spazieren, um sich die nötige Bettschwere zu verschaffen. Sein letztes Gespräch mit Singer vor der Abreise hatte ihm reichlich Stoff zum Nachdenken gegeben. Electra Howard und Daniel Parrish. Vivaldi, Beethoven und Bizet. Er überlegte kurz, ob er da nicht in ein Marx-

Brothers-Szenario geriet. Ein Revuemädchen mit literarischen Ambitionen als Spitzel. Diana Headman. Und dann zu allem Überfluß auch noch Noël Coward. *Noël Coward.* Noël Coward, der sich fröhlich in eine Mördergrube begab, um als Detective ohne Geschäftsbereich für Jacob Singer Dienst zu tun? Wenn Buddha das wüßte, würde er sicher mit dem Auge zwinkern.

Das Schiff hob und senkte sich jäh, so daß Wang gegen die Reling geworfen wurde und es ihm vorübergehend den Atem verschlug. Ein Schiffsoffizier, der das Deck von allen Passagieren räumen sollte, die sich anmaßten, den entfesselten Elementen zu trotzen, arbeitete sich zu ihm vor und brachte ihn mit festem Griff am Arm in Sicherheit. Wang keuchte ein Dankeschön hervor und machte sich auf den Weg an die Bar, wo er einen großen Whisky bestellte. Während er darauf wartete, setzte er sich auf einen Hocker und betrachtete seine Mitpassagiere in dem großen Spiegel, der hinter der Bar in die Wand eingelassen war. Es waren zumeist japanische Männer. Die wenigen Frauen in der Bar waren wahrscheinlich Amerikanerinnen. Morgen sollte das Schiff in Honolulu anlegen und dann nach einem mehrstündigen Aufenthalt, um Fracht zu laden, nach San Francisco weiterfahren. Von dort wäre es noch eine viertägige Bahnreise über Chicago nach New York City.

Wang überlegte einen Augenblick und seufzte dann. Hoffentlich lief Billy Minskys Tingeltangel noch an der Zweiundvierzigsten Straße West.

Auf der Bühne des Cascades, wo eine fieberhafte Probentätigkeit im Gange war, nahm Noël Coward ein afrikanisches Blasrohr in Augenschein. Daniel Parrish benutzte es in einer Nummer mit Electra und der sechsköpfigen Tanztruppe. Electra beobachtete Noël aus einiger Entfernung und sagte dann etwas zu Daniel. Daniel ging zu

Noël hinüber. »Das ist ein echtes Blasrohr. Vom Stamm der Assagai.«

Noël hatte ihn nicht kommen hören und fuhr zusammen, als er so unerwartet seine Stimme hörte. »Mein lieber Junge, Sie haben mich ja regelrecht erschreckt. Assagai, sagten Sie? Sind die nicht für ihre Wurfspeere berühmt?« Daniel nickte bestätigend. »Welch kühner Unternehmungsgeist. Schade, daß sie keinen Zugang zum Weltmarkt gefunden haben.« Noël gab Daniel die Waffe zurück. »Sie haben ein faszinierendes Repertoire, Daniel. Und Ihre Tänze sind meistens sicher auch authentisch.«

»Ganz und gar authentisch«, korrigierte Daniel. »Ich war mehrere Jahre auf Reisen, um Tänze in ihrer heimischen Umgebung zu studieren. Afrika, Haiti, Kuba, Brasilien.«

»Besonders faszinierend finde ich Ihre Voodoo-Nummer. Bei Electras Auftritt als Hohepriesterin läuft es einem eiskalt den Rücken herunter. Schrumpfköpfe machen Sie nicht zufällig auch?«

Daniel versuchte zu lächeln, aber es fiel ihm nicht leicht. »Derart Drastisches nicht.«

»Wie Electra da auf der Bühne wirklich und wahrhaftig das Huhn abschlachtet. Mein lieber Junge, dafür braucht man einen eisernen Magen. Haben Sie denn keine Angst, den Zuschauern könnte dabei übel werden, ganz zu schweigen von der Möglichkeit, daß es Anstoß erregt?«

»Wir haben das mit Mr. Vivaldi abgesprochen.«

»Und er fand natürlich nichts dabei.« Naserümpfend fügte er hinzu: »Kein Wunder bei seinem Werdegang und Bildungsweg. Das tote Huhn verschwindet dann wohl auf schnellstem Wege in der Küche und wird einem nützlichen Zweck zugeführt.«

»Vielleicht versuchen wir irgendwann einmal, eine Ziege zu schlachten.«

Noël riß die Augen auf. »Wie wär's mit Jungfrauen?«

»Die sind in dieser Stadt nicht so leicht zu finden.«

»*Touché.* Die Nummer, in der Sie das Blasrohr einsetzen, habe ich noch nicht gesehen. Mein lieber Junge, Sie wollen doch nicht etwa vergiftete Pfeile verwenden, oder?«

»Es ist doch alles nur Spiel.«

»Nur das Hühnerschlachten nicht.«

»Mr. Coward, wir wurden hier engagiert, weil wir in der Unterhaltungsbranche einmalig sind. Was wir machen, ist authentisch, und wenn das Authentische zuweilen schockierend wirkt, dann läßt sich das nicht ändern. Wir stehen mit Ihnen zusammen auf dem Programm, weil wir echt sind, genau wie Sie.«

»Zu gütig. Ah! Da ist mein guter Freund Jacob Singer. Aber Sie und Electra kennen sich ja bereits. Wie dumm von mir.« Electra stand in Hörweite, und Noël ging zu ihr und nahm ihre Hand. »Das habe ich völlig vergessen! Bei der ganzen Hektik mit der Vertragsunterzeichnung und den Proben hier und den Vorbereitungen zu meinem Film habe ich Ihnen noch gar nicht kondoliert. Was für eine entsetzliche Tragödie. Es tut mir so leid, daß Ihre Schwester tot ist.« Ihre Miene war undurchdringlich. Noël zog eine Augenbraue hoch. »Ihnen auch?«

Vielleicht lächelt sie jetzt, dachte Noël, aber vielleicht hat sie auch nur Blähungen. Man hätte ihren Gesichtsausdruck kauzig oder auch gefährlich nennen können. »Sie sind ein scharfsinniger Menschenkenner, Mr. Coward. Ja, es tut mir leid, daß meine Schwester tot ist, vor allem, weil mir die Art ihres Todes nicht gefällt. Sie haben recht, ich mochte sie nicht besonders. Aber sie hatte einen anständigen Tod verdient. Nun kann ich ihr wenigstens ein anständiges Begräbnis geben.«

»Das ist mehr, als meinen letzten beiden Stücken zuteil wurde.« Er schrie: »Jacob! Hierher! Auf die Bühne! Wie schön, daß Sie bei uns vorbeischauen. Und wer ist der junge Kobold da?«

Abel Graham errötete.

Singer erläuterte: »Das ist mein Assistent, Abel Graham. Er wollte Sie gern kennenlernen.« Abel lächelte schüchtern.

Noël sagte: »Nun, da Sie mich jetzt endlich kennengelernt haben, was wollen Sie mir für wunderbare Komplimente machen?« Abel schwieg. Noël blickte weltverdrossen drein wie gewohnt. »Mein lieber Junge, Sie bleiben stumm. Ich verstehe Sie ja. Sie sind so überwältigt durch meine Gegenwart, daß es Ihnen die Sprache verschlagen hat.« Er zwinkerte Singer zu. »Also, mein lieber junger Abel Graham, seien Sie versichert, daß ich ein ganz gewöhnlicher Sterblicher bin wie alle anderen auch. Mit mehr Talent als die meisten Leute aber weniger als viele andere, und in tausend Ängsten wegen dieser Show, die wir hier vorbereiten. Jacob, Sie haben Electra und Mr. Parrish noch nicht begrüßt.« Man sagte sich guten Tag. »Schön.« Hinter ihm probte ein Tenor mit dem Orchester ein Lied.

»Keine sehr kräftige Stimme«, bemerkte Singer beiseite zu Noël.

»Wenn er eine kräftige Stimme hätte, würde sie ihn zerreißen. Warum sind amerikanische Sänger oft so nasal veranlagt? Polypen vielleicht? Ich habe mir meine schon vor Jahren herausnehmen lassen. Meine Mutter bewahrt sie in Alkohol auf einem Küchenbord auf. Sie ist pathologisch sentimental. Ach, da kommen ja die drei verruchten Musketiere.« Vivaldi, Beethoven und Bizet waren mit einem weiteren Mann im Schlepptau eingetreten. »Grundgütiger Gott!« schrie Noël auf. »Das darf doch nicht wahr sein! Aber er ist es! Du lieber Himmel, Jimmy, was machst du denn hier?«

Jimmy Durante stürzte von den drei Kompagnons fort

und rannte auf die Bühne, wo er Noël mit seiner herzlichen Umarmung schier erdrückte. »Nöll!« krächzte er mit heiserer Stimme. »Mein alter Kumpel Nöll ausm Mudderland. Hallo Jake!« Singer lächelte und wußte genau, daß Abel Graham jetzt doppelt beeindruckt war von seinen Beziehungen. Durante warf den drei Kompagnons einen finsteren Blick zu. »Wißt ihr drei Strolche eigentlich, was ihr fürn Schwein habt, daß Nöll bei der Eröffnung von euerm Laden auftritt? Der geht nämlich bei Königen und Königinnen – richtigen, mein ich – zum Tee, und denkt auch dran, daß er nicht den kleinen Finger spreizt, wenn er die Tasse hebt. *Hotcha-cha-cha*!« Er machte sich mit Electra und Daniel bekannt. »Hab ich euch nicht letztes Jahr in Paris auftreten sehen?«

Daniel sagte: »Vergangenes Frühjahr waren wir die Glanznummer im Angry Pussy.«

»Was für ein Auftritt! Was für ein Showtalent!« Und zu Electra: »Wenn ich noch alle beinander hätt, würd ich Sie heiraten. Aber wenn Sie noch alle beinander haben, dann hab ich keine Schangse. Nöll, wart nur, bis du diese Bande bei der Arbeit siehst! Soviel Blut hast du noch nie im Leben auf der Bühne gesehn. Die bringen Ziegen und Hühner um . . .«

Noël konnte sich gerade noch zurückhalten, hinzuzufügen: »Und die Zuschauer um den Appetit.«

Durante pflügte weiter wie eine Dampfwalze: ». . . und setzen Blasrohre und Macheten ein. Ich sag dir, Nöll, das ist Showtalent!« Er sah sich mit großen Augen in dem höhlenartigen Klub um und bestaunte die Ausstattung, die baulichen Anlagen und den echten Wasserfall. »Ich kuck mir die Bude mal an, Nöll, ich soll nämlich hier einsteigen, wenn deine zwei Wochen um sind. Wenn ich mich dazu entschließe«, erklärte er mit einem tückischen Blick zu den drei Kompagnons hin, »dann versuch ich vielleicht noch, Kate Smith zu überreden, daß sie auch mitmacht. Da bleibt bestimmt kein Auge trocken, wenn die im Badeanzug den Wasserfall runterrutscht. *Hotcha-cha-cha*!«

Vivaldi fragte ungeduldig: »Was denken Sie, Jimmy?«

Durante legte in gespielter Verzweiflung schwungvoll die Handrücken an die Hüften, eine Geste, die dem Publikum in aller Welt bestens vertraut war. »Fragen Sie mich nie, was ich denke. Mir fehlt der Apparat dazu.« Er trat vorne an die Bühne und sah zu Vivaldi hinunter. »Egal, was ich tu, ich verlaß mich auf meinen Instinkt.« Er tippte sich an seine riesige Nase. »Da sitzt mein Instinkt. Der sagt mir immer, was ich zu tun habe.« Er ging wieder zu Noël und den anderen zurück und nahm Jacob Singer aufs Korn. »Was haben Sie eigentlich am hellichten Tag hier zu suchen? Wieso sitzen Sie nicht daheim in Ihrem Büro und legen einem armen Tropf die Daumenschrauben an und schlagen ihn mit dem Gummischlauch zusammen? Wie geht's Ihrer Freundin, Mrs. Parker? Schlitzt sie sich immer noch die Pulsadern auf, wenn sie Aufmerksamkeit erregen will?« Und an Noël gewandt: »Die hat echt ne Schraube locker. Sag mal, Nöll, haben diese drei Strolche dich mit Gewalt dazu gebracht, daß du für sie arbeitest?«

»Natürlich nicht!«

»Mir kannst du's ruhig sagen. Ich kenn welche, die sind noch gefährlicher als die und haben zweifellos noch ihre eigenen Zähne. Vivaldi, Beethoven und Bizet. Das sind ja nun nicht gerade die Boswell Sisters! Mensch, die kenn ich noch aus alten Zeiten, und alte Zeiten heißt Schnapsschmuggel und Waffenschieberei und kleine Erpressungen in der großen Gesellschaft. Damals, als ich 'n eigenen Klub hatte mit meinen Kumpels Clayton und Jackson, die ich immer noch für mich arbeiten laß, weil ich so 'ne Seele von Mensch bin.« Er zeigte mit dem Daumen über die Schulter zu den drei Kompagnons hin. »Weißt du, daß die drei mal im Mädchenhandel aktiv waren? Ich wette, die wissen sogar, wo Judge Crater abgeblieben ist. Der ist jetzt schon fünf Jahre lang verschwunden.« Vivaldi, Beethoven und Bizet standen versteinert wie griechische Statuen, auf ewig erstarrt.

Noël verschränkte die Arme, setzte eine strenge Miene auf und fragte: »Wenn du so vehemente Vorbehalte gegen diese Leute hast, warum willst du dich dann von ihnen anstellen lassen?«

Jimmy legte seinen bekannten steifbeinigen Paradeschritt hin, die Rechte ausgestreckt und mit dem Zeigefinger wackelnd, als sei das Leben eitel Sonnenschein. »Weil ich keine Vorbehalte hab gegen das Geld, das sie mir bieten. Kennst du mich nicht mehr, Nöll? Der alte Schnozzola, wie er leibt und lebt. Die älteste Hure auf diesem Terräng. Hab ich das richtig ausgesprochen? Muß ich wohl. Keiner lacht.« Er baute sich vor Jacob Singer auf. »Ich hab das Bild von dieser Maxine Howard in den Zeitungen gesehen.«

»Was ist mit ihr?« fragte Singer.

»War ein verdammt kluges Kind, vielleicht ein bißchen zu klug.«

»Sie haben sie gekannt?« Er sah, wie Electra näher an Daniel heranrückte und seinen Arm umklammerte.

»Ich hab sie vor ein paar Jahren unten in Atlantic City kennengelernt, als ich da in 'nem Hotel aufgetreten bin. Sie hatte 'ne Solonummer in einer Bude, die The Black Bottom hieß. War gar nicht mal so schlecht. Auch nicht sonderlich gut, aber na ja ...«, er legte eine Hand aufs Herz und lächelte gen Himmel, »wir haben halt alle unsere guten und schlechten Seiten.«

Noël nahm die Arme auseinander und zündete sich eine Zigarette an. »Ergebensten Dank, Aimee Semple MacPherson.«

»Hast du in letzter Zeit mal mit ihr gesprochen? Ich

hab schon monatelang nichts mehr von ihr gehört. Kein Wort mehr, seit sie damals mit mir anbandeln wollte und ich ihr Oliver Hardy zugeschustert hab, um sie von mir abzulenken.« Jetzt wandte er sich wieder Singer zu. »Ich höre, da kommt so ein schlitzäugiger Detective her und bringt sie tot zurück ... ist eben nicht Frank Buck, der bringt sie immer lebendig zurück. Kann ja nicht jeder Frank Buck sein und hätte auch kaum einer Lust dazu. Na sag schon, Jake, gehen die Ermittlungen hier weiter? Du und dieser Chinamann Wong ...«

»Wang«, verbesserte Singer.

»Wang!« echote Durante. »Nun muß ich die andere Wang auch noch hinhalten.« Das Stöhnen, das er da hörte, kam von Noël. »Jedenfalls, Jake, sie war ein netter Kerl, und es tut mir leid, daß sie ein so häßliches Ende gefunden hat.«

Jake deutete auf Electra. »Electra ist Maxines Schwester.«

Durante drehte sich zu Electra um. »Jammerschade, das mit Ihrer Schwester.« Electra antwortete nicht. »Und trotz dieser Tragödie stehen Sie hier auf der Bühne und proben.« Er legte die Handrücken an die Hüften. »Tja, wie die alten Mörder sagten, als sie Julius Cäsar zersäbelt hatten: Hinauf aufs Forum, Leute, die Show muß weitergehn!«

»Wie gut kannten Sie Maxine?« fragte Singer.

Durante grinste und sagte: »Nicht so gut, wie ich gern hätte. Na ja, sie hatte da so einen Kerl am Bandel, ich glaub, der war Privatschnüffler oder sowas in der Art.«

»Hieß er vielleicht Casey Sterne mit Namen?«

»Sind Namen nicht Schall und Rauch? Woher soll ich das wissen? Und nach so langer Zeit? Ich weiß nicht mal mehr, was ich vor zehn Minuten gemacht hab. Ach ja! Ich weiß es noch! Ich bin hergekommen, um die Bude hier in Augenschein zu nehmen. Also, meine Herren, der

Augenschein ist genommen. Tschüs, Jake. Tschüs, alle zusammen. Und ein Extra-Tschüs für dich, Nöll.« Er wandte sich an die Kompagnons. »Und ihr drei Ganeffs, ihr hört morgen von meinem Rechtsberater.« Er hüpfte von der Bühne, stolzierte auf die Straße hinaus und ließ in seinem Kielwasser drei Männer zurück, die ernsthaft erwogen, ihr Angebot an ihn zurückzunehmen.

Von Beethoven und Bizet gefolgt, erklomm Vivaldi die Stufen zur Bühne. Zu seinem Stargast sagte er: »Noël, ich höre nur das Allerbeste über Ihre Nummer.«

»Wie schön. Tröstlich zu wissen, daß irgendwo in Ihrem betörten Kreis von Auserwählten noch ein paar Geschöpfe weilen, die einen unerhört guten Geschmack ihr eigen nennen. Da Sie schon mal hier sind, vielleicht möchten Sie einen der beiden Songs hören, die ich eigens für dieses Engagement kreiert habe.«

Vivaldi kriegte sich kaum ein vor Freude. »Sie haben wirklich extra für uns zwei neue Songs geschrieben?«

»Um die Wahrheit zu sagen, es hat mir ausgesprochen Spaß gemacht.« Er musterte die Umstehenden. »Ich erkenne alle wieder, nur meinen musikalischen Begleiter nicht. Jacob? Sehen Sie Ivan Roth hier irgendwo? Sie haben ihn mir schließlich empfohlen, und er ist ja auch verflixt gut.« Er klatschte laut in die Hände wie ein gestrenger Schulmeister, der seine Zöglinge zur Ordnung ruft. »Ivan Roth!« rief er. Der Name fand breiten Widerhall, da andere aus der Truppe den Ruf aufnahmen. Aus dem Gang zwischen Garderobenräumen und Bühne erklang das schwere Getrappel eiliger Schritte, und ein dreißigjähriger junger Mann von dem eulenhaften Aussehen eines Gelehrten erschien, etwas atemlos und mit zerzaustem Haar, schiefsitzender Krawatte und einer verräterischen Lippenstiftspur auf der linken Wange.

»Bin schon da, Noël, bin schon da!«

»Das sehe ich. Wischen Sie sich doch freundlicherweise diesen Fleck da von der Wange. Sie sollten sich in acht nehmen, wenn sie mit Revuemädchen herumknutschen. Man weiß nie, wo die sich alles herumgetrieben haben.«

Ivan nahm am Klavier Platz, wobei er sich mit einem schmutzigen Taschentuch die Wange abwischte. Noël ging zu ihm hin und sagte etwas, das sonst niemand hören konnte. Diana Headman kam in den Klub und setzte sich beim Orchester hin. Sie fragte einen Musiker: »Was ist hier los?« Er erklärte ihr, Noël wolle ein Stück vortragen, das er eigens für sein Engagement hier im Klub geschrieben habe, und Dianas Mund formte sich zu einem O. Noël trat in die Mitte der Bühne. Die drei Kompagnons saßen bereits und schenkten Noël ihre volle Aufmerksamkeit. Er nickte Ivan Roth zu. Ivan improvisierte ein Intro, und Noël sang.

Vivaldi, Beethoven, and Bizet . . .

Die Kompagnons wechselten unbehagliche Blicke.

Are clever operators in a very big way . . .

Diana fragte sich, wer Jacob Singer und Abel Graham sein mochten. Sie hatte sie noch nie gesehen.

They give you flash and splash –
In a dazzling display . . .

Edna Dore stand mit Trixie Bates und Angie Murray den beiden Detectives gegenüber in der Seitenkulisse. Abel Graham wechselte einen kurzen Blick mit Edna, doch beide gaben kein Zeichen des Erkennens von sich. Hinter ihr stand die Garderobiere Hattie Beavers, die ohne weiteres für das Markenzeichen von Aunt Jemimas Pfannkuchenmischung hätte posieren können. Sie klopfte mit einem Fuß den Takt mit, während sie Electra Howard und Daniel Parrish verstohlene Blicke zuwarf.

Noël strich seinem Publikum musikalischen Honig um den Bart. Die Kompagnons aber wußten noch nicht recht, was sie von dem Song halten sollten. Offensichtlich sollten sie sich geschmeichelt fühlen, aber gerade das Offensichtliche entging ihnen meist.

Vivaldi, Beethoven, and Bizet . . .
Are unique in every sort of way . . .

Auf Abel Graham machte Mr. Cowards Darbietung wenig Eindruck. Unter einem richtig großen Sänger stellte er sich jemanden wie Rudy Vallee vor, und der hatte das College besucht. Jacob Singer überlegte, wer wohl die hübsche Puppe da beim Orchester sein mochte, die ein für seinen Geschmack zu gut einstudiertes Lächeln aufgesetzt hatte.

They offer riches . . . and . . . er . . . witches . . .
In a splendid array . . .

Diana Headman lachte. Sie fühlte sich überhaupt nicht einsam.

Daniel Parrish flüsterte Electra zu: »Ich glaube, du schlitzt die falschen Kehlen auf.« Sie biß sich auf die Lippe, um nicht loszuprusten.

Relax and be willing . . .
To accept what's eye filling . . .

Mickey DuVane, der Tanzregisseur, der mit der Kostümbildnerin Nancy Adman vorne saß, überlegte, ob er die Mädchen choreographieren müsse, damit sie Coward begleiten könnten. Was zum Teufel läßt man sich zu so einem Song einfallen? Steptanz? Boogie? Er entschied sich für eine Gavotte.

Face it . . . this gleesome threesome . . .

Er machte eine Pause und sang mit nonchalanter Miene:

Are out for a killing . . .

Singer lächelte. Der gute alte Noël. Der gute alte Noël tänzelte mittlerweile herum, während er fröhlich auf das Ende des Songs zusteuerte.

Hip Hip and hooray . . .

Er zeigte auf Vivaldi.

For Vivaldi . . .

Er zeigte auf Beethoven.

For Beethoven . . .

Er zeigte auf Bizet.

And Bizet!

Er schloß mit einer schwungvollen Geste und einem diabolischen Lächeln und nahm den höflichen Applaus mit höflicher Verbeugung entgegen.

Diana Headman kam eilig zu ihm gelaufen. »Das war köstlich!«

»Hallo, vielen Dank auch, mein liebes Mädchen. Ich habe Sie gar nicht hereinkommen sehen.« Er legte die

Hände an die Hüften und wandte sich den drei Kompagnons zu. »Nun?«

Vivaldi sprach für alle drei: »Das haut die Leute garantiert um.« Seine Unaufrichtigkeit entging Noël nicht.

»Mir ist es lieber, sie bleiben auf den Füßen und bringen mir stehende Ovationen dar. Danke, Ivan. Das war schon recht gut. Sie können da weitermachen, wo Sie aufgehört haben, als Sie so rüde unterbrochen wurden.« Der Klavierspieler errötete und eilte von dannen. Singer und Abel Graham gesellten sich zu Noël und Diana. Noël erklärte: »Nicht mein bestes Werk, aber es muß genügen.« Singer fragte er: »Meinen Sie, die haben sich geärgert, weil ich was von ›killing‹ gesungen habe?«

Singer sagte: »Ich glaube nicht, daß die das begriffen haben.«

Diana lächelte und meinte liebenswürdig: »Noël, die Herren hier kenn ich noch gar nicht.«

»Mein Gott, ich denke immer, in New York kennt jeder jeden.« Er übernahm die Vorstellung, und Nicholas Benson, der in den Kulissen stand, da er eben erst durch den Bühneneingang hereinmarschiert war, hatte den Eindruck, daß Singer ein paar Takte zu lang brauchte, bis er Dianas Hand wieder freigab. Noël erblickte Benson und winkte ihn heran. »Hier kommt der Hausfreund«, meinte er beschwingt, während er eine Zigarette in seine Zigarettenspitze stopfte. Zu Nicholas sagte er: »Sie haben gerade den jüngsten Zuwachs zu meinem Repertoire verpaßt. Ob Sie mich wohl entschuldigen würden, wenn ich ein persönliches Wort mit meinem Freund, dem Detective, wechsle.« Diana machte Nicholas und Abel Graham miteinander bekannt, während Noël Singers Arm nahm und ihn in einen stillen Winkel geleitete. »Jacob, Dan und Electra kommen mir äußerst merkwürdig vor. Einige ihrer Nummern sind ganz und gar unheimlich.«

»Nun ja, dafür sind sie berühmt«

»Aber mein lieber Junge, einem Huhn auf der Bühne den Kopf abzuschlagen, vor den Augen des Publikums? Ich finde das unerhört. Und obendrein benutzen sie dabei noch ein echtes afrikanisches Blasrohr.«

»Sie haben doch nicht etwa mit Pfeilen geschossen, oder?«

»Nein, das nicht, aber andererseits haben sie auch keine Seifenblasen gemacht.«

»Und die Kompagnons?«

»Die habe ich überhaupt noch nicht richtig zu Gesicht bekommen. Sie sind anscheinend hinter den Kulissen vollauf mit sich selbst beschäftigt. Ehrlich gesagt, ist mir das ganz lieb so. Ich kann es nicht ausstehen, wenn die hohen Herrschaften jeden Moment hier angeschlichen kommen und sinnlose Verbesserungsvorschläge machen. Die anderen sind ganz normal. Chick Mason probt dauernd mit seinem Orchester und verhält sich mir und den anderen Darstellern gegenüber sehr hilfsbereit. Zu Diana Headman ist er ausgesprochen nett, er deckt sie bei den hohen Tönen, an die sie ohne Leiter nicht herankommt, und hebt die Saxophone hervor, wenn ihr die Puste ausgeht.«

»Die Headman sieht ziemlich umwerfend aus.«

»Ach? Sind Sie ihr auch schon verfallen? Ich glaube, dieser Benson-Bursche hat das erste Recht auf sie. Ich weiß nicht genau, ob ihr das so ganz angenehm ist, doch in gewisser Weise scheint sie ihn anzubeten.«

»Und ihre Mutter?«

»Charmant, aber ein bißchen langweilig. Als wir das letzte Mal miteinander telephonierten, habe ich zwischendurch ein kurzes Nickerchen gemacht. Heute morgen habe ich sie auf dem Flur getroffen, und sie hat reizend auf mich eingeplaudert. Im Grunde ist sie ganz nett, aber verdächtigen könnte ich sie höchstens wegen Liebenswürdigkeit im Anfangsstadium.« Er schaute zu

Nancy Adman hinüber. »Was die Kostümgestalterin Nancy Adman anbetrifft, die sagt nicht viel, weil sie gewöhnlich den Mund voller Stecknadeln hat. Das Jammergestell da neben ihr heißt Mickey DuVane und ist der Tanzregisseur. Er ist aus der Eins-zwei-drei-kick-und-lächeln-Mädchen-Schule der Ballettmeisterei. Die Festlegung der Nummernfolge habe ich selbst übernommen, damit kenne ich mich ja bestens aus. Schließlich habe ich Erfahrung durch meine Revue-Arbeit in England für Cochran. Der gute Cockie, ich wünschte so, er könnte zu meiner Premiere kommen. Er hat mir immer zugesetzt, Kabarett zu machen. Ich fand das ziemlich interessant, was Durante uns da erzählt hat, daß er Maxine Howard aus Atlantic City kennt, und daß dieser schattenhafte Privatdetektiv Casey Sterne dabei war natürlich auch. Haben Sie den schon aufgespürt?«

»Er soll sogar heute zu einer Sitzung mit den hiesigen Jungs vom FBI aus D. C. anreisen. Er will mich im Revier anrufen, und ich treffe mich mit ihm, bevor er wieder zurückfährt.«

»Er weiß, daß Sie ihn über die teure Verstorbene befragen wollen?«

»Aber ja. Haben sich irgendwelche verdächtig aussehenden Gestalten auf den Proben herumgetrieben?«

»Mein lieber Jacob. Mein lieber, guter Jacob. Hier treiben sich *ausschließlich* verdächtig aussehende Gestalten herum. Gehen wir zu den anderen zurück, sonst fangen sie noch an zu tratschen.«

»Täusche ich mich, oder kommt es mir so vor, als ob Diana Headman Ihnen schöne Augen machen will?«

»Aber nein. Sie täuschen sich ganz und gar nicht. Sie meint es gut. Aber Jacob, ich will Ihnen einen Rat geben, wer anderen schöne Augen macht, kann meist nur nicht richtig gucken.«

FÜNF

Bizet strich durch den Konferenzsaal wie eine aufgeschreckte Hyäne. Beethoven, dem eine große Zigarre obszön aus dem Mundwinkel ragte, schnitt sich die Fingernägel. Vivaldi war in ein Blatt Papier mit Angaben und Zahlen vertieft, zu denen nur er und seine Kompagnons Zugang hatten. Er fuhr Bizet an: »Herrgott nochmal, setz dich endlich hin. Mir wird noch ganz schlecht.«

»Was ist bloß mit euch beiden los? Macht es euch nicht nervös, daß Jake Singer unsere Geschäftsräume inspiziert?«

»Ist mir völlig wurscht. Er ist ein Freund von Coward. Na und?«

Bizet fuhr hitzig fort: »Aber daß Durante damit rausplatzt, daß wir vor Jahren mal im Fleischhandel waren ...«

»Das ist doch Schnee von gestern, also was soll's? Die konnten uns damals nichts anhängen, da können sie uns jetzt erst recht nichts anhängen. Wir sind sauber.« Er knallte das Blatt Papier auf den Tisch, damit Beethoven es sich ansah. »Was zum Teufel haben diese dämlichen Zahlen für den Sprit zu bedeuten? Kriegen wir da keinen Rabatt?«

»Wir haben durchaus Rabatt.« Er deutete auf eine Zahlenreihe. »Da ist der Rabatt.«

»Menschenskind, wie sollen wir da je Profit machen?«

Beethoven meinte nüchtern: »Wir panschen die Getränke.«

»Gut«, stimmte Vivaldi zu. »Aber das erste Getränk

nicht. Das erste Getränk soll die Bar ordentlich einschenken. Ab dem zweiten wird verdünnt.«

Beethoven ließ die Zigarre in den anderen Mundwinkel wandern. »Wir könnten natürlich auch die Flaschen halbieren und mit Wasser auffüllen.«

Vivaldi kicherte in sich hinein. »Weißt du was, Harry, bei deinem Verstand hättest du Präsident der Vereinigten Staaten werden können.«

»Spinnst du? Ich zahl doch nichts.«

Bizet beugte sich mit aufgestützten Händen über den Tisch. »Mir gefällt das nicht! Mir gefällt das nicht, verdammt noch mal! Da ist doch was faul an der Sache!«

Bizets Argwohn und Unsicherheit waren ein Kreuz, das die Kompagnons mit den Jahren zu tragen gelernt hatten. Diese Leistung forderte ihnen viel Langmut ab, aber sie mochten das Wiesel wirklich gern, vor allem wenn er beim Pokern große Geldsummen an sie verlor. Vivaldi hatte sich wieder in das Papier vertieft. »Wiesel, du machst aus einer Mücke einen Elefanten. Wir führen hier praktisch ein anständiges Geschäft. In ein paar Monaten, wenn alles nach Plan läuft, setzen wir die andere Hälfte in Gang. Wir stellen die Blackjack-Tische auf, das Roulette, Baccarat, die ganze Chose. Wir lassen die Animiermädchen antanzen, und diese Nutten machen dann einen sehr netten Reibach für uns. Reg dich ab, Wiesel, und führ Angie mal ins Kino aus. Das wird deinen Nerven guttun. Im ›Strand‹ läuft *Go Into Your Dance* mit Al Jolson und seiner besseren Hälfte Ruby Keeler. Ich war gestern mit Edna drin. Wir waren begeistert. Helen Morgan spielt auch mit. Sei vernünftig. Los, geh ins Kino. Du fällst mir allmählich auf die Nerven.«

Bizet wischte sich die verschwitzten Hände mit einem Taschentuch ab. »Ach, was soll's. Ihr wißt doch, wie das bei mir ist, wenn ich meine, die Bullen rücken mir auf den Pelz.«

»Sie haben uns noch nie geschnappt, oder?« Vivaldi notierte sich etwas auf dem Papier, während Beethoven die frischgeschnittenen Fingernägel an der linken Hand bewunderte.

»Einmal ist immer das erste Mal«, gab Bizet mit matter Stimme zu bedenken.

»Ich will dir mal was sagen, Wiesel.« Wieder knallte Vivaldi das Blatt auf den Tisch. »Ich hab's dir schon hundertmal gesagt, und jetzt sag ich's dir noch mal. Wenn du immerzu denkst, daß es Scherereien gibt, dann gibt es auch welche. Also, Wiesel, tu dir und uns einen Gefallen und *hör auf zu denken.*« Zu Beethoven sagte er: »Harry, seit wann bestellt ein Nobellokal wie wir Frankfurter Würstchen?«

»Der Koch braucht sie für die Linsensuppe.«

»Welche Linsensuppe? Was ist mit der Zwiebelsuppe und der Vitschiswass?«

»Die stehen nach wie vor auf der Karte, aber er fand, wir sollten noch ein paar andere Suppen anbieten. Deshalb hat er Linsen, Huhn und Erbsen dazugesetzt. Ich bin ganz seiner Meinung. Es ist gut, wenn man den Leuten eine alte Naive zu bieten hat.«

»Du meinst Alternative«, korrigierte Vivaldi.

»Du brauchst mir nicht zu sagen, was ich meine. Ich weiß schon, was ich meine. Auch wenn ich kein Genie bin.« Er überlegte einen Moment. »Ich sag immer alte Naive. Ich finde, das hört sich gut an.« Er nahm die Fingernägel der rechten Hand in Angriff.

Bizet brüllte: »Verdammt noch mal! Ich will überhaupt nicht ins Kino!«

»Noch Tee, Jeffrey?« fragte Millicent Headman.

»Ja, bitte. Er ist köstlich. Diese Wohnung ist so gemütlich. Wenn ich allein lebte, würde ich mir genau so eine Wohnung suchen.«

»Danke. Sie erfüllt ihren Zweck.« Sie füllte ihre eigene Tasse nach und lehnte sich in dem bequemen Morris-Sessel zurück. »Als Linus noch lebte, hatten wir natürlich unsere Villa in Oyster Bay. Und«, trällerte sie, »das Anwesen in Palm Beach. Die Yacht fehlt mir doch sehr. Sie war ausgesprochen wendig. Aber«, ihre Stimme hatte jetzt einen harten Klang, »das mußte alles dazu herhalten, die Schulden von Headman Pharmaceuticals abzudekken.«

»Ihr Mann ist vor zwei Jahren gestorben?«

»Ja, der Ärmste. Ein Herzanfall. Böse Zungen behaupteten, er habe Selbstmord begangen. Aber wenn das wahr wäre, hätten wir nie etwas von seiner Versicherung bekommen.«

»›Wir‹ schließt Diana mit ein?«

»O ja. Als Linus die Versicherungen abschloß, hatte Diana das Heiraten noch nicht zu ihrem Hobby erkoren. Eigentlich waren ihre ersten beiden Männer gar nicht wohlhabend, jedenfalls nicht in dem Sinne, wie *unsereins* wohlhabend verstehen würde. James war derjenige, der tatsächlich reich war.« Sie lachte. »Stinkreich, wie manche sagen würden.«

»James war vermutlich der Rhodesier.«

»James Coleridge, ein Mann von großem Reichtum und mit vielen seltsamen Launen. Diana hat ihn auf einer Kreuzfahrt durch die Karibik kennengelernt. Ihre Karriere als Sängerin hat auf Kreuzfahrten begonnen. Mein Mann saß im Aufsichtsrat einer Kreuzschiffahrtsgesellschaft, was natürlich günstig war. Na, jedenfalls war es eine stürmische Romanze. Sie haben in New York geheiratet, damit Linus und ich dabeisein konnten. Und dann sind sie fort nach Rhodesien auf Coleridges Ranch. Diana hatte ja keine Ahnung, wie unermeßlich reich er war. Sie hatte auch keine Ahnung, wie durch und durch gefürchtet und verhaßt ihr frischgebackener Ehemann war.« Jeffrey war hingerissen. Noël hatte ihn gewarnt, daß Millicent Headman redete wie ein Wasserfall und zweifellos den Geschwätzigkeitsweltrekord der westlichen Hemisphäre hielt, doch Jeff fand sie hinreißend. »Er war gräßlich zu den Leuten, die für ihn arbeiteten, und Diana hatte den Verdacht, daß es bei seinen Geschäften nicht immer nur mit rechten Dingen zuging. Er ist eines grauenhaften Todes gestorben.«

»Er ist tot?«

»Mausetot.«

»Aber Noël hat mir doch erzählt, daß Diana sich von ihm scheiden ließ.«

»Sie hatte das Verfahren eingeleitet, aber die Scheidung wurde nicht rechtskräftig. James ist zu früh gestorben.« Wieder lächelte sie. »Oder vielleicht auch zu spät.«

Jeffs Neugier war geweckt. »Was ist ein grauenhafter Tod?«

Millicent schaute unverwandt in ihre Teetasse. Jeff überlegte, ob die Art, wie Coleridge zu Tode gekommen war, aus den Teeblättern am Grunde der Tasse abzulesen war. »James hat sich verzehrt.« Jeff hatte schon gehört, daß zartbesaitete Liebende sich vor Sehnsucht verzehren, aber ein kerngesunder sadistischer Rancher? Es war, als hätte sie seine Gedanken gelesen. »Dianas Schilderung nach muß es befremdlich und furchterregend gewesen sein. Eines Abends klagte er, er fühle sich nicht gut, und legte sich ins Bett. Diana holte den Arzt. Der meinte, es sei das Herz. Doch er wurde von Tag zu Tag schwächer. Diana ist nicht abergläubisch, aber sie sagt, an dem Abend, als die Krankheit begann, habe James ein totes Huhn in seinem Schlafzimmer gefunden.«

»Vielleicht war es aus Versehen da reingelaufen.«

Millicent lächelte. »Ich weiß, daß man so etwas nicht recht glauben mag, aber bei James waren etliche Leute angestellt, die Voodoo betrieben. Diese spezielle Richtung nennt sich *obeah* und hat viel mit der haitianischen und kubanischen gemeinsam.«

»Ich habe mich einmal ein bißchen mit Voodoo beschäftigt und war immer der Meinung, es würde nur wirken, wenn die Suggestivkraft auf einen schwachen und abergläubischen Geist trifft.« Dabei suchte sich Jeff einen Schokoladenkeks aus und bereute seine Wahl gleich beim ersten Bissen. Er schmeckte ranzig. Als Gentleman und geborener Amherst vertilgte er auch den Rest, ohne eine Miene zu verziehen.

»Ich habe selbst ein bißchen Erfahrung mit Voodoo«, sagte Millicent, »und habe erschreckende Folgen beobachtet. Im Hafen von Haiti, wo unsere Yacht vor Anker lag, waren Linus und ich Zeuge, wie ein Mann seine Frau mit einer Machete zu Tode hackte. Ich habe es jetzt noch vor Augen, und es ist grauenvoll. Als die Polizei kam und ihn überwältigte, behauptete er steif und fest, er habe nicht seine Frau getötet, sondern einen bösen Geist, der ihre Gestalt angenommen habe. Er sagte, der böse Geist sei aus toten Vögeln herausgekommen, die man ihm an die Haustür genagelt hatte und die bewirkt hätten, daß sein Maultier krank wurde und starb und seine Frau nicht mehr mit ihm schlafen wollte. Da er nun aber wußte, daß sie sexuell unersättlich war bis zur Erschöpfung, mußte sich naheliegenderweise ein böser Geist des Körpers bemächtigt haben, der einst nur ihm allein gehörte.« Sie sah direkt an Jeffs Kopf vorbei zum Fenster hinaus, und die jähe Fremdheit in ihrem Blick machte ihm angst. »James verzehrte sich einfach. Innerhalb weniger Wochen war er von über neunzig Kilo auf etwa fünfzig geschrumpft. Diana spricht nicht darüber, und ich sollte auch nicht darüber reden. Aber sie hat mir erzählt, daß da so eine schwarze Gruppe bei der Show ist, die mit einer Voodoo-Nummer auftritt. Ich glaube, das macht ihr zu schaffen, aber sie ist ja wie ihr Vater aus härterem Holz geschnitzt.« Soso, dachte Jeff, und dabei hat der gute aus härterem Holz geschnitzte Alte womöglich Selbstmord begangen. »Reisen Sie und Noël schon sehr lange zusammen?«

»Nein«, antwortete Jeff, »das kommt einem nur so vor. Wir kennen uns seit etwa fünf Jahren. Anfang 1930 hat er mich zu einer Reise durch Asien eingeladen, und es war eine herrliche Fahrt bis auf die Zeit in Shanghai, wo er schwer krank wurde.«

»Wie entsetzlich.«

»Wie man's nimmt«, sagte Jeff mit belustigter Miene und überlegte dabei, ob er von dem ranzigen Keks wohl Bauchschmerzen bekommen würde. »Er hat sich ins Bett gelegt und *Hochzeitsreise* geschrieben. Ganze drei Tage hat er dazu gebraucht.«

»Was Sie nicht sagen! Ein abendfüllendes Stück in nur drei Tagen!«

»Noël verschwendet nie seine Zeit.«

»Er ist ein ganz außergewöhnlicher Mensch. Was glauben Sie wohl, warum hat er nie geheiratet?«

Die belustigte Miene blieb wie angenagelt auf Jeffs Gesicht. Er dachte, Madame belieben wohl zu scherzen. Laut sagte er: »Noël hat die Ehe mir gegenüber einmal als vorsätzliches Verbrechen bezeichnet.«

»Aber so zynisch ist er doch sicher nicht.«

»Millicent, meine Liebe, Sie kennen ja das ganze Ausmaß des Schreckens nicht. Und um Ihretwillen hoffe ich, Sie werden es nie kennenlernen. O nein, danke. Ich kann keinen Keks mehr essen.«

Zehn Minuten nach Probenschluß lud Noël Diana Headman und Nicholas Benson ein, mit ihm noch auf einen Drink in die Hell's Bells Bar zu gehen, die dem Cascades gegenüber lag. Sie ging von der Empfangshalle eines schäbigen Hotels, des Raven, ab, Wohnsitz vornehmer

Damen im Ruhestand, die zuviel tranken und tratschten bis zum Exzeß, Fluchtburg glückloser Schauspieler, Refugium geschiedener Männer und Frauen nebst einer gehörigen Prise Perverser verschiedener exotischer Geschmacks- und Glaubensrichtungen. Die Bar selbst war ein Albtraum von lila-roten Wänden, die Photographien und Gemälde verflossener und derzeitiger Tingeltangelschönheiten zierten. Das Hell's Bells war eine Oase für die Prostituierten des Viertels.

Noël hörte, wie ein Mann zu dem Barkeeper sagte: »Wie immer, bitte.«

»Tut mir leid, Wie Immer ist mit einem anderen Herrn abgezogen.«

Noël zündete sich eine Zigarette an. »Am ersten Probentag bin ich durch Zufall in dieses Loch hier geraten und habe mich sofort zu Hause gefühlt. Die New Yorker Halbwelt hat etwas so wunderbar Einmaliges und Besonderes an sich. Ich meine, in London, wo die Frauen in solchen Bars – oder Kneipen, besser gesagt – durch und durch verdorben, aber sehr lieb zu den Matrosen sind, und wo der Gestank von abgestandenem Bier, abgestandenem Urin, aufgewärmtem Kohl und ungewaschenen Leibern den Verstand genau wie den Geruchssinn ins Wanken bringt, da ist nichts Wunderliches und Originelles daran. Sie stinken alle gleich und hören sich alle gleich an. In New York aber hat, wie ich finde, jede Bar ihren ganz eigenen Charakter. Zum Beispiel diese hier. Die Getränke sind billig und großzügig bemessen. Herbie, der Barkeeper, macht keinen Hehl daraus, daß er vor den Augen des Besitzers in die Kasse greift und zwecks sportlicher Betätigung Frau und Kinder versohlt. Er hat einen umwerfenden Humor. Herbie! Eine Runde trockene Martinis, bitte, so eiskalt wie die Abfuhr, die der Gentleman einstecken mußte, der gerade nach Wie Immer fragte.«

»Wird gemacht, No-ell.« Herbie grinste, so daß man

seine vereinzelten Zähne sah, und ging daran, die Bestellung auszuführen.

»Wie schade, daß Mr. Singer und sein Assistent nicht mitkommen konnten«, sagte Diana. »Ich finde Singer faszinierend. Ich habe noch nie einen Detective kennengelernt.«

»Tz-tz, meine Liebe, da wird Nicholas aber schäumen.«

Nicholas widersprach. »Ich schäume nie. Manchmal ziehe ich einen Flunsch oder werfe mich auf den Boden und trete um mich, aber ich schäume nie. Als Mann von Welt, Noël, sollten Sie doch erkannt haben, daß Diana und ich gute Freunde sind und mehr nicht.«

»Na, da bin ich aber erleichtert. Es gibt nicht genug gute Freunde auf dieser Welt. Ich meine, ich kann mich auf Gladys Calthrop verlassen, die bei meinen Stücken die Ausstattung besorgt, auf Jack Wilson, der mein Geschäftspartner ist, und seine Frau, die Prinzessin Natalie Paley ...«

»Eine richtige waschechte Prinzessin?« fragte Nicholas.

»In der Tat. Und obendrein ist sie jetzt in Hollywood und wirkt in einem Film mit Katharine Hepburn und Cary Grant mit, der *Sylvia Scarlett* heißt. Mit den beiden wird das bestimmt ein kolossaler Erfolg.« Ohne Begeisterung fügte er hinzu: »Brian Aherne ist auch dabei. Ich habe seinen letzten Film gesehen. Ich hoffte sehr, es würde sein letzter sein.« Er nahm Diana ins Visier. »Wieso treiben Sie sich eigentlich im Cascades herum und singen?« Barkeeper Herbie brachte die Getränke.

»Eben deshalb. Um zu singen.«

»Haben Sie sich da nicht eine etwas merkwürdige Örtlichkeit ausgesucht? Schließlich kennt man Sie als Stimme der High-Society. Da sollten Sie Ihre Stimme in den Kaffeehäusern erheben, in denen die High-Society verkehrt, was immer man im weitesten Sinne darunter verstehen mag.«

»Ich wollte schon immer mal in einem großen Klub singen. Als Ike Vivaldi mir sein Angebot machte, habe ich gleich zugegriffen.«

»Das klingt ja, als seien Sie und Vivaldi alte Freunde.«

Sie nahm einen Schluck aus ihrem Glas, bevor sie eine Antwort gab. Noël hatte den Verdacht, daß sie Zeit schinden wollte, um sich eine falsche Antwort zurechtzulegen. »Er hat mich letzte Weihnachten im Statler erwischt. Im Philadelphia Statler.«

»Philadelphia Statler«, wiederholte Noël und fragte dann schalkhaft: »Sind die auch so dünkelhaft wie die Boston Statlers?«

»Ach, kommen Sie!«

»Wohin?«

Nicholas überlegte laut: »Ich frage mich, was Vivaldi wohl im Hinterkopf hat.«

»Alles, nur kein Gehirn«, meinte Noël.

»Täuschen Sie sich nicht über Vivaldi und seine Kompagnons«, sagte Diana. »Sie sind sehr clever.«

»Und sehr gefährlich«, gab Nicholas zu bedenken, ehe er sich eine Olive in den Mund steckte.

»Ich muß zugeben, so ganz geheuer sind sie mir nicht«, sagte Noël. Von Diana wollte er wissen: »Sie sind gewiß über ihre gemeinsame bewegte Vergangenheit im Bilde, und wenn ich ›bewegt‹ sage, dann ist das wohl noch untertrieben. Sie ist geradezu grauenerregend. Jacob Singer hat mir alles über die drei erzählt. Ich muß schon sagen, sie sind bestimmt gehörig erschrocken, als Jacob bei der Probe auftauchte.«

»Wie kommt es eigentlich, daß Sie so dick mit einem Detective aus New York befreundet sind, Noël?«

»Im Grunde kennen wir uns erst seit ganz kurzer Zeit, Diana. Dorothy Parker hat uns vor ein paar Wochen miteinander bekannt gemacht. Singer hat ein bißchen was von einem Prominentenjäger an sich. Er findet großes Vergnügen daran, nach allen Seiten berühmte Namen fallen zu lassen. Er erzählt sogar einen Witz über sich selbst. Anscheinend ist er während der Prohibition bei einer Razzia gestolpert und hat sich das Bein gebrochen. Als Mrs. Parker hörte, daß er sich das Bein gebrochen hatte, bemerkte sie: ›Da hat er wohl einen besonders schweren Namen drauffallen lassen.‹ Die gute Dottie.« Er nahm einen Schluck von seinem Martini. »Fein. Sehr fein. Ich wünschte, unsere Barkeeper würden lernen, wie man sowas macht. Sagen Sie, Diana, was halten Sie von den Schwarzen?«

»Im allgemeinen, oder nur von Electra und Daniel?«

»Sie wissen schon, was ich meine.«

Verärgert sagte sie: »Ich weiß ja, daß viele Briten Vorurteile haben . . .«

»Ich habe nur Vorurteile gegen Vorurteile. Ich bin ganz froh, daß ich an einer so außergewöhnlichen Show beteiligt bin, wo Weiße und Schwarze zusammengewürfelt sind, obwohl ich weiß, daß es starke Widerstände dagegen gibt. Ich habe zum größten Teil gesehen, was sie da aufführen wollen. Ziemlich starker Tobak, furchtbar gewalttätig, und Gewalt verabscheue ich zutiefst. Brutalen Menschen konnte ich noch nie etwas entgegensetzen. Angesichts der Drohung mit Gewalt zeige ich mich so mannhaft wie eine Pusteblume im Sturmwind. Ich mache mir einfach Sorgen, daß ihr Auftritt Anstoß erregen könnte.«

»Finden Sie ihn anstößig?«

»Ich glaube kaum, daß die Amputation eines Hühnerkopfes vor den Augen des Publikums Aussicht hätte, einen Preis für guten Geschmack zu gewinnen.«

»Da haben Sie wahrscheinlich recht. Aber sie sind fanatische Verfechter der Authentizität, und ihr Voodoo ist authentisch. Ich kenne mich da aus. Ich habe es in Afrika selbst gesehen.«

»Man hört gerüchteweise von Unstimmigkeiten zwischen den Bossen, weil Vivaldi die Gruppe engagiert hat, ohne seine Kompagnons zu konsultieren.« Noël schnippte Asche und nippte an seinem Glas.

»Wie ich Ike kenne, setzt er sich in solchen Fällen rücksichtslos über seine Partner hinweg.«

»Der gute Big Ike Vivaldi. Sein Charme kennt keine Grenzen. Ich würde auf sein Wohl trinken, doch gebe ich mich nur selten der Heuchelei hin.«

»Wenn Sie ihn so wenig mögen, warum arbeiten Sie dann für ihn?« fragte Nicholas.

»Um des lieben Geldes willen, mein guter Junge, um des lieben Geldes willen. Zwei Flops am Broadway haben meine finanziellen Mittel erheblich dezimiert; jetzt haben sie gewissermaßen die galoppierende Schwindsucht und benötigen dringend eine Bluttransfusion. Nun sagen Sie mal, Sie verschlagener Kater Nicholas, warum treiben Sie sich so oft auf den Proben herum? Doch sicher nicht, um Diana moralischen Beistand zu leisten. Ich habe den Eindruck, die junge Dame kommt auch allein zurecht, und zwar prächtig. Sie meinen, da lauert womöglich eine gute Kriminalgeschichte im Hintergrund, habe ich recht?«

»Ganz genau. Was es ist, weiß ich nicht. Aber ich habe mal gründlich in der Vergangenheit dieses musikalischen Trios herumgestöbert, und es geht mir nicht recht ein, daß sie sich wegen früherer Mißhelligkeiten zu einem ehrlichen Leben entschlossen haben sollen.«

»Also dann, mein lieber Junge, was könnten sie im Schilde führen? Alkoholschmuggel gehört der Vergangenheit an. Waffenschieberei? Wohin und für wen und mit welchem Gewinn? Es gibt heutzutage nur noch kleine Kriege auf dieser Welt, die es kaum verdienen, daß ihnen irgendwer Beachtung schenkt außer den Beteiligten, und die fragen sich womöglich selbst, warum sie sich daran beteiligen. Ah! Der Handel mit Menschenfleisch. Jacob Singer hat mir erzählt, daß es noch immer ein höchst einträgliches Gewerbe ist, unschuldige junge Frauen außer Landes zu schaffen und sie im Ausland in die Welt der Sünde zu zwingen. Vi, Bee und Bi haben früher einmal von diesem Geschäft profitiert, und Sie meinen vielleicht, jetzt tun sie es wieder?«

Nicholas zuckte die Achseln und breitete die Arme aus. »Warum nicht? Ich möchte wetten, Singer hat denselben Verdacht.«

»Oh, Jacob ist ein entsetzlich argwöhnischer Mensch. Er hält Mae West für einen Mann in Frauenkleidern. Ich halte sie für eine umwerfende Frau in Hollywood. Ja, er meint, der Handel ist äußerst rege und wird immer reger, er meint, Maxine Howard ist diesen Ungeheuern zum Opfer gefallen, und allmählich glaube ich, wenn Electra Howard mal anfängt, den einen oder anderen Verdacht zu analysieren, den sie selber hegt, dann ... tja, dann werden hier wohl bald furchtbar viele geköpfte Hühner herumliegen. Der Gedanke entbehrt nicht der Ironie, nicht wahr, daß Electra für das Trio arbeitet, das womöglich die Verantwortung für den Mord an ihrer Schwester trägt.«

Diana seufzte und sagte: »Ich halte die drei für ehrlich. Hand aufs Herz.«

»Das sage ich Jacob, wenn ich ihn das nächste Mal sehe. Noch eine Runde? Hervorragend. Herbie, Zugabe! Könnt ihr zwei wohl ein bißchen Konversation machen, während ich versuche, Jeff aufzutreiben? Er war zum Tee bei Ihrer Mutter, Diana, und vielleicht ist er inzwischen in unsere Wohnung zurückgekehrt. Wir gehen heute abend wieder einmal ins Theater, Gladys George in *Personal Appearance*. Das Stück, das wir gestern gesehen haben, war so entsetzlich, daß selbst die Schauspieler in der

Pause gegangen sind.« Er wanderte beschwingt in die Hotelhalle hinüber, wo es einen öffentlichen Fernsprecher gab. Diana und Nicholas schwiegen eine Weile einträchtig. Diana war ganz in Gedanken versunken und in unbekannte Gefilde entschwebt.

»Ich wüßte zu gern, woran du jetzt denkst«, meinte Nicholas.

»Was? Oh, tut mir leid, ich habe gerade über Noël und die Hühner nachgedacht.«

»Eine merkwürdige Kombination.«

»Ja, das hat mich eben ins Grübeln gebracht. Nick, meinst du wirklich, da stimmt was nicht mit dem Cascades?«

»Ich glaube, Noël weiß mehr, als er zugeben will.«

»Meinst du wirklich? Was kümmert es ihn, was sich da hinter den Kulissen abspielt, auch wenn es etwas zwielichtig ist?«

»Vielleicht hat Jacob Singer ihn gebeten, Augen und Ohren offenzuhalten.«

»Ach, das ist ja lächerlich. Noël ist viel zu nonchalant und weltfremd, um Spitzeldienste für die Polizei zu übernehmen. Er bringt seine eigene Atmosphäre mit und läßt einen nur bis zu einem gewissen Grad an sich heran. Ich war baß erstaunt, daß er uns auf einen Drink eingeladen hat.«

»Genau. Er hat es sehr unterhaltsam und sehr geschickt angestellt, aber ich glaube, unser guter Mr. Coward wollte uns aushorchen.«

»Ach Quatsch. Woher sollten wir beide denn wissen, was da im Cascades vor sich geht?«

»Nicht wir beide. Ich weiß genau so wenig wie Noël. Er hat es auf dich abgesehen.«

Sie wurde blaß. »Auf mich? Was um alles in der Welt sollte er von mir erfahren wollen? Ich weiß doch überhaupt nichts.«

»Was zum Knabbern.« Herbie lächelte mit zahnlosem Mund, während er ein Schälchen mit gesalzenen Erdnüssen auf den Tisch stellte und dann die neuen Martinis verteilte. Er hatte es eilig, an die Theke zurückzukommen, wo sich allmählich die üblichen Stammgäste drängten.

»Ruhig Blut, Liebling, keiner will dir ans Leder. Ich habe nur festgestellt, was eh auf der Hand liegt. Wenn Noël etwas über das Cascades herausbekommen will, dann von dir und nicht von mir. Du bist direkt dabei. Ich bin ein Außenseiter, der mal hineinschnuppern will. Und ich glaube in der Tat, daß da was stinkt in Dänemark, wenn ich mal frei zitieren darf, und ich glaube in der Tat, daß Jacob Singer so manchen überaus bedeutsamen persönlichen Verdacht hegt ...«

»Das ist doch einfach lachhaft ...«

»Was ist hier lachhaft?« fragte Noël und rieb sich die Hände vor lauter Vorfreude auf einen neuen eisgekühlten Martini.

»Nichts von Bedeutung«, sagte Diana, und Nicholas steckte sich ein paar Nüßchen in den Mund. »Haben Sie Jeff gefunden?«

»Ja, er hat sich bei Ihrer Mutter köstlich amüsiert.«

»Ach, das freut mich aber.«

»Offenbar war sie groß in Form. Es ist doch gewiß kein Geheimnis zwischen uns – wenn Millicent einmal in Fahrt ist, dann ist sie nicht zu bremsen, bis sie ihr Ziel erreicht hat. Jeff und ich gehen ins Frankie and Johnny's essen. Wollen Sie nicht mitkommen? Wir treffen uns in einer Viertelstunde. Ich schwärme für die dicken, saftigen Steaks dort.«

Nicholas sagte, er müsse noch an einem Entwurf arbeiten, und Diana wollte mit ihrer Mutter zu Abend essen.

»Wie schade. Jeff hatte sich schon auf Sie beide gefreut. Diana, richten Sie doch bitte Ihrer Mutter aus, daß Jeff diese Teestunde überaus reizend fand. Das wird sie sicher freuen. Ehrlich gesagt, Diana, aus irgendeinem seltsamen Grund sind sie auf das Thema Ihres verstorbenen Mannes gekommen ... Coleridge, so hieß er wohl, wie dieser Samuel mit der Geschichte von dem *Alten Matrosen* ...«

»Ja, James Coleridge.« Ihre Stimme klang merkwürdig heiser.

»Stimmt das wirklich, was Ihre Mutter Jeff da erzählt hat?«

»Ich weiß nicht. Was hat Mutter denn Jeff erzählt?«

»Daß Coleridge an einer seltsamen Verzehrung gestorben ist. Daß man den Verdacht hatte, ein Voodoo-Zauber habe ihn umgebracht.«

Für Nicholas war das offenbar neu. »Wirklich?« fragte er. »Stimmt das, Diana?«

»Von Zeit zu Zeit«, sagte Diana, »dürfte sich Mutter ruhig mal auf die Zunge beißen.«

»Ach, meine Liebe«, erwiderte Noël und griff nach einer Erdnuß, »ich bin sicher, sie könnte auch dann noch reden.«

SECHS

Casey Sterne, ehemaliger Privatdetektiv und nunmehr in Staatsdiensten, war ein attraktiver, kräftiger Mann Ende Dreißig. Er freute sich über Singers herzliche Begrüßung, als er das Büro betrat, und erinnerte sich dann, daß sie sich schon einmal begegnet waren. Singer konnte sich nicht entsinnen. »Wann denn? Bei welcher Gelegenheit?«

»Vor etwa fünf Jahren. Eine verschwundene Ehefrau. Ein Buchmacher aus New Jersey, dem die Frau mit einem Jockey durchgebrannt war.«

Jacob lächelte. Jetzt fiel es ihm wieder ein. »Na klar, der Buchmacher, der aus alter Anhänglichkeit seine Frau wiederhaben wollte. Haben Sie sie gefunden?«

»Aber ja. Sie ist zu ihrem Mann zurückgekehrt, und der hat ihr die Kehle aufgeschlitzt. Also, was kann ich für Sie tun, Jacob?«

»Sie können mir etwas von Maxine Howard erzählen.«

»Die arme Maxie. Ich habe in der Zeitung davon gelesen. Mit der Würgschraube erdrosselt.« Er markierte ein Schaudern. »Kein schöner Tod.«

Singer erzählte ihm, was er über den Mord wußte und welchen Verdacht er und Abraham Wang hegten. Abschließend meinte er: »Wir glauben, sie wurde von Ihren Leuten als verdeckte Ermittlerin nach Shanghai geschickt.« Casey schwieg. »Korrigieren Sie mich, falls ich mich irre, und füllen Sie nach Möglichkeit die Lücken auf, wenn ich recht habe. Maxine hat für Sie gearbeitet, als Sie noch Privatdetektiv waren.«

»Das stimmt.«

»Und sie war gut.«

»Sie war mehr als gut. Sie war einsame Spitze. Bei Beschattungen hat sie nie die Spur verloren, und sie scheute sich nicht, auch heiße Eisen anzufassen. Es hat mir fast das Herz gebrochen, als sie den Dienst quittierte, um sich im Showgeschäft zu versuchen.«

»Eifersucht auf ihre Schwester?«

»Nein, eigentlich nicht. Sie mochten sich nicht. Ich glaube, Maxine hatte ein kurzes Techtelmechtel mit Electras Freund . . .« Er schnippte mit dem Finger, um seinem Gedächtnis auf die Sprünge zu helfen.

»Daniel Parrish?«

»Genau. Dan Parrish. Electra ist mit einer Machete auf Maxine losgegangen, doch obwohl Electra die Tänzerin ist, war Maxine flinker auf den Beinen. Letzten Endes hat Electra sich wieder beruhigt, aber danach hielten sich die Schwestern voneinander fern. Electra ist nämlich Voodoo-Priesterin.«

»So etwas hatte ich mir schon gedacht. Sie tritt in ein paar Wochen mit Parrish bei der Eröffnung eines neuen Klubs auf, The Cascades. Star des Programms ist mein alter Freund Noël Coward. Ich habe heute nachmittag bei den Proben zugeschaut. Electra und Dan geben da eine Nummer, bei der ein Huhn geköpft wird.« Er hielt inne. »Als ich das Cascades erwähnte, haben Sie nicht mit der Wimper gezuckt.«

»Warum sollte ich?«

»Vivaldi, Beethoven und Bizet.«

Casey lächelte. »Hat ja keiner behauptet, daß Sie ein blöder Bulle sind.«

»Maxine hat also für Ihre Firma gearbeitet.«

»Sie hat ihre Aufgabe zu gut gemacht. Sie war nahe dran, mir diese drei Schweinehunde ans Messer zu liefern, da ist ihr die Bande in Shanghai auf die Schliche gekommen. Ich war schon dabei, Maxine dort rauszuholen. Mein Gott, ich werde mir ewig Vorwürfe machen.«

»Ihre Leiche kommt morgen an. Kennen Sie Abe Wang?«

»Nicht persönlich, aber ich habe nur Gutes über ihn gehört.«

»Er bringt Maxine zurück. Ob Sie's glauben oder nicht, Electra macht einen furchtbaren Wirbel darum, daß sie ihr eine 1a-Bestattung zukommen lassen will.«

»Ach, unsere gute Electra versteht es nun mal, sich in Szene zu setzen. Dagegen sind Barnum und Bailey die reinsten Hintergrundstatisten.«

»Ehrlich gesagt habe ich bei den Proben reingeschaut, damit die Unheilige Dreieinigkeit ein bißchen nervös wird. Ich habe vor, ziemlich oft dort hinzugehen.«

Casey meinte spitzbübisch: »Sehen Sie zu, daß Sie sich da nicht unbeliebt machen. Ich kenne die drei. Nicht sonderlich gut, aber gut genug. Vivaldi und Beethoven haben eine eiserne Konstitution. Die läßt alles kalt. Die kann man umhauen, und sie stehen wieder auf, klopfen sich den Staub ab und fangen noch einmal von vorne an. Bei Bizet sieht die Sache anders aus. Ich glaube, der ist noch einmal ihr Ruin. Ein äußerst nervöser Typ. Die anderen beiden halten ständig die Hand über ihn. Vivaldi hat ihm den Spitznamen ›Das Wiesel‹ gegeben, und das paßt wie die Faust aufs Auge. Erstaunlicherweise hängen sie sehr aneinander und beschützen sich gegenseitig. Niemand weiß, wie sie die letzten Jahre überstanden haben, als sie pleite waren. Ich nehme an, sie haben einen Amigo gefunden, der sie finanziert hat und das wahrscheinlich immer noch tut. Wir haben den Verdacht, wenn der Klub erstmal eingeschlagen hat, was er sehr wahrscheinlich tun wird, dann machen sie da einen Spielsalon auf.«

»Das nehme ich aber nicht tatenlos hin«, warnte Singer.

»O doch«, fuhr Casey ihm in die Parade. »Wenn wir bis dahin noch nichts gegen sie in der Hand haben, lassen wir sie mit dem Glücksspiel anfangen, dann rücken wir an und lassen das Unternehmen hochgehen.«

»Na schön. Nun sagen Sie mal, wie machen die das mit dem organisierten Fleischhandel? Ich weiß auch nicht, warum ich es nicht über mich bringe, ›Mädchenhandel‹ zu sagen, es ist so furchtbar antiquiert. Ich meine, wir schreiben schließlich das Jahr 1935 und nicht die Jahrhundertwende. Wie locken sie die Mädchen in ihr Netz?«

»Jacob, Sie reden daher, als wären Sie noch grün hinter den Ohren; Sie sollten sich was schämen. Die kommen auf dutzendfach verschiedene Weise an die Mädchen ran. Sie geben in Bühnenzeitschriften Anzeigen auf, in denen sie Sängerinnen und Tänzerinnen für Klubs in Übersee suchen. So haben wir auch Maxine eingeschleust. Es gibt jede Menge lumpiger Theateragenten auf der Welt, die Mädchen anlocken, indem sie ihnen gutes Geld sowie ein Leben in Glanz und Gloria versprechen und die Aussicht bieten, aus dem täglichen Einerlei auszubrechen und in fernen Ländern eine exotische Welt kennenzulernen. Wir haben eine weltweite Wirtschaftskrise. Da wollen landwirtschaftliche Wanderarbeiter ihren Staubwüsten entfliehen. Da haben kleine Farmpächter unten im Süden mit dem Rückgang der Baumwollernte zu kämpfen. Überall im Land gehen die Farmer pleite, was soll da aus den Farmerstöchtern werden? So viele Handlungsreisende gibt es doch gar nicht, daß sie sich um alle alten Jungfern kümmern können. Also suchen die Mädchen ihre Chance anderswo. Diese Aasgeier annoncieren in Klatschblättern, in Frauenzeitschriften und Filmillustrierten und halten diesen armen Fischlein Köder vor die Nase, denen sie nicht widerstehen können. Wie oft schauen Sie in das Vermißtenregister?«

»Ziemlich oft.«

»Dann wissen Sie sicher, daß es drei- bis viermal so viel vermißte weibliche Personen gibt wie vermißte Männer.

Die meisten tauchen nie wieder auf, stimmt's?« Singer nickte. »Ich will Ihnen mal was Komisches erzählen. Nein, es ist gar nicht komisch, es ist geradezu tragisch. Wenn diese Mädchen einmal in die Falle getappt sind, dann schämen sie sich oft so, daß sie gar nicht mehr den Versuch machen, zu fliehen und zurückzukommen. Sie stammen aus ländlichen, frommen und bigotten Verhältnissen. Sie haben Angst vor ihren Eltern. Sie haben keinen Beruf, man hat ihnen nichts anderes beigebracht, als Hausputtel, Ehefrau und Mutter, Köchin und Putzfrau zu sein. Also bleiben sie, wo sie sind, und machen die Beine breit, um sich ihr Geld zu verdienen, auch wenn sie nur herzlich wenig von ihrem Verdienst behalten dürfen. Die meisten werden keine vierzig Jahre alt, es sei denn, sie haben das Glück, dort einen Gönner zu finden, der sie freikauft und dann auf andere Art versklavt.«

»Schaffen es nicht wenigstens ein paar davon, ihre Memoiren zu schreiben?«

»Tja, da sitzt jetzt in der Tat so eine in Hollywood, eine Eurasierin. Sie ist über London und einen völlig übergeschnappten ungarischen Produzenten dort gelandet, aber was soll's, meinen Segen hat sie. Sie hat ihre Vergangenheit über Bord geworfen. Nein, Jacob, diese Mädchen haben die Hölle auf Erden.« Er seufzte und sagte dann: »Das wirklich Komische an der ganzen Sache ist, daß Maxine uns von vielen Mädchen berichtet hat, die sich ganz gut damit abfinden können. Und warum? Weil sie gut und regelmäßig zu essen haben, schicke Kleider tragen und jede Menge Kokain und Opium bekommen, damit sie ständig über den Wolken schweben. Sie denken nicht darüber nach, daß sie einmal zu alt, zu ausgelaugt und zu krank sein werden, als daß sie ihrem Herrn noch von Nutzen sein könnten. Wenn sie nicht ermordet werden, dann bringen sie sich um oder sterben eines langsamen Todes bei der Arbeit in einem Puff in den Elendsvierteln, wo sich keiner darum schert, wie alt du bist und wie du aussiehst, solange die wesentlichen Organe noch funktionieren. Und ich will Ihnen eins sagen, mein Freund, mit dreißig sind die schon auf dem absteigenden Ast.«

»Kommen denn nie welche zurück?« Singer war ganz niedergeschlagen.

»Manche ja. Es ist unser Glück, daß einige zurückkommen. Wir haben wertvolle Informationen erhalten von diesem Strandgut des Lebens, denn das sind sie – Strandgut des Lebens. Um manche kümmert sich die Heilsarmee, manche landen bei der Kirche und in Ordensgemeinschaften, und der Rest landet im nächsten Fluß.«

»Sie haben mich mächtig aufgeheitert. Wie wär's mit Kaffee?«

Casey schaute auf die Armbanduhr. »Keine Zeit. Ich muß mich bald auf den Weg machen. Ich muß noch viel erledigen und jede Menge Leute treffen, bevor ich mich wieder in den Zug nach D. C. setze. Haben Sie irgend jemanden in das Cascades einschleusen können?«

Singer berichtete ihm, daß Edna Dore sich von Abel Graham bereitwillig hatte anwerben lassen.

»Ist sie vertrauenswürdig? Wie hat dieser Graham sie an Land gezogen?«

»Sie ist vertrauenswürdig, weil ihr nämlich Straffreiheit zugesichert wurde, wenn der Zoff losgeht. Sie ist intelligent und liest viel. Fannie Hurst, Edna Ferber, Maxwell Bodenheim, *Krieg und Frieden*. Sie war ein Jahr auf dem College, dann hat die Wirtschaftskrise zugeschlagen. Sie will wieder zurück und ihre Ausbildung abschließen, ihr Examen in Literatur machen und dann vielleicht unterrichten. Eine blitzgescheite junge Dame.«

»Hoffentlich wird sie auch eine blitzgescheite alte Dame. Vivaldis Geliebte ist bestimmt die beste Wahl für diese Aufgabe.«

Singer erzählte ihm von Noël Coward. Casey brach in schallendes Gelächter aus. »Der? Noël Coward als verdeckter Ermittler? Das soll wohl ein Scherz sein.«

»Ich schwöre es beim Grabe meiner Mutter, auch wenn sie noch gar nicht tot ist. Ich sag Ihnen, sowas von Arbeitseifer haben Sie noch nicht gesehen. Er reist mit so einem feinen Pinkel, Jeffrey Amherst, und der ist sein Hilfssheriff. Sie haben schon eine Menge über diese Voodoo-Geschichte herausgefunden.« Er berichtete Casey von Jeffs Gespräch mit Millicent Headman.

»Die gute alte Millicent«, sagte Casey.

»Sie kennen sich?«

»Aber ja. Sie hatte mich eine Zeitlang auf ihren Mann angesetzt.«

»Der gute alte Linus hat Millicent betrogen?«

»Der gute alte Linus hatte es faustdick hinter den Ohren.«

»Hat Selbstmord begangen, stimmt's?«

»So hieß es wenigstens. Millicent bestreitet es aber auf das heftigste. Und wenn Millicent etwas auf das heftigste bestreitet, dann heißt es, Schotten dichtmachen. Sie redet wie ein Wasserfall und verfügt über einen eindrucksvollen Wortschatz. Dann ist da noch die dreimal verehelichte Tochter Diana. Auch so ein Prachtstück.«

»Ich mag sie ganz gerne. Ich steh auf den Typ.«

»Sehen Sie sich ja vor, wenn Sie mit dem Feuer spielen. Sie hat schon dreimal den kürzeren gezogen.«

»Den kürzeren gezogen? Noël sagt, sie hat kräftig abgesahnt.«

»Das will ich nicht bezweifeln. Sie hat sich nie mit kleinen Fischen abgegeben. Sie hat bei ihrem Vater geübt.«

»O je, erhebt da der Inzest sein häßliches Haupt?«

Als Antwort auf seine Frage erhielt er ein Achselzukken à la français. »Wissen Sie, Jacob, früher hat mir die alte Dame immer leid getan. Sie hat ihren Mann geradezu vergöttert. Ich kenne Bilder aus ihrer Jugendzeit. Sah verteufelt gut aus, vor allem wenn sie so ein Gibson-Girl-Kostüm anhatte. Und unvorstellbar reich.«

»Im Ernst?«

»Es war altes Geld.«

»Geld kennt kein Alter, wie mein betrunkener Papa mir stets in Erinnerung rief.«

»Fürwahr. Linus mußte offenbar ziemlich schuften für seinen Anteil.«

»Die berühmte Geschichte: vom Tellerwäscher zum Millionär. Arm, aber verläßlich, und das reiche Mädchen zieht ihn allen wohlhabenden Verehrern vor.«

»Exakt getroffen. Ein Astor war hinter ihr her, ein Vanderbilt und ... lassen Sie mich nachdenken ... ach ja ... der alte Rockefeller höchstpersönlich, und in England hat sie Winston Churchill einen Korb gegeben.«

»Das hat Ethel Barrymore auch. Beide haben es bestimmt nie bereut.«

»Millicent hatte also das Geld, und Linus bekam schließlich ihr Vermögen in die Finger. Er war Chemiker und hat mit der Zeit Headman Pharmaceuticals aufgebaut.«

»Ganz im Alleingang?«

»Das bezweifle ich. Millicent zufolge hat er von geschäftlichen Dingen überhaupt nichts verstanden, aber sie vermutet, daß da zumindest ein stiller Teilhaber war, mit dessen Hilfe ein Milliardengeschäft daraus wurde. Ich habe so den Verdacht, daß auch ausländisches Geld mitgemischt hat. Geld, das klugerweise rechtzeitig vor dem großen Börsenkrach ausgestiegen ist, als man die Zeichen der Zeit erkannte ...«

»Oder unter der Hand einen klugen Tip von der Wall Street bekam.«

»Wer weiß? Wir werden es wahrscheinlich nie erfahren. Nun, Jacob, mir scheint, das war eine sehr ergiebige

Sitzung. Wir wissen, wo wir zu erreichen sind, und können also, wie Helen Keller zu ihrem Lehrer sagte, immer Fühlung halten.«

»Es bleibt alles unter uns.«

Casey schmunzelte, winkte zum Abschied und ging. Singer zog die rechte untere Schreibtischschublade auf, wo er ein Aufnahmegerät verborgen hatte. Das Tonband drehte sich noch. Singer drückte auf eine Taste und hielt es an. Das Tonband wurde zurückgespult, und Singer drückte auf die Wiedergabetaste. Er lehnte sich bequem in seinem Drehstuhl zurück, legte die Füße auf dem Schreibtisch übereinander, faltete die Hände hinterm Kopf und sah zwei Fliegen an der Decke beim Liebesspiel zu. Er hörte sich die Aufnahme an und berauschte sich am Klang seiner eigenen Stimme. Nebenbei fragte er sich, was Casey ihm alles nicht erzählt haben mochte.

Ein Buchmacher aus New Jersey, dem die Frau mit einem Jockey durchgebrannt war?

An so eine Geschichte konnte er sich eigentlich gar nicht erinnern. Aber er hatte nicht unhöflich sein wollen. Er überlegte, was Abel Graham wohl bei Edna Dore in Erfahrung bringen konnte.

Die Turkey Bar lag an der Neununddreißigsten Straße West Ecke Eighth Avenue im Herzen des Textildistrikts. Edna Dore und Abel Graham saßen in einer abgelegenen Nische im hinteren Teil und konnten dadurch ziemlich sicher sein, daß man sie bei dem Schummerlicht nicht erkennen würde, falls jemand aus ihrer Bekanntschaft auftauchte.

»Das Wiesel ist das reinste Nervenbündel. Angie sagt, letzte Nacht ist er vier Mal schreiend aufgewacht. Es geht ihr ziemlich auf die Nerven. Außerdem spricht er im Schlaf, aber er nuschelt so, daß sie oft gar nicht weiß, wovon er redet. Und sie meint, oft weiß er selbst auch nicht, wovon er redet.«

Sie tranken beide Whisky mit Eis. Edna sah nicht außergewöhnlich gut aus. Doch ihre Art, sich zu bewegen, machte sie sexy und verführerisch. Sie trug nur wenig Make-up, und ihre langen Wimpern stammten von Mutter Natur und nicht von Woolworth. Singer hatte Abel ermahnt, jeden Annäherungsversuch zu unterlassen. Die Annäherung war jedoch längst gelaufen, schon Wochen, bevor sie sich als Big Ike Vivaldis spezielle Freundin zu erkennen gab. Sie hatten sich auf einer Mietengala in Greenwich Village kennengelernt, wo die Gäste ein paar Dollar Eintritt entrichteten, damit der Wohnungsinhaber seine Miete bezahlen konnte. Trixie Bates, Beethovens Geliebte, hatte Edna mitgebracht. Die Unheilige Dreieinigkeit war an dem Abend durch eine geschäftliche Besprechung verhindert. Trixie hatte sich unverzüglich einen Dichter von eigenen Gnaden gekrallt, der Sinn wie Form vermissen ließ, und Abel durfte Edna den Hof machen, denn er hatte gute Manieren, konnte sich gut ausdrücken und schien recht intelligent zu sein. Und tatsächlich, er hatte Hemingways *Männer ohne Frauen* gelesen und Fitzgeralds *Zärtlich ist die Nacht* auch, konnte zu Hesses *Siddharta* allerdings nicht viel sagen, geschweige denn, daß er wußte, wie man das schreibt. Sie verbrachten eine wundervolle Nacht in Abels möbliertem Zimmer in Uptown Manhattan an der Achtundsiebzigsten Straße Ecke Columbus Avenue, und die heimliche Affäre dauerte an bis kurz vor der Bekanntgabe der Eröffnung von The Cascades.

»Du und Singer, ihr seid schuld, daß das Wiesel Herzklopfen hat.«

»Das ist gut so.«

»Er kann Bullen nicht ausstehen.«

»Das soll in seinen Kreisen häufiger vorkommen.«

»Vivaldi und Fat Harry ist das scheißegal. Die beiden kennen weder Furcht noch Tadel.«

»Haben sie keine Angst, daß die Nervosität des Wiesels ihnen gefährlich werden könnte?«

»Nö! Sie haben den kleinen Scheißer gern, und der hat keine Freunde außer ihnen.«

»Er hat doch Angie, oder? Kann sie ihm nicht ein bißchen beistehen?«

»Hör mal, Abel, sie ist eine Hure und keine Fürsorgerin.«

»Hoffentlich bist du dabei, wenn das Wiesel durchdreht.«

»Ich hoffe nicht. Zeitbomben sind gefährlich. Na egal, ich erzähl mal weiter. Es gibt Spannungen zwischen Electra und Daniel.«

»Weißt du, warum?«

»Ich glaube, es hat damit zu tun, daß morgen ihre Schwester ankommt.«

»Meine Güte, Maxine ist tot.«

»Hör mal, Abel, die Toten können, auch wenn sie tot sind, eine Menge Unheil anrichten.« Sie tippte sich mit dem Zeigefinger an die Stirn. »Kommt alles von hier oben. Ich kenn mich da aus. Ich hab mich mit Psychologie beschäftigt.« (Sie sprach das »Püschologie« aus.) »Electra macht sich Vorwürfe«, sagte sie mit Kennermiene. »Sie hat ihre Schwester nicht gemocht, und jetzt ist es zu spät für einen Versöhnungskuß. Höchstens vielleicht, wenn es ein Leben nach dem Tode gibt.«

»Wenn es ein Leben nach dem Tode gibt, dann trennen sich ihre Wege da womöglich.«

»Ha«, sagte Edna, »wär das nicht eine Ironie des Schicksals? Und übrigens, was ist eigentlich mit diesem Noël Coward los, zum Donnerwetter?« Abel grinste. »Ich meine, ist der echt? Das geht ja nur ›mein liebes Mädchen‹ hier und ›mein lieber Junge‹ da. Ich meine, natürlich hat er große Rosinen im Kopf, aber ob da mal ein Kuchen draus wird? Die Mädchen finden ihn süß. Vor seinem Mundwerk muß man sich allerdings in acht nehmen. Zu dem Tanzregisseur Mickey DuVane hat er gesagt, er hätte so viel Charme und Anmut wie ein brünstiger Elch, und ich hab selbst gehört, wie er Fat Harry fragte, ob er seine Korpulenz geerbt oder ehrlich erworben hat. Ha!« Sie schlug mit der Hand auf den Tisch. »So, wie der Mann daherredet, wird er eines Tages bestimmt noch von sich reden machen. Ich meine, Fat Harry hat es hingenommen, und seine Unterlippe hat nicht gezittert, und das tut sie unweigerlich, wenn er wütend ist. Dann erzählt er Trixie und Angie, daß sie zu seinen liebsten Huris gehören, und sie wollen ihm natürlich die Augen auskratzen, bis ich sie aufkläre, daß Huris ägyptische Tänzerinnen sind. Es ist doch nützlich, wenn man viel liest.«

»Was ist mit Diana Headman?«

»Sie scharwenzelt viel um Coward rum, aber der läßt sich nichts vormachen. Ihr Freund Nicholas steckt überall seine Nase rein. Ich mag ihn ganz gerne. Ich habe so das Gefühl, er entdeckt da Dinge, die ihm ziemlich gefährlich werden können.«

Abel wollte gerade sein Glas zum Mund führen, hielt aber mitten in der Bewegung inne. »Zum Beispiel?«

Edna zuckte die Achseln. »Weiß ich nicht. Er schreibt doch Kriminalgeschichten, und Krimischriftsteller finden selbst an ihrem Klopapier noch etwas Verdächtiges.«

»Versuch das herauszufinden.«

Sie sagte mit komischer Verzweiflung: »Ich versuch's ja, ich versuch's ja. Herrgott, ich kann's kaum erwarten, bis ich soviel zusammengekratzt hab, daß ich dem Ganzen den Rücken kehren kann!« Sie kippte ihren Whisky hinunter. »Ich will dir mal sagen, was *ich* für einen Verdacht habe.« Sie klopfte sich mit dem Daumen an die

Brust. »Dieses Weibsbild von Diana hat sich ins Programm eingekauft.«

»Schon möglich. So was gibt's.«

»Tja, mir kommt das ziemlich verdächtig vor.«

»Du hast nicht zufällig was davon gehört, daß Mädchen zur Arbeit ins Ausland geschickt werden?«

»Was bist du denn mit einem Mal so zartfühlend. Aber soviel kann ich dir verraten, wenn das Wiesel auf Angie wütend ist, dann sagt er Sachen wie ›Willst du vielleicht auf einem Äppelkahn nach Mandalay landen?‹ Ich kann mir gar nicht vorstellen, daß man mit einem Kahn nach Mandalay fährt, aber man kann ja nicht alles wissen.«

»Du machst das prima, Kleines. Du machst das wirklich prima.«

»Danke für den Schulterpatsch. Das ist fast so schön wie damals, als du mich noch auf den Po gepatscht hast. Ich muß zurück. Ich geh schon mal vor.« Sie warf ihm eine Kußhand zu, zwinkerte verschwörerisch und ging. Abel war wie hypnotisiert von ihrem Hüftschwung und fragte sich, ob er wohl je wieder so ein Betthäschen wie die entzückende Edna finden würde.

Nancy Adman nahm bei Noël Maß für das Harlekinkostüm, das er bei einer Nummer tragen sollte. »Bitte zappeln Sie nicht so, Mr. Coward, ich brauch doch Ihre Maße.«

»Ich kann nichts dafür, gute Frau, ich spüre Ihre Finger plötzlich an den seltsamsten Stellen. Also, was wollte ich gleich sagen? Verflixt, es fällt mir nicht mehr ein. Jetzt ist die Pointe mausetot, und ich muß Trauer tragen. Ich finde, in dem Ding sehe ich aus wie ein Narr.«

»Genau so soll es sein. Sie sind Harlekin – ein liebeskranker Idiot.«

»Wie kommen Sie denn mit der Obrigkeit hier zurecht?«

»Ich glaube, die haben mich total vergessen.«

»Merkwürdig, daß das Trio infernale keinerlei Einmischung duldet. Sehr merkwürdig.«

»Warum ist dieser Bizet eigentlich immer so leicht gereizt?«

»Er kriegt Zähnchen.«

»Was halten Sie von der Voodoo-Nummer?«

»Ich eß nie wieder Huhn.«

Noël betrachtete sich in dem bodenlangen Spiegel in Nancys Nähstube. Er fand das Kostüm abscheulich und äußerte sich dementsprechend. »Ich weiß nicht, ob ich mir oder Ihnen die Haare ausraufen soll. Warum zum Teufel hab ich mich von Mickey DuVane zu dieser Harlekinnummer beschwatzen lassen?«

»Ich für meine Person bin froh darüber. Jedenfalls hat er sich mal zu einer Entscheidung durchgerungen. Er ist so verdammt unentschlossen. Jedesmal, wenn ich mit ihm reden will, ist er mit seinen Gedanken woanders.«

»Da muß er aber aufpassen, daß er auch wieder zurückfindet. Alter Langweiler. Er sollte seinem Schicksal danken, daß er nicht von seiner Hände Arbeit leben muß. Sonst wäre er schon am Verhungern. Autsch! Passen Sie auf mit den Nadeln!«

Sie trat einen Schritt zurück, um das Kostüm besser betrachten zu können. »Also mir gefällt es verdammt gut, wenn ich das mal so sagen darf.«

»Sie müssen sogar, sonst bekommen Sie dafür nie ein Lob zu hören. Ich finde, ich sehe aus wie Edna May Oliver im Fummel.«

»Kein Grund zur Verzweiflung, die Show ist sowieso schon viel zu lang, und ich habe gehört, wie Mickey schon mal bei Chick Mason wegen Kürzungen vorgefühlt hat. Da könnte diese Nummer dabeisein. ›I'll Be Glad When You're Dead, You Rascal You‹ haben sie schon gestrichen.«

»Das will ich auch meinen, und sei es nur aus Rücksicht auf Electra und den Todesfall in ihrer Familie. Helfen Sie mir mal aus diesem verflixten Kostüm heraus. Wenn Gertie Lawrence bei der Premiere im Zuschauerraum sitzt und mich in diesem Aufzug sieht, dann ist die Hölle los. Die gute Gertie. Muß immer eine Schau abziehen.«

Edna, Trixie und Angie waren äußerst nett zu Hattie Beavers. Sie gaben ihr großzügige Trinkgelder, Edna engagierte sie zur Reinigung ihrer Wohnung, und sie stellten keine übermäßigen Ansprüche an sie. Als Hattie noch jünger und sehr viel schlanker war, hatte sie in den Nachtklubs von Harlem getanzt. Nach kurzer Ehe lief ihr der Mann davon, und sie weinte ihm keine Träne nach. Mit Hilfe alter Freunde aus der schlechten alten Zeit fand sie dann Arbeit hinter der Bühne.

Hattie hatte ihre drei Ladies gern und nannte sie immer nur »meine Mädels«, aber sie arbeitete nicht gern im Cascades und vertraute Edna Dore ihre bösen Vorahnungen an.

»Was glaubst du, welcher Fluch auf diesem Klub liegt?« Edna polierte ihre Fingernägel, während Hattie Ednas Unterwäsche bügelte.

»Ich weiß, daß Sie sich über mich lustig machen, Miss Edna . . .«

»Ich mach mich nicht lustig, Hattie. Du hast eine ernsthafte Aussage gemacht, und ich habe eine ernsthafte Frage gestellt. Wenn du sagst, da liegt ein Fluch auf dem Laden, in dem ich viel Zeit verbringe, dann wüßte ich gern, was da auf mich zukommt und was ich dagegen machen kann. Du weißt doch, wie abergläubisch ich bin.«

»Ich weiß, ich weiß, Herzchen, ich weiß. Ich hab Grandma Sadie erzählt, daß es mir hier nicht geheuer ist, und gleich sagt sie: ›Da hat der Satan seine Hand im Spiel und schürt die böse Glut.‹ Das fängt schon mit dieser Electra Howard und diesem Daniel Parrish an. Die machen ja Voodoo!«

»Sie machen Voodoo-Tänze, was ist denn dabei?«

Hattie reckte den Kopf. »Die machen richtiges Voodoo! Er ist der Priester und sie seine Priesterin. Die treiben schlimme Sachen in ihrem Studio in Harlem. Das weiß die ganze Nachbarschaft. Es gibt viel Hunger in Harlem, Herzchen, aber Huhn hängt denen allmählich mächtig zum Halse raus. Vor ein paar Wochen haben sie allerdings eine tote Ziege bekommen, und was sie als nächstes opfern, weiß Gott allein. Unberührte Jungfrauen womöglich!«

»Da hast du ja nichts zu befürchten.«

»Ich hab aber drei Töchter!«

»Meine Güte. Das hatte ich ganz vergessen.« Sie mußte lachen. »Was machen denn die Mädchen so?«

»Hüten ihre Jungfernschaft. Und ich möchte, daß das auch so bleibt.«

»Nun ja, sie sind ja nur für zwei Wochen hier engagiert. Bald haben wir Premiere, und dann sind diese zwei Wochen im Handumdrehen vorbei.«

»Das ist nicht das einzige, was mir hier nicht geheuer ist.«

Jetzt stellte Edna den linken Fuß auf, um sich die Zehennägel zu lackieren. »Na los, Hattie, raus mit der Sprache.«

»Diana Headman.«

»Was ist mit der?«

»Ich mag sie einfach nicht.«

»Na ja, das ist doch aber kein Grund, daß es dir hier nicht geheuer ist.«

»Ich hab gehört, wie sie sich mit ihrem Freund da gekabbelt hat.«

Edna war belustigt. »Sind sie sich richtig in die Haare

geraten, oder war das so ein gesitteter Gesellschaftsknatsch, wo man sich nur anzischt?«

»Es war gesittet, aber sie hat zu ihm gesagt: ›Sieh dich vor. Hier ist es besser, wenn man nicht allzu viel weiß.‹« Edna merkte sich das alles gut. Sie hätte sich nie träumen lassen, daß sie bei Hattie Beavers auf eine Goldader stoßen würde. Hattie fragte streng: »Hören Sie überhaupt zu?«

»Mir entgeht kein Wort.« Sie wirkte wie Mary Cassatt beim Malen eines Zehennagels.

»Und er hat gesagt: ›Dann solltest du dich auch vorsehen. Du arbeitest für Gangster‹, entschuldigen Sie den Ausdruck . . .«

»Den hab ich schon öfter gehört.«

»Und er sagt: ›Du spielst mit dem Feuer. Und deiner Mutter gefällt das auch nicht sonderlich.‹«

»Au weia. Das Netz zieht sich zusammen.«

»Und dann sagt Miss Diana: ›Und mir gefällt Mutter nicht sonderlich. Sie soll ihre verdammte Zunge hüten‹, bloß hat sie nicht verdammt gesagt, sie hat einen Ausdruck gebraucht, den eine anständige, gottesfürchtige Frau wie ich, die regelmäßig zur Kirche geht, nicht in den Mund zu nehmen wagt.«

»Das muß ja ein tolles Ding gewesen sein.«

»Ich hab gehört, wie Sie diesen Ausdruck für Mr. Vivaldi gebraucht haben.«

»Ach, *den* Ausdruck meinst du. Hast du noch mehr auf Lager? So langsam wird es spannend.«

»Und dann sagt er was davon, daß sie zu viel um Mr. Noël Coward herumscharwenzelt, und sie sagt wieder, er soll bleiben, wo der Pfeffer wächst, und sich lieber nicht mehr dauernd hier herumtreiben, und er sagt, er hat einen Auftrag hier, das hab ich auch nicht verstanden, und dann hör ich jemand von der Bühne die Treppe raufkommen und hör auf zu lauschen und bin in den Laden gegenüber gegangen und hab meine Grandma Sadie angerufen und ihr alles erzählt, und sie sagt ›Kindchen, nimm dich in acht. Laß dich nicht mit diesen Weißen ein. Ich hab in meine Kristallkugel geguckt . . .‹«

»Eine Kristallkugel! Ist das dein Ernst?«

»Ja, Miss Edna, mein voller Ernst. Grandma Sadie verdient sich ihr Geld mit Wahrsagen. Kristallkugel, Tarotkarten, Teeblätter und Kopfhöcker. Ihr kann kaum einer das Wasser reichen. Sie wahrsagt für viele berühmte Leute. Ethel Waters, Cab Calloway, Duke Ellington, Nina Mae McKinney . . .«

». . . mit ihrem Ensemble. Sag mal, du denkst doch nicht etwa daran, uns im Stich zu lassen, oder?«

»Nein, Miss Edna. Kommt nicht in Frage. Sie sind doch meine Babies, und ich werd für Sie sorgen, bis ich das große Los gezogen hab.«

»Weißt du was, Hattie. Du kannst dich immer bei mir aussprechen. Wenn du was hörst, das dich beunruhigt, dann komm einfach und erzähl's mir. Ich sorg dafür, daß dir nichts passiert. ob's dir hier nun geheuer ist oder nicht. Abgemacht?«

»Miss Edna, jetzt weiß ich, warum ich Sie am liebsten hab.«

»Hattie, ich hab dich auch lieb.« Sie streckte das Bein aus, damit Hattie die frischlackierten Zehennägel betrachten konnte. »Na, was sagst du, Hattie? Ist das nicht eine Pracht?«

Hattie verkündete gewichtig: »Miss Edna, Sie sehen aus, als wären Sie durch einen See von Blut gewatet.«

SIEBEN

Am nächsten Morgen waren Jacob Singer und Abel Graham schon früh an der Grand Central Station, um Abraham Wang und seine grausige Fracht in Empfang zu nehmen. Wang stieg als einer der ersten aus dem Zug, gefolgt von einem Gepäckträger mit seinen Koffern. Er und Singer fielen sich in die Arme. »Du hast dich überhaupt nicht verändert!« rief Wang überschwenglich aus.

»Na, du hast jedenfalls zugenommen, seit du nicht mehr in den Staaten bist«, bemerkte Jacob.

Wang tätschelte seinen Bauch. »Das kommt von der Reise. Ich hab ständig nur gegessen.«

»Keine süßen Häschen?«

»Ist offenbar die falsche Jahreszeit für süße Häschen.« Jacob machte ihn mit Abel bekannt.

Ein Schaffner sagte zu Wang: »Wir können jetzt den Sarg ausladen.«

Singer gab drei Männern von der Gerichtsmedizin ein Zeichen, die mit einem Leichenwagen gekommen waren und sich um die Verladung von Maxines Sarg kümmerten.

Abel nahm dem Gepäckträger Wangs Koffer ab, Wang gab dem Mann ein Trinkgeld, und Singer faßte seinen Besuch am Arm und führte ihn aus dem lauten, von Menschen wimmelnden Bahnhof zu dem Polizeiauto, das an der Vanderbilt Avenue parkte. Während sie sich und dem mit dem Gepäck beladenen Abel einen Weg durch die Menge bahnten, setzte Jacob seinen Freund rasch über seine Ermittlungen im Cascades und über die Informationen von Casey Sterne ins Bild.

Wang sagte: »Wir konnten ein paar Spitzel in den Bordellen unterbringen. Besonders leicht war es da, wo auch Glücksspiel betrieben wird – viele unserer Jungs können Karten geben, daß einem Hören und Sehen vergeht. In einem Schuppen arbeitet sogar der Bordellpianist für uns. Die Küstenwache hat ihre Patrouillen verstärkt, seit wir einen Tip bekommen haben, daß viele Mädchen auf gecharterten Yachten und Frachtschiffen eingeschleust werden.«

Der Polizeifahrer starrte wie gebannt auf das Gesicht des chinesischen Detective im Rückspiegel. Ein schlitzäugiger Detective, dachte er bei sich, und extra aus Shanghai angereist. Dabei machen sie doch immerzu Reklame, daß man sich auf dem einheimischen Markt bedienen soll. Abel schrie warnend auf, und der Fahrer riß das Steuer herum, um einer Straßenbahn auszuweichen.

Singer sagte zu Wang: »Ich hab dir ein Zimmer im Algonquin reserviert. Ich hab mir gedacht, es ist dir am liebsten, wenn ordentlich was los ist. Erst wollte ich dich gegenüber im Royalton unterbringen, aber die haben keine Bar.«

»Das Algonquin paßt mir ausgezeichnet. Bist du immer noch mit Dorothy Parker und der Tafelrunde befreundet?«

»An der Tafelrunde sitzen jetzt nur noch Spießer. Von der ursprünglichen Besetzung ist kaum jemand übriggeblieben. Benchley ist in Hollywood, und Mrs. Parker und ihr Gatte, Alan Campbell, pendeln zwischen New York und Hollywood hin und her. Woollcott hat demnächst sein Debüt beim Film und macht immer noch seine Sendung ›Town Crier‹ im Radio. Die alten Zeiten sind für immer dahin. Heywood Broun ist fett und krank, und Edna Ferber ist heutzutage meistens auf Reisen, um für ihre Romane zu recherchieren. Ich gehe ab und zu auf einen Drink dorthin, weil es in der Halle immer noch ruhig und gemütlich ist. Vor ein paar Wochen war ich mit Mrs. Parker und meinem neuen Busenfreund Noël Coward da.«

»Ich brenne darauf, ihn kennenzulernen.«

»Wenn wir dich im Hotel untergebracht und deine Sachen ausgepackt haben, schauen wir mal bei der Probe vorbei. Abel und ich machen die Unheilige Dreieinigkeit nervös. Einer von ihnen, Bizet, dreht fast durch, wenn wir da sind. Aber wart ab, bis sie dich sehen und ich ihnen erzähle, daß du ein Bulle aus Shanghai bist, da kriegen sie bestimmt Zustände.« Er sagte dem Fahrer, er könne sich wieder im Revier melden, nachdem er sie beim Hotel abgesetzt hatte. Der Fahrer überlegte, ob er nicht erst mal beim Chinesen vorbeischauen sollte. Wang hatte ihm Appetit gemacht.

Im Cascades stand Hattie Beavers neben Noël, der eine Tasse mit dampfendem indischen Tee in der Hand hielt, in der Seitenkulisse. Hattie trug ein riesiges silbernes Kruzifix um den Hals, und Noël dachte bei sich, es sei ein Glück, daß ihr ausladender Busen das Gewicht mühelos tragen konnte. Außerdem dachte er, auch wenn sie sich nun im Herrn geborgen fühlte, so lasse ihr wildes Augenrollen doch nicht vermuten, daß sie sich hier im Klub geborgen fühlte.

»Hattie, du siehst ja ganz verstört aus. Was hast du denn?« Electra und Daniel probten gerade eine äußerst anzügliche, laszive Tanznummer zu einem wilden Arrangement von *The Darktown Strutter's Ball.* Er deutete auf die Tänzer. »Ist es wegen denen?«

»Die bedeuten Unheil.« Sie umklammerte das Kruzifix. »Meine Grandma Sadie hat mir gestern aus der Kristallkugel geweissagt.« Noëls Neugier war geweckt. Grandma Sadie und eine Kristallkugel. Dergleichen war im Londoner West End nicht leicht zu finden. »Sie sagt, hier braut sich was zusammen.«

»Das könnte auch ein Gewitter sein«, meinte Noël augenzwinkernd.

»Ein Gewitter ist es bestimmt, aber nicht so eins mit Regen. Was Grandma Sadie sagt, das muß man ernst nehmen, Wort für Wort. Sie hat gestern in ihre Kristallkugel geguckt und da drin Leichen gesehen – viele, viele Leichen.«

»Und wo befanden sich diese unglücklichen Geschöpfe? In einem Leichenhaus?«

»Nein, Sir. Genau hier in diesem Klub.«

»Wahrhaftig? Trägst du das Kruzifix, um die bösen Geister zu bannen?«

»Das trage ich, weil ich eine treue Katholikin bin. Ich glaube an Gott, und Gott wird mich schützen. Unser Herr und Heiland Jesus Christus.«

»Jesus Christus«, wiederholte Noël leise. »Der sagenhafte Aufstieg eines kleinen Mannes.«

»Man muß an etwas glauben, Mr. Coward. Sonst hat man keine Seele und ist ein Sünder.«

»Hattie, ich habe blindes Vertrauen zu dir. Würdest du ein Auge auf mich haben? Würdest du mich warnen, wenn Grandma dir einen heißen Tip gibt, daß mir Gefahr droht?«

»Machen Sie sich nicht über mich lustig, Mr. Coward.«

»Oh, ich mach mich überhaupt nicht lustig. Es ist mir todernst . . . das soll keine Anspielung sein. Mir ist heute morgen auch nicht recht wohl zumute.«

»Das kommt vielleicht von den vielen Martinis gestern abend.«

»Mein Gott, Gedanken lesen kannst du also auch.«

Sie brach in tosendes Gelächter aus. Noël wollte sie schon in die Arme nehmen, entschied sich dann aber dagegen – seine Arme wären so voll gewesen, daß er womöglich seinen Tee verschüttet hätte. Da sah er Jacob Singer und Abel Graham mit Abraham Wang im Schlepptau zur Tür herein kommen.

»Ah! Da kommt die Polizei mit ihrem Stargast aus Shanghai.«

Electra hatte sie ebenfalls gesehen und ließ Dan die laszive Nummer allein zu Ende bringen. Dan wollte schon losbrüllen, da erblickte er den Detective aus dem fernen Reich der Mitte, und lief Electra hinterher. Singer machte die beiden mit Wang bekannt. Dieser nahm Electras Hand und drückte ihr sein Beileid aus. Sie erkundigte sich bei Singer: »Wann können wir die Leiche haben?«

»Sobald die Autopsie beendet ist. Vielleicht schon morgen nachmittag.«

»Dann kann ich die Beerdigung für Freitag ansetzen?«

»Das müßte gehen. Ich gebe Ihnen sofort Bescheid, falls sich die Sache verzögert.«

»Danke.« Von Wang wollte sie wissen, ob er bei der Suche nach dem Mörder ihrer Schwester schon eine heiße Spur habe, und er erklärte ihr, sie würden von ihren üblichen Informanten mit Hinweisen überschwemmt, die zumeist völlig wertlos seien.

Dann fügte er hinzu: »Deshalb habe ich mich entschlossen, hierher zu kommen. Ich glaube, die Lösung liegt hier, genau hier in dieser Stadt.« Singer fürchtete schon, er würde »hier in diesem Klub« sagen, was er gar nicht so dumm gefunden hätte, als er Irving Bizet in Hörweite erblickte.

Er rief ihn herbei. »Hallo, Bizet! Sagen Sie doch Abraham Wang guten Tag, dem großen Detective aus Shanghai.«

Als er das Wort »Detective« hörte, begannen Bizets Lider zu flattern. Die wenigen Schritte zu der Gruppe hin konnte er kaum bewältigen. Singer sagte: »Irving Bizet, das ist Abraham Wang.« Dann wandte er sich an Wang: »Irving ist einer der drei Besitzer des Klubs.«

Wang sagte jovial: »Ich wünsche Ihnen viel Glück.« Es gefiel ihm, daß Bizet schwitzte. Er schloß daraus, daß das Wiesel an hohem Blutdruck litt.

»Ah! Der Wanderzirkus ist endlich angekommen!« Wang erkannte Noël sofort. Sie gaben sich die Hand, und Noëls Blick fiel auf Singers Krawatte. »Jacob.« Seine Stimme wurde eine Oktave tiefer. »Diese Krawatte.«

Jacob grinste. »Butilicci.«

Noël rümpfte die Nase. »Butilicci sollte wegen Erregung öffentlichen Ärgernisses verhaftet werden.« Dann wandte er sich Wang zu, und der Detective riß erstaunt die Augen auf, als Noël einen Schwall akzentfreies Kantonchinesisch vom Stapel ließ. »Ich sehe, Sie sind verwundert. Nun, wundern Sie sich nicht. Ich habe dieses Idiom rein phonetisch gelernt, als ich vor fünf Jahren durch Asien reiste. Ja, in Shanghai wurde ich sogar schwer krank.«

»Im Ausland muß man vorsichtig sein mit dem Wasser«, mahnte Wang, obwohl das Kind ja bereits in den Brunnen gefallen war.

»Im Ausland muß man vorsichtig sein mit dem Gin«, gab Noël zurück, während Dan und Electra die Probe wieder aufnahmen. Niemand hatte bemerkt, daß Abel fortgegangen war und hinter der Bühne herumschlich. Edna Dore, die mit Hattie schwatzte, hatte ihm ein Zeichen gegeben. Diana Headman unterhielt sich auf der anderen Seite der Bühne mit Nancy Adman und betrachtete die Gruppe, die sich um Wang geschart hatte. Irving Bizet sah aus, als stünde er kurz vor einem Herzanfall. Er ging eilends fort, wahrscheinlich, um seinen Kompagnons zu melden, daß der Detective aus Shanghai da war. Dann sah Diana, daß Abel, Edna und Hattie in ein Gespräch vertieft waren. Zu Nancy bemerkte sie: »Was der Detective wohl von Hattie will?«

»Vielleicht ihr Rezept für Grillrippchen à la New Orleans. Edna sagt, sie kann ausgezeichnet kochen. Vor ein paar Wochen hat sie ein Essen für Edna gemacht, und mir läuft noch beim bloßen Gedanken an Ednas Schilderungen ihrer vorzüglichen Küche das Wasser im Mund zusammen.«

»Ich glaube, Hattie hat Angst, sonst würde sie sich nicht so an dieses Kruzifix da klammern.«

»Sie haben wohl noch nichts von Hatties Grandma Sadie gehört?«

»Nein. Was ist denn mit ihr?«

Nancy erzählte Diana alles über Grandma Sadie und ihre Weltuntergangsprophezeiungen, die Hattie von ihr erfahren und Edna weitererzählt hatte, und die hatte sie während einer Kostümanprobe Nancy anvertraut. »Hattie hat nämlich furchtbare Angst vor Electra und Daniel.«

»Wieso denn?«

»Wissen Sie das nicht? Ich dachte, das ist allgemein bekannt. Die beiden sind Voodoo-Priester.« Dianas kleiner Schreckensschrei entging Nancy nicht. Dann dämmerte es ihr, als sei eine unsichtbare Sonne aufgegangen und habe sie erleuchtet. »Aber natürlich. Sie haben doch in Afrika gelebt. Dann haben Sie ja bestimmt Erfahrung mit afrikanischem Voodoo.«

»Ein bißchen«, sagte Diana. Sie sah Nicholas Benson kommen.

»Wie ich sehe, ist Mr. Wang eingetroffen. Hast du ihn schon kennengelernt?« fragte Nicholas.

»Noch nicht«, sagte Diana. Sie fragte Nancy: »Ist es hier kalt? Mich fröstelt.«

»Ich finde es völlig in Ordnung. Vielleicht bekommen Sie eine Erkältung?«

»Hoffentlich nicht. Halsschmerzen hätten mir jetzt gerade noch gefehlt, wo nächste Woche die Eröffnung ist.« Nicholas entschuldigte sich und gesellte sich zu Noël, Singer und Wang. Bizet zog sich mit Beethoven und Vivaldi im Schlepptau wieder in das Konferenzzimmer zurück. Nach einem Blick auf Wang meinte Vivaldi: »Macht keinen großen Eindruck auf mich. Wovor hast du Angst, Wiesel?«

»Er hat gesagt, seiner Meinung nach ist der Schlüssel zu dem Mord an dem Howard-Mädchen genau hier zu finden. Ich hab's selbst gehört.«

Beethoven kniff die Augen zusammen. »Hier im Klub?«

»Hier in der Stadt. Vom Klub hat er nicht gesprochen.« Er wischte sich wieder über die Stirn. Seit Wangs Eintreffen wischte er sich ständig die Stirn. Beethoven ertappte sich bei der Überlegung, wie Bizet sich wohl auf einem Polizeiball aufführen würde.

Vivaldi brummte: »Wir haben nichts zu befürchten.«

»Das erzählst du uns immer wieder«, sagte Bizet, »aber davon geht meine Angst noch nicht weg.«

Beethoven knurrte: »Hey Ike, was hat Edna da mit dem Bullen zu quatschen? Sieht aus, als würden die da was ausmauscheln.«

Hattie bemerkte, daß die Unheilige Dreieinigkeit herüberstarrte, und gab Edna einen Stups. Edna warf einen Blick aus den Augenwinkeln auf die drei, verabschiedete sich eilends von den beiden und schlenderte lässig zu Vivaldi hinüber.

»Hallo Schätzchen«, sagte sie munter, »hast du schon mit dem Cop aus Shanghai gesprochen?«

»Was hast du mit dem Bullen da zu reden?«

»Geredet hat eigentlich nur Hattie. Sie hat von ihrer Grandma erzählt. Das, was ich dir gestern schon sagte. Daß sie die ganzen Leichen in ihrer Kristallkugel gesehen hat.«

»Was zum Teufel habt ihr plötzlich mit diesen Kristallkugeln?« wollte Beethoven wissen. Edna berichtete ihm von Grandma Sadies Weissagungen. »Ihr seht ja alle Gespenster«, sagte Beethoven.

»Nein, nicht alle«, gab Edna zurück. »Nur Grandma Sadie.« Sie drehte sich ungeduldig zur Bühne um. »Was ist eigentlich mit diesem Mickey DuVane los, verdammt noch mal? Warum proben wir den ›Shadow Waltz‹ nicht? Er ist nun mal kein Busby Berkeley, und wir müssen noch eine Menge tun.« Mit einem Seufzer der Verzweiflung fragte sie Vivaldi: »Essen wir nun heute abend zusammen oder nicht?«

»Ich weiß nicht. Ich sag dir noch Bescheid.«

»Weil ich mir sonst nämlich eine Show ansehe. Ich sitz nicht gern in der Wohnung rum, wenn mir nur das Radio Gesellschaft leistet.«

»Hast du auf einmal keine Bücher mehr?«

»Hör mal, meine Augen werden auch irgendwann müde.«

Nicholas Benson befragte Wang, der gern gefällig war, ausgiebig und trug seine Antworten in ein Notizbuch ein. Graham saß mit Singer und Noël zusammen an einem Tisch und erzählte von Grandma Sadies Weissagungen, was Singer neu war, Noël jedoch nicht, da er das ja schon von Hattie persönlich erfahren hatte. Dann berichtete Graham ihnen von den Spannungen zwischen Diana und Nicholas, die Hattie belauscht hatte. Electra und Daniel überließen die Bühne derweil Mickey DuVane, der mit den Tänzerinnen und Revuemädchen zu arbeiten begann.

Noël fragte Singer: »Es würde mich interessieren, Jacob, wie intensiv sich Diana Headman mit Voodoo beschäftigt hat, als sie in Rhodesien lebte. Sie wissen ja, daß Millicent meinem Jeff erzählt hat, Dianas Mann sei an der ›Verzehrung‹ gestorben.«

»Das könnte auch ein Symptom einer Krebserkrankung sein«, meinte Singer.

»Ach, lassen wir doch Krebs aus dem Spiel. Das ist so gewöhnlich. Da spiele ich lieber mit der Voodoo-Theorie herum. Ich bin hellauf begeistert. Voodoo. Mädchenhandel. Fehlt nur noch Boris Karloff, dem elektrische Stecker aus dem Hals gucken. Aber kommen wir zu Diana und ihrem seligen Gatten zurück. Das war allem Anschein nach ein ziemlich übler Bursche, und es kann gut sein, daß er einen schwarzen Arbeiter schlecht behandelt hat, der allerhand von Voodoo verstand.« Er fing an, laut zu überlegen: »Da könnte womöglich ein Song draus werden.« Er improvisierte: »Treib's nicht zu weit, du ... Mit deinem Voodoo ... Das macht mir angst, du ...« Er hielt inne und sagte dann ärgerlich: »Ach, hol's der Teufel. Das ist eher was für Cole Porter. Also, wo war ich stehengeblieben? Ach ja. Ein schlecht behandelter schwarzer Arbeiter, der viel von Voodoo versteht.«

»Und dieser Arbeiter hat vielleicht den Gatten verhext.«

»Warum nicht?« Noël guckte erst Singer und dann Abel an. Abel schaute wie so häufig verständnislos drein.

»Glauben Sie an solche Sachen?« fragte Singer. »Meinen Sie, da ist was dran?«

»Mich hat noch nie jemand auf diese Art verhext. Jedenfalls nicht, daß ich wüßte. Da ist ja Daniel Parrish. Womöglich kann der uns aufklären. Er ist nicht sehr gesprächig, das muß ich Ihnen gleich sagen, aber vielleicht haben wir ja ausnahmsweise Glück.« Er winkte Daniel, und der Tänzer gesellte sich zu ihnen. Noël fragte sich, ob sie zu viert – wenn sie einen geschlossenen Kreis bildeten – womöglich gar mit Jack the Ripper Kontakt aufnehmen könnten, und stellte dann seine Frage so taktvoll wie möglich. Er war, was Voodoo-Priester anging, nicht *au courant* und wußte nicht recht, ob sie vielleicht empfindlich reagierten, wenn man sie fragte, ob ihre unnachahmlichen Zaubersprüche auch zur Erhöhung der Sterberate beitragen könnten.

»Voodoo ist eine sehr ernste Angelegenheit«, sagte Dan mit Grabesstimme. Noël erwartete einen dumpfen Paukenschlag, der jedoch ausblieb. »Es ist eine Form der Religion, die in Afrika von einer Generation zur anderen weitergegeben wird, und sie ist mit den dort erbeuteten Sklaven um die Welt gereist. Ich bin Voodoo-Priester der fünften Generation.«

»Und Electra?«

»Ich habe ihr alles beigebracht. Wer war der Mensch, der mit der Auszehrung geschlagen wurde?« Wang und Nicholas setzten sich zu ihnen, und Nicholas machte sich Notizen – sehr zu Noëls Ärger, da er bemerkte, daß sie von Diana Headman, Electra und Vivaldi beobachtet wurden.

»Diana Headmans vorläufig letzter Gatte – der, der gestorben ist. James Coleridge. Er hatte eine Ranch in Rhodesien. Nicht sehr beliebt, obwohl er ganz, ganz reich war. In vielen Gegenden der Welt kann Reichtum, wie Ihnen bekannt sein dürfte, andere Mängel durchaus wettmachen. Allmählich beschleicht mich das Gefühl, ich brauche Diana bloß an der Nase zu ziehen, und ihr purzeln die Münzen nur so aus dem Mund. Was ist mit Ihnen, Nicholas? Sie sehen ja aus, als hätten Sie verdorbene Muscheln gegessen.«

»Nichts. Überhaupt nichts.« Nicholas schaute zu Diana hinüber, doch sie zeigte keinerlei Reaktion.

Dan fragte: »Diana war dabei, als er starb?«

»Vermutlich«, sagte Noël. »Sie waren ja verheiratet, obwohl von Scheidung die Rede war. Es gibt doch Voodoo in Rhodesien, nicht wahr?«

»Voodoo gibt es überall außer in Rußland und Tibet.« Zu Wang sagte er: »Auch in Asien gibt es Voodoo. Aber er ist nicht leicht zu entdecken. Voodoo tritt in vielerlei Verkleidungen auf. Er kann den Tod bringen, und er kann lebende Tote erschaffen. Die Zombies. Aber er kann auch Leben schenken. Ich habe mit eigenen Augen gesehen, wie ein Toter mit einer äußerst strapaziösen Voodoo-Zeremonie wieder zum Leben erweckt wurde. Seine Frau war nicht eben erfreut darüber, aber das ist eine andere Geschichte.«

»Die würde ich bei Gelegenheit gern einmal hören«, sagte Noël mit aufrichtiger Neugier. Er fragte sich, ob je ein internationales Verzeichnis aller Voodoo-Opfer erschienen war.

»Ich hatte keine Ahnung, daß Diana etwas von Voodoo versteht«, bemerkte Dan.

»Ob sie sich selbst darin versucht hat, weiß ich nicht. Sie kennen sie doch gut, Nicholas, vielleicht können Sie uns das sagen?«

Nicholas sprach so leise, daß er kaum zu verstehen war. »Ich höre heute zum ersten Mal, wie James Coleridge gestorben ist.«

»Ach ja?« Noël war ehrlich verwundert. »Waren Sie nie allein bei ihrer Mutter zum Tee? Tja, mein Jeff hat das alles bei einer Tasse Tee von ihr erfahren. Sie sprudelt wie eine außer Kontrolle geratene Ölquelle.«

Gegen Dans Stimmgewalt kam Noël nicht an. »Die Auszehrung ist die grausamste aller Strafen. Es erfordert viel Geld und eine gründliche Vorbereitung, wenn dieser Zauber wirken soll. Ich habe das nur ein einziges Mal im Leben beobachtet. Da war ich noch ein kleines Kind, und meine Mutter war wütend auf einen ihrer vielen Liebhaber. Meine Mutter war Hohepriesterin. Zwei meiner Väter hatten dasselbe Amt.«

»Guter Gott!« rief Noël aus. »Wie viele Väter hatten Sie denn?«

Dan zuckte die Achseln. »Meine Mutter war eine sehr

vielseitige Frau. Sie war auch eine große Unterhaltungskünstlerin. Vielleicht haben Sie schon von ihr gehört? Cassandra Parrish?«

»Gehört!« Noël war beeindruckt. »Ich habe sie in den Folies-Bergère gesehen. Mein Gott, was sie mit einer Boa constrictor alles angestellt hat – aber das hebe ich mir für einen günstigeren Zeitpunkt auf.«

»Ihre Rivalin Josephine Baker hat sie ausgestochen. Aus Rache hat Mutter sie unfruchtbar gemacht.«

»Kommen wir auf die Auszehrung zurück«, sagte Singer ungeduldig.

»Sie ist unwiderruflich.« Dans Stimme ließ Wang an Friedhöfe, Grabsteine und Grüfte denken.

Singer fragte: »Dan, funktioniert so ein Zauberbann wirklich?«

»Soll ich einen über Sie verhängen?«

»Heute nicht, danke schön.«

Dan fuhr fort. »Glauben Sie mir, meine Herren. So ein Voodoo-Zauber ist überaus wirkungsvoll und kann sehr gefährlich sein. Ich habe gesehen, wie Zaubersprüche wirken, die Menschen verstümmeln und zu Krüppeln machen. Die den Verlust von Gliedmaßen herbeiführen. Die Blindheit und Taubheit hervorrufen.«

»Guter Gott!« sagte Noël. »Kann Voodoo denn so gar nichts Gutes tun?«

»Manchmal, Noël, kann Voodoo bei unheilbar Kranken, die erbärmlich leiden, einen sanften Tod herbeiführen.«

»Mein lieber Dan, ob es wohl möglich ist, das bei dem einen oder anderen Bühnenkritiker anzuwenden?«

Plötzlich meldete sich Wang zu Wort. »Kann Voodoo auch in Hypnose versetzen?«

»Ja. Das ist das erste Stadium, um jemanden in einen Zombie zu verwandeln.«

Wang fuhr fort: »Ich meine die Art von Hypnose, die

Menschen gegen ihren Willen handeln und sprechen läßt.«

»Ja.«

»Man könnte einem Menschen damit ein Mordgeständnis entlocken?« fragte Wang hartnäckig weiter.

»Ja. Zeigen Sie mir Ihren Verdächtigen, und ich besorge den Rest.« Er stand auf. »Wenn Sie mich jetzt bitte entschuldigen. Ich glaube, Electra braucht mich.« Er ging, und für kurze Zeit herrschte Schweigen. Noël hatte eine Zigarette in seine Zigarettenspitze gesteckt, und Nicholas zog ein Feuerzeug hervor und zündete sie an.

Noël bedankte sich bei Nicholas und sagte dann: »Ich finde das ganz faszinierend. Ich muß mich einmal näher mit Daniel unterhalten. Und Sie hatten wahrhaftig keine Ahnung, wie James Coleridge gestorben ist?«

»Diana spricht kaum über ihre Vergangenheit. Nicht einmal mit engen Freunden. Ich glaube, sie ist wütend auf ihre Mutter, weil sie Ihrem Freund Jeffrey die Geschichte erzählt hat.«

»Aber Nicholas, die meisten Leute finden Jeffrey unwiderstehlich. Wenn er nach Ägypten in die Wüste zöge, würde er im Handumdrehen die Sphinx zum Plaudern bringen. Er hat ein einmaliges Talent, anderen Geheimnisse zu entlocken, das sogar bei völlig Fremden wirkt. Dianas Mutter war für ihn ein Kinderspiel. Sie ist so köstlich seicht. Ob sie wohl bei Diana in Rhodesien war, als Coleridge sich verzehrte?«

»Ja. Sie war mit Linus dort. Beide sind über James' Tod hinaus geblieben, während Diana den Nachlaß regelte. Dann sind alle drei zusammen mit dem Schiff nach Amerika zurückgekehrt. Kurz nach ihrer Rückkehr hatte Linus dann seinen tödlichen Herzanfall.«

»Der aber kein Selbstmord war«, bohrte Noël nach.

»Ich weiß nicht. Ich war nicht dabei, als er verschied. Er starb nicht sofort. Drei Tage hat er noch ausgeharrt.«

»Dann wurd' er endlich doch verscharrt«, warf Noël munter ein.

Singer lachte, Abel Graham kicherte, Nicholas hatte Noëls Witzelei anscheinend überhört, und Wangs Miene war unergründlich. Er wandte sich an die anderen und fragte in die Runde: »Ob man Maxine Howard mit Voodoo wohl wieder zum Leben erwecken könnte?«

Noël erwiderte rasch: »Hoffentlich nicht. Ich möchte meinen, sie sieht mittlerweile zum Gotterbarmen aus. Ah! Die Mädchen stellen sich zum ›Shadow Waltz‹ auf.«

Wang strahlte. Mädchen! Er lebte auf. Der Anblick schöner Frauen war viel erfreulicher als Mord, Voodoo und Auferstehung. Das Orchester spielte laut und schmissig. Die Tänzerinnen trugen schwarze Kostüme mit purpurrotem Glasperlenbesatz. Die Revuemädchen posierten auf einem mehrstufigen Podium und waren so knapp bekleidet, wie es irgend ging. Angie Murray kaute Kaugummi und sah gelangweilt drein. Trixie Bates war zappelig, weil es bei ihr im Schritt verdächtig juckte, und falls sich ihre Befürchtung bestätigte, würde sie Beethoven die Hölle heißmachen. Da drang ein Stöhnen von Edna Dore in ihre düsteren Gedankengänge.

»Was ist, Schätzchen?« fragte Trixie. »Hast du dir den Magen verdorben?«

Edna ruderte wild mit den Armen, und Mickey DuVane brüllte von unten herauf: »Verdammt, was soll denn das, Edna!«

Singer und Wang sprangen von ihren Plätzen auf.

Abel Graham stürmte an ihnen vorbei und schrie: »Auffangen! Fangt sie auf!«

Ike Vivaldi hastete die Stufen zu dem Podium hinauf, wo Edna stand, und fing sie im Sturz auf. »Herrgott!« keuchte er. »Herrgott nochmal!«

Die Federn, die dem Pfeil Gewicht verliehen, waren farbenprächtig und elegant. Sie waren gelb, orange, blau, grün und braun, und alle mit dem Blut aus der Wunde an Ednas Hals getränkt.

Abel Graham hatte einen trockenen Mund, konnte aber noch hervorstoßen: »Ein Pfeil!« Er wandte sich an Singer und Noël, die sich keuchend zu dem Podium hocharbeiteten. »Ein Pfeil! Sie ist tot! Sie wurde mit einem Pfeil ermordet!«

Noël sagte zu Singer: »Sie benutzen ein Blasrohr bei ihrer Nummer.«

Singer brauchte nicht zu fragen, wer »sie« waren. Es waren eindeutig Daniel und Electra gemeint.

ACHT

»Nicht den Pfeil anfassen!« rief Singer streng und hielt Abel zurück. »Vielleicht sind Fingerabdrücke darauf, wahrscheinlich ist es nicht, aber es könnte ja sein.« Auf einen Wink von ihm setzten sich zwei Bühnenarbeiter in Bewegung und trugen Ednas Leiche widerstrebend in die Garderobe, die sie mit Trixie und Angie teilte. Die beiden waren völlig entsetzt und erschüttert, doch Hattie stellte sie mit ihrem durch Mark und Bein gehenden Geheul weit in den Schatten. Wang hatte Jacobs Revier angerufen und den Mord gemeldet, und der Leichenbeschauer war mit seinen Assistenten bereits unterwegs. Nicholas und Diana traten beiseite, als die Bühnenarbeiter mit der Leiche langsam an ihnen vorüberzogen. Diana hatte die Arme verschränkt und preßte sie eng an die Brust. Nicholas stürzte davon, um ein Telephon zu suchen. Der Mord an Edna konnte ihm bei der Lokalredaktion eines Boulevardblattes ein paar Dollar eintragen. Vivaldi eilte in sein Büro, um die Pressestelle des Klubs anzurufen, und Beethoven legte einen Arm um seine geliebte Trixie und den anderen um Angie. »Sie hat nicht gelitten«, sagte er leise. »Man sieht es an ihrem friedlichen Gesichtsausdruck.«

»Blödsinn!« tobte Angie. »Sie ist tot. Kaltblütig ermordert. Wieso hat jemand Interesse daran, Edna umzubringen? Was zum Teufel geht hier überhaupt vor?«

Electra und Dan kamen zu Singer gerannt, und der sagte: »Sie wollte ich gerade sprechen. Wo ist das Blasrohr, das Sie bei Ihrer Nummer benutzen?«

Dan sagte: »Es ist verschwunden. In unserer Garderobe ist es nicht. Ich hab schon die Requisitenkammer abgesucht, aber dort ist es auch nicht.«

Nur Noël Coward ließ sich nicht aus der Ruhe bringen. Im Geiste ging er sorgfältig die Szene durch, die sich im Klub abgespielt hatte, ehe Edna niedergestreckt wurde. Er hatte alle richtig plaziert, und doch stimmte da etwas nicht. Jemand, der in die Szene hineingehört hätte, war nicht dabei. Der Anblick des auf die Bühne eilenden Jeffrey Amherst unterbrach seine Grübeleien. »Mein Gott, Jeff! Mein lieber Junge! Wo um alles in der Welt hast du dieses Blasrohr gefunden?«

Alle Augen waren auf Jeff gerichtet, eine Situation, die er gewöhnlich zu vermeiden suchte. »Ich hab es in deiner Garderobe gefunden, Noël. Es lag oben auf deinem Frisiertisch. Was hattest du denn mit dem Ding zu schaffen? Gehört es nicht den Tänzern?«

»Ich habe ganz und gar nichts mit dem verfluchten Apparat zu schaffen, und ich meine allerdings, daß er den Tänzern gehört.«

»Das ist unser Blasrohr«, sagte Dan wie ein halbwüchsiger Junge, der gerade einem Nachbarn mit seinem Baseball das Fenster eingeworfen hat und nun den Ball zurückverlangt.

»Geben Sie her.« Jeff reichte Jacob Singer das Blasrohr. Singer wußte, daß es zwecklos wäre, es auf Fingerabdrücke zu untersuchen – Jeff hatte es in der Hand gehabt, und mehrere Tänzer hatten es als Requisit benutzt. Er hörte ein Kichern. Es kam von Noël.

»Wie heißt das noch gleich bei der Polizei? ›Unterschieben von belastendem Material, um einen Unschuldigen in Verdacht zu bringen.‹ Allein schon der Gedanke, daß jemand dieses widerliche Ding auf meinen Frisiertisch gelegt hat! Meine Puste reicht kaum, um an der Zigarette zu ziehen, geschweige denn, um einen Pfeil auf ein bewegliches Ziel zu blasen.«

»Edna hat sich nicht bewegt«, sagte Abel. »Sie stand vollkommen still.«

»Mein guter Junge«, sagte Noël mit seinem üblichen süffisanten Lächeln. »Ich möchte doch meinen, daß ich mit Ihnen und Jacob im Zuschauerraum saß, als das arme Ding vom Schicksal ereilt wurde.« Hatties pathetisches Wehgeschrei war so entsetzlich, daß es selbst Gevatter Tod in Angst und Schrecken versetzt hätte. »Die arme Hattie. Ihre Grandma Sadie hatte verdammt recht. Hier werden wohl Leichen fallen wie Rosenblätter auf den Weg einer unschuldigen Braut.« Diana Headman trug großzügig Rouge auf ihre Lippen auf. »Sind Sie nicht die Gelassenheit in Person?« bemerkte Noël. »Legen Kriegsbemalung auf, nachdem die Schlacht vorüber ist.«

»Mag sein, daß ich äußerlich gelassen wirke«, sagte sie und tupfte sich die Lippen mit einem Zellstofftuch aus ihrer Handtasche ab, »doch innerlich bin ich das reinste Nervenbündel.«

»Haben Sie noch nie ein Blasrohr gesehen?«

»Doch. Im Museum. Solche Geräte waren – oder vielmehr sind – in Afrika sehr verbreitet. Sie werden überall ausgestellt.«

»Das ist ein Assagai«, sagte Noël, indem er schamlos mit seinen Kenntnissen aus zweiter Hand protzte.

»Woher wissen Sie das?« fragte Singer.

»Dan Parrish hat es mir erzählt. Die Assagai sind ein wilder Stamm in Afrika. Ihre Spezialität sind Wurfspeere und Überraschungsangriffe. Mir kommen sie durch und durch humorlos vor. Keine Leute, die man zum Sonntagsfrühstück einladen würde.« Er schlenderte lässig zu Electra hinüber. »Sagen Sie, mein Schatz, haben Sie jemals ein Blasrohr benutzt?«

»Es ist eine reine Männerwaffe. Nur Dan verwendet es bei der Nummer. Das ist so Tradition. Die Frauen in

Afrika setzen nur ihre Weiblichkeit als Waffe ein. Afrikanische Frauen sind fügsam und zahm. Gebärmaschinen. Ich habe keine Achtung vor ihnen.«

»Sie haben sich nicht zufällig in meine Garderobe verirrt und es da auf meinen Tisch gelegt?«

»Nein, Mr. Coward. Dazu hätte ich keinen Grund gehabt, wie ich auch keinen Grund gehabt hätte, Edna Dore umzubringen. Wir haben seit Probenbeginn kaum ein paar Worte miteinander gewechselt.«

Singer sagte: »Noël, hier führe ich die Ermittlungen.«

»Mein lieber Jacob, bitte verzeihen Sie mir. Da bricht der Regisseur in mir durch. Ich neige dazu, das Kommando zu übernehmen, meistens dann, wenn es am wenigsten willkommen ist. Aber mal ehrlich, Jacob, es war furchtbar dumm von dem Mörder, daß er den Verdacht auf mich lenken wollte. Sag du es ihnen, Jeff, ich könnte keiner Seele etwas zu leide tun.«

»Gewollt hätte er schon«, meinte Jeff, »doch bis jetzt hat er es immer gelassen.«

»Eine recht zweischneidige Empfehlung, aber sie muß wohl genügen.«

Da erschien der Gerichtsmediziner mit seiner Leichenbittermiene und zwei Assistenten, von denen einer eine zusammengeklappte Tragbahre mitbrachte. »Hallo, Jake«, sagte er mit hintergründiger Baßstimme, »wo ist denn der Star des Abends?«

»In der Garderobe«, gab Noël ihm Bescheid, »und ruht.«

Abel sagte: »Ich zeige Ihnen den Weg.«

»Sie hat einen Pfeil im Hals?« wollte der Leichenbeschauer von Singer wissen.

»Nicht zu verfehlen.«

»Er hat sie offenbar auch nicht verfehlt«, meinte der Leichenbeschauer. »Ein Pfeil, und noch dazu wohl ein vergifteter.«

Jetzt meldete sich endlich Wang zu Wort. »Ich würde nach Kaliumchlorid suchen.«

»So, würden Sie?« Der Leichenbeschauer wunderte sich, wo dieser Asiate wohl herkommen mochte. Nun ja, er war in einem Nachtklub in New York City, da mußte man auf alles gefaßt sein.

Wang erklärte Singer und Noël: »Das ist ein seltenes Gift aus Afrika. Es wirkt auf der Stelle tödlich, was wie ein Herzanfall aussieht, und ist nicht leicht nachzuweisen.«

»So wie Zyankali.«

»Oh, völlig anders«, sagte der Leichenbeschauer. »Zyankali ist ein Teufelszeug. Es ist geruchlos. Man findet es nur, wenn man genau weiß, wonach man zu suchen hat. Das würde man nehmen, wenn man jemanden vergiften will.« Dieser Ratschlag war an die Allgemeinheit gerichtet. Noël stellte sich vor, daß jetzt unverzüglich eine Welle von Zyankalivergiftungen ausbrechen würde.

»Doc«, sagte Singer, »ich hätte gern den Pfeil, wenn Sie ihn herausgezogen haben, sorgfältig verpackt, damit wir ihn auf Fingerabdrücke untersuchen können.«

Der Leichenbeschauer nickte, dann ging er samt seinem Gefolge mit Abel in Ednas Garderobe. Jacob baute sich vor Dan und Electra auf. »Ich hätte gern Ihren restlichen Vorrat an Pfeilen.«

»Wir haben keinen«, sagte Dan.

»Ich könnte Ihre Garderobe durchsuchen lassen«, drohte Singer.

»Bitte, nur zu. Wir benutzen keine Pfeile bei der Nummer. Wenn ich das Blasrohr ansetze, tue ich nur so, als ob ich einen Pfeil blase. Der Tänzer, auf den ich ziele, paßt den Moment genau ab und fällt gekrümmt zu Boden.«

»Er spricht die Wahrheit«, sagte Electra. »Wir lehnen den Einsatz von Pfeilen und tödlichen Waffen bei unserem Auftritt ab.«

»O je.« Das war wieder Mr. Coward.

»Was?« fragte Singer, den Noëls ungläubige Miene belustigte.

»Nun, meine Lieben«, sagte er zu Electra und Dan, »Sie zaubern den Hühnern die Köpfe ja nicht weg. Sie hacken sie mit einer Machete ab, oder wie man diese tödlichen Dinger gleich nennt. Und wenn das nicht eine tödliche Waffe ist, dann bin ich der Sohn von Alice B. Toklas.« Kaum hatte er den Namen ausgesprochen, da fiel ihm ein, daß wohl nur wenige der Anwesenden je von Alice B. Toklas gehört hatten. Er ging zu Jacob und fragte, während er dem Detective das Blasrohr aus der Hand nahm: »Darf ich? Nur ganz kurz?« Er betrachtete das Mundstück, murmelte »Hmmm« und gab Singer dann die Waffe zurück.

Singer war neugierig. »An was denken Sie, Noël?«

»An so vieles, mein lieber Jacob, an so furchtbar vieles, daß es Stunden, vielleicht auch Tage dauern kann, bis ich alles sortiert habe.« Er sah Bizet, den Kopf in den Händen vergraben, auf der Treppe sitzen, auf der die Revuemädchen heruntermarschieren sollten. »Mein lieber Mr. Wiesel, was plagt Sie denn noch außer der Aussicht auf polizeiliche Ermittlungen?«

»Ich fühl mich nicht besonders, Noël. Wirklich nicht. Ich glaub, ich hab Fieber.«

Noël fühlte Bizet mit der Hand die Stirn. »Meine Güte! Wenn das kein Fieber ist, dann ist es eine gute Imitation. Da sollten wir wohl den Leichenbeschauer holen.«

Bizets Kopf schoß hoch, und unglaubliche Angst zeigte sich auf seinem Gesicht. »Ich bin doch nicht tot, Herrgott noch mal, ich hab nur Fieber!«

»Das waren Doktor Livingstones allerletzte Worte, bevor er verschied.« Noël fragte Jeffrey im Flüsterton: »Das war's doch, was Livingstone den Garaus gemacht hat, oder?«

»Wenn es nicht das Ausbleiben von Spenden war.« Jeff fragte sich, wie Noël dieses Erlebnis dereinst ausschlachten würde. Als Bühnenstück? Als Film? Als Operette? *Mord im Dreivierteltakt* vielleicht.

Noël wandte sich an Singer. »Jacob, dieser adrette kleine Kerl hier hat Fieber. Man muß sich um ihn kümmern.« Und dann als Nachsatz: »Geschmackvoll gekleidet ist er ja. Ich muß ihn nach der Adresse seines Schneiders fragen. Falls er durchkommt.«

Immer noch schluchzend kam Hattie herein, gefolgt von Trixie, Angie und Beethoven. Die Mädchen hatten verweinte Augen, und Beethoven tätschelte Trixie mitfühlend und zärtlich den Rücken. Sie stieß abgehackt hervor: »Hör schon auf, Harry. Ich muß gleich rülpsen.«

Noël faßte Hattie bei der Hand und sagte: »Grandma Sadie versteht wirklich ihr Geschäft.«

Hattie schniefte und sagte mit gebrochener Stimme: »Das ist erst der Anfang.« Inzwischen war Vivaldi auf der Bühne und hatte einen Arm um das Wiesel gelegt. »Hört nur auf Grandma Sadies Worte. Da kommt noch sehr viel mehr.«

Noël erläuterte dem verblüfften Jeff: »Sie meint, sie erwartet in nächster Zukunft ein eindrucksvolles Massensterben. Der Tod wird reiche Ernte halten, und die Leichen werden wie reife Früchte vom Baum fallen. Wie heißt es doch so nett und treffend in *König Lear*: ›Reif sein ist alles.‹«

Sie hörten Diana Headman »O Gott« sagen. Der Leichenbeschauer kam, gefolgt von seinen Assistenten, die gemeinsam die Bahre trugen, auf der die mit einer Decke bedeckte Leiche von Edna Dore lag. Ihre Haare guckten unter der Decke hervor, und Diana hielt sich eilends die Hand vor den Mund. Nicholas Benson hatte seine Sensationsmeldung inzwischen telephonisch an die *Daily News* durchgegeben und machte sich jetzt Notizen über das tragische Ereignis. Er hatte sich schon verflucht, daß er keine Kleinbildkamera besaß, und der Zeitungsphotograph würde bestimmt nicht rechtzeitig hier sein, um Aufnahmen vom Abtransport der Leiche zu schießen. Nicholas konnte ja nicht ahnen, daß der Presseagent des Klubs in Windeseile alle Zeitungen und Nachrichtenagenturen am Ort unterrichtet hatte und daß bereits eine kleine Armee von Reportern und Photographen den Bühneneingang belagerte und von mehreren Streifenpolizisten in Schach gehalten wurde, die in Begleitung des Leichenbeschauers gekommen waren.

Der Gerichtsmediziner sagte zu Singer: »Ich nehm sie mir gleich vor.«

»Da bin ich Ihnen sehr dankbar.«

»Warum hat jemand ein Interesse daran, eine solche Schönheit umzubringen? Verdammt schade drum.«

Trixie Bates hatte das gehört, während sie diskret beiseite trat, um sich im Schritt zu kratzen. »So jemand wie Edna kann man mit der Laterne suchen.« Dann drehte sie sich zu Beethoven um. »Hör mal, wir haben etwas unter vier Augen zu bereden. Gehen wir in dein Büro.«

Jacob hielt sie auf. »Ich möchte, daß alle das hören. Hier ist ein Mord geschehen, und ich habe eine sehr gründliche Untersuchung vor.«

»Hören Sie mal«, fiel ihm Vivaldi ins Wort. »Ich habe hier nächste Woche eine große Eröffnungsgala. Es tut uns allen leid, daß Edna tot ist, aber Sie kennen ja den alten Spruch ›Die Show muß weitergehen‹.«

»Warum eigentlich, mein guter Junge?« fragte Noël und blies einen Rauchkringel an Singers Ohr vorbei.

»Tja, weil Sie sonst nicht bezahlt werden, Mr. Coward. Weil sonst überhaupt niemand bezahlt wird.«

Darauf erhob sich in der Truppe ein Gemurmel, daß Jeffrey Amherst meinte, da rücke ein mörderischer Heuschreckenschwarm an.

Singer ruderte mit den Armen und brüllte: »Halt! Halt! Hört mir zu! Hört mir zu, Leute.« Sie konzentrierten sich wieder auf ihn. »Für eine Verschiebung oder Absage gibt es keinen Grund. Wir führen unsere Ermittlungen während der laufenden Probenarbeit durch. Damit werden Sie sich abfinden müssen. Und daß mir keiner auf die Idee kommt, plötzlich abzureisen.«

Ivan Roth, Noëls musikalischer Begleiter, war mittlerweile aus seinem Hauptquartier in der Garderobe der Tänzerinnen aufgetaucht. »Mr. Singer, falls Sie es noch nicht wissen, wir stecken in einer Wirtschaftskrise. Viele Leute haben keine Arbeit. Ich glaube, die meisten hier sind froh und dankbar, daß sie ein Engagement haben. Ich spreche wohl im Namen aller, wenn ich sage, daß wir allesamt hierbleiben.«

»Mein lieber Jacob«, sagte Noël. »Nach dem, was Dottie Parker mir über Sie erzählt hat, werden Ihre Ermittlungen bestimmt mustergültig sein. Präzise, schnell, unblutig, und dann wird gnadenlos zugeschlagen. Und ich werde Ihnen jede nur mögliche Unterstützung zukommen lassen. Ich mißbillige Mörder zutiefst, sie haben so gar keine Manieren.«

Darauf Singer: »Ich wünschte, das hätte ich gesagt.«

»Sie werden schon noch.« Noël konzentrierte sich auf Bizet, und da kam ihm ein furchterregender Gedanke. Er trat auf Dan Parrish zu. »Daniel, tun Sie mir einen Gefallen und schauen Sie sich mal das Wiesel Bizet an. Wenn mich mein Gefühl nicht täuscht, dann zeigt er womöglich Symptome der ... ich wag's kaum auszusprechen ... Verzehrung.« Parrish ging quer über die Bühne zu Bizet. Er betrachtete den Kranken mit durchdringendem Blick. Angie Murray hatte Bizet einen Brandy gebracht, an dem er vorsichtig nippte. Dan kehrte zu Noël zurück.

»Nun, Doktor Parrish, wie lautet die Prognose?«

»Kann man noch nicht sagen. Er schwitzt, aber das tut

er immer. Seine Augenlider flattern, aber das tun sie immer. Seine Haut ist fahl und ungesund, aber das ist sie immer.«

»Eine recht deprimierende Bestandsaufnahme. Nun, eins ist sicher, egal was er hat, es ist nichts Gutes. Hoffentlich ist es nichts Ansteckendes.«

Dan Parrish ging zu Electra, die vorne an der Bühne lehnte und sich fragte, warum keiner auf die Idee gekommen war, den Gerichtsmediziner um ein Beruhigungsmittel für Hattie Beavers zu bitten. Ihr gefiel auch nicht, wie Hattie weiterhin unheildrohend mit den Augen blitzte. Wie auf einen geheimnisvollen Wink übernatürlicher Kräfte hin ging Hattie rasch zu Electra hinüber. »Raus mit der Sprache, raus mit der Sprache: Hast du meine Edna verhext?«

»Ach, laß mich in Ruhe.« Electra hob die rechte Hand, um Hattie beiseite zu schieben, doch die ältere Frau hielt die jüngere mit eisernem Griff am Handgelenk fest.

»Ich weiß, du bist Voodoo-Priesterin. Ich weiß, daß du in seinem Studio Schwarze Magie betreibst.« Sie deutete rasch mit dem Kopf zu Dan hin. »Ich warne dich, du. Es gibt eine Macht, die stärker ist als deine. Stärker als deine Schwarze Magie. Stärker als deine Zaubersprüche und Hexereien.«

»Laß mich los!«

»Weißt du, welche Macht das ist? Das ist die Macht von meinem Herrn Jesus Christus, und die zieht mit der Macht von meiner Grandma Sadie am gleichen Strang!« Sie ließ Electras Hand los. »Ich geh jetzt in die Kirche. Da bet ich mit aller Kraft, daß die arme Seele von meiner kleinen Edna erlöst wird.« Sie hörten, wie Trixie auf Beethoven einschrie; ihre Stimme schallte aus dem Büro im Untergeschoß und drang mit der Gewalt eines Hurrikans auf die Bühne herauf.

»Was zum Teufel ist da unten los?« rief Singer.

Bei Hattie fand er ein offenes Ohr. »Das ist eine von meinen Ladies. Miss Trixie. Sie hat Filzläuse. Und sie wünscht dem Schuldigen die Hölle an den Hals.« Mit einem letzten drohenden Blick zu Electra hin steuerte Hattie auf den Bühneneingang los.

»Moment mal!« Als Hattie Singers Stimme hörte, blieb sie wie angewurzelt stehen. »Wo wollen Sie denn hin?«

Hattie löste sich aus ihrer Erstarrung und bot der Amtsgewalt tapfer die Stirn. »Ich geh in die Kirche und bete für Miss Edna.«

»Sie gehen, wenn ich es Ihnen sage. Abel! Hol alle auf die Bühne. Ich will, daß alle genau da stehen, wo sie waren, als Edna Dore aufschrie.« Unbehagliche Blicke wurden gewechselt; nervöses Hüsteln, dann Stimmengemurmel, gefolgt von Füßescharren. Die Musiker nahmen ihre Plätze ein, die Revuemädchen stellten sich, wenn auch nicht allzu eifrig, auf ihrem jeweiligen Podium auf. Abel hatte Trixie und Beethoven herbeigeholt, und man hörte Trixie zu Beethoven sagen: »Das kostet dich einen Chinchilla!« Wang ging zu dem Tisch, an dem er mit Noël und Singer gesessen hatte. Jeff wollte mit Noëls musikalischem Begleiter Ivan Roth von der Bühne abtreten.

»He, Sie zwei! Wo wollen Sie denn hin?« rief Singer. Das Duo blieb abrupt stehen, drehte sich um und sah Singer an.

Jeff erklärte ganz sachlich: »Ich bin kurz nach dem Mord gekommen. Ich bin sogar erst noch in Mr. Cowards Garderobe gegangen, weil ich dachte, vielleicht legt er gerade eine Ruhepause ein. Da habe ich dann das Blasrohr gefunden. Sie haben doch sicher nicht vergessen, daß ich das Blasrohr gefunden habe.«

»Das hab ich keinesfalls vergessen«, antwortete Jacob unbewegt. »Und *Sie*?«

»Ich war unten in der Garderobe der Tänzerinnen«, sagte Ivan.

»Und was haben Sie da unten gemacht?«

»Auf die Mädchen gewartet.«

Wang prustete los und fragte sich zugleich, wie er wohl ein Stück von dem Kuchen abkriegen könnte.

»Sie beide gehen mit Noël und Mr. Wang da vorne in den Zuschauerraum. Ich will alle im Blick haben.«

Nach viel Gedruckse und Geschiebe und Gerücke waren dann anscheinend alle auf ihrem Platz. Noël kniff mißtrauisch die Augen zusammen. Irgend etwas stimmte nicht. Er hatte die Probe zwar nicht allzu aufmerksam verfolgt, weil er sich mit Detective Wang Geschichten über Shanghai erzählte. Doch er wußte genau, daß er sich umgedreht hatte, als Edna aufschrie und im Todeskampf um sich schlug, weil er sehen wollte, woher der Schrei kam, und dabei hatte er in Sekundenschnelle die gesamte Bühnenbesetzung wahrgenommen. Da stimmte eindeutig etwas nicht, aber er wollte Singer nichts sagen, bevor er nicht genau wußte, was ihn so verstörte. Singer ließ Abel den Polizeiphotographen holen, der mit den anderen Polizisten am Bühneneingang wartete. Die Reporter und Pressephotographen verlangten lautstark Einlaß, doch Singer wollte sich nicht erweichen lassen, bis er mit der Truppe, seinen Verdächtigen, fertig war. Während Abel den Photographen suchen ging, erkundigte sich Singer bei Wang und Noël: »Sieht das so alles koscher aus?«

Wang antwortete als erster. »Jacob, ich kann dir keine große Hilfe sein, weil ich mit Noël geschwatzt habe und, ehrlich gesagt, habe ich nur geschaut, woher der Schrei kam. Erst als ich sah, wie Vivaldi das arme Mädchen im Sturz auffing, habe ich daran gedacht, mich umzusehen. Und da hatten sich fast alle schon bewegt.«

»Okay. Noël?«

»Bei mir sieht's leider nicht viel anders aus, alter Knabe.« Er hoffte, Gott würde ihm vergeben, doch in Wirklichkeit traute er seinem Verdacht noch nicht recht.

Bei Wangs Ausführungen wurde ihm klar, daß auch er zu einem falschen Schluß hätte kommen können. Als er sich umdrehte, um zu schauen, wer da so schrie, hatten die Leute, wie er jetzt erkannte, sich bereits bewegt oder in Bewegung gesetzt. Zum Beispiel war er sich nicht ganz sicher, wo Bizet gestanden hatte. Mit Vivaldi und Beethoven war es dasselbe. Dann hatte er eine Idee und schnippte ärgerlich mit dem Finger.

»Was haben Sie, Noël?« fragte Singer.

»Ich bin nur furchtbar wütend auf mich selbst. Ich konnte mich nicht erinnern, wo Vivaldi gestanden hat, dabei ist er natürlich die Treppe hinaufgerannt und hat sich um Edna gekümmert. Das Gedächtnis kann einem durchaus einen Streich spielen, Jacob.«

»Tja. So ein Mörder auch.« Abel kam mit dem Photographen zurück, einem pummeligen kleinen Mann, dessen Schuhe dringend mal wieder geölt werden sollten. Beim Anblick der Tänzerinnen und Revuemädchen strahlte er entzückt.

»Das ist mal ein anständiger Auftrag«, sagte er zu Abel.

Singer wies den Photographen an, ein Panoramabild von der Bühne aufzunehmen, so daß die gesamte Truppe auf dem Photo war. »Keiner bewegt sich! Alles bleibt auf Position!«

Diana sagte zu Nicholas: »Hast du eine Ahnung, was das bezwecken soll?«

»Ich glaube ja. Er will sich das Gruppenbild angucken, bis ihm die Augen aus dem Kopf fallen. Dann sollen alle anderen das Bild angucken, bis jemand etwas entdeckt, das nicht stimmt, das nicht am richtigen Platz ist.«

»Zum Beispiel?«

Nicholas zuckte die Achseln, sagte aber nichts.

Noël wandte sich an Wang. »Bei Ihrer Abreise aus Shanghai haben Sie sicher nicht erwartet, daß Sie in einem Tohuwabohu von Mord und Intrige landen.«

»Noël, ein guter Polizist lernt, daß er nie etwas erwarten darf. Ich wußte schließlich, daß ich in ein Ränkespiel um Mädchenhandel und den Mord an Maxine Howard gerate. Und ich hatte so eine Ahnung, daß im Laufe der Handlung vielleicht noch ein, zwei Leute ins Gras beißen. Außerdem bin ich eben erst angekommen und hatte noch keine Zeit, mir ein Urteil zu bilden, von den drei Kompagnons, Maxines Schwester und ihrem Freund einmal abgesehen. Die springen ja ins Auge und sind leicht einzuordnen. Edna Dore habe ich nicht gekannt. Ich habe nicht mit ihr gesprochen. Ich weiß nur, daß sie Vivaldis Mädchen war, und vielleicht nicht mal sein Alleineigentum.«

»Wie ich Edna kenne, hatte sie bestimmt gern mehrere Eisen im Feuer. Aber als sie Vivaldi kennenlernte, war es damit wohl vorbei. Big Ike war sehr gut zu ihr. Ich bewundere den Gleichmut, mit dem er seinen Kummer trägt. Doch ab und zu hab ich gesehen, wie er sie anschaute, vor allem, wenn sie mit einem anderen Mann sprach – und er neigte gewiß zur Eifersucht –, und daher glaube ich, daß er das Mädchen angebetet hat. Jacob hat es Ihnen bestimmt erzählt, aber wenn nicht, will ich es Ihnen sagen. Edna Dore hat insgeheim für die Polizei gearbeitet. Abel Graham hat sie angeworben. Sie hatten ein Techtelmechtel, das zwar nur kurz war, beiden aber in liebevoller Erinnerung geblieben ist. Es liegt klar auf der Hand, warum die arme Edna zu den großen Ziegfeld Follies ins Jenseits befördert wurde. Sie sollte zum Schweigen gebracht werden. Ich glaube, Edna wußte mehr, als ihr selbst klar war. Auch wenn sie Sigmund Freud gelesen hat, wie sie mir erzählte, habe ich doch meine Zweifel, ob sie die Schriften dieses großen Gelehrten so gut verstanden hat, daß sie seine Lehren anwenden konnte. *Très domage.* Sie mag durchaus eine geheime literarische Begabung gehabt haben. Womöglich hätte sie noch einen

Bestseller geschrieben. Sie hätte, Gott behüte, eine zweite Louisa May Alcott werden können. Wir werden es nie erfahren. Wir wissen nur, daß sie tot ist, ganz und gar mausetot. Und ich habe das unbehagliche Gefühl, daß sie nur die erste in einer Reihe auserkorener Opfer ist. Zigarette?«

»Sagen Sie, Noël, kennen Sie die Stücke von Frederick Lonsdale?«

»Aber natürlich. Er ist ungefähr im gleichen Alter wie ich. Wir sind so etwas wie Rivalen der Feder. Warum fragen Sie?«

»Ich finde, er schreibt wirklich großartige Dialoge.«

»Ach, finden Sie? Seit *Mrs. Cheyneys Ende* hat er keinen Erfolg mehr verzeichnen können.« Noël zündete mit einem Feuerzeug seine und Wangs Zigarette an. Während er eine Rauchwolke ausblies, sagte er: »Ich glaube, Lonsdale hat eine große Zukunft hinter sich.«

NEUN

Auf Singers Bitte hin wurde ein Arbeitstisch auf die Bühne gebracht, und vier Stühle wurden aufgestellt: für Singer, für Abel, der sich Notizen machen sollte, für Wang und die einzeln aufgerufenen Verdächtigen. Noël unterhielt sich mit Vivaldi, der in Sorge war, weil Bizets Zustand sich ständig verschlechterte. Noël fand es merkwürdig, daß Vivaldis Kummer über Ednas Tod von so kurzer Dauer war, und sagte das auch. Vivaldi verzog das Gesicht.

»Kummer? Was heißt Kummer? Sie meinen, weil ich nicht heule und mir die Haare raufe? Noël, Leute wie ich sind darauf geeicht, ihre Gefühle zu beherrschen, unter Verschluß zu halten und zu unterdrücken.«

»Wie bei einem Vulkan.« Vivaldi zuckte nichtssagend mit den Schultern. Er erinnerte Noël an die zahllosen Kleindarsteller beim Film, die aufgrund ihrer Ähnlichkeit mit Gangstern ausländischer Herkunft den malerischen Hintergrund für Kriminalfilme abgaben. »Doch ein Vulkan bricht irgendwann einmal aus. Sie haben Edna so schnell da liegenlassen und sind ins Untergeschoß gelaufen, vermutlich in Ihr Büro.«

»Ich habe hier einen Klub zu leiten. Die Show muß weitergehen. Ich habe unseren Presseagenten angerufen. Die Reklame können wir gut gebrauchen, und daran wird es jetzt nicht fehlen.«

»Vielleicht sollten Sie Edna Dore ein Denkmal setzen.«

»Wofür? Daß sie sich ermorden ließ? Ich will Ihnen mal was sagen, Noël, da Sie schon so dick mit Singer befreundet sind. Meine Kompagnons und ich, wir sind ja nicht blöd. Wir sehen doch, wie der Hase läuft. Wir haben schon kapiert, was hier gespielt wird. Wir wissen, warum Wang aus Shanghai gekommen ist. Ich hab mir schon gedacht, daß Edna uns bespitzelt, aber was soll's, viel konnte sie hier nicht herausfinden und ihrem Schmusejungen Abel weitertratschen.«

Noël zog eine Augenbraue hoch. »Darüber wußten Sie also auch Bescheid.«

Vivaldi gab verächtlich zurück: »Ich weiß über alles Bescheid. Was glauben Sie, wie ich mich über Wasser halte, zum Teufel noch mal? Meine Kompagnons und ich waren für ein paar Jahre außer Gefecht gesetzt. Die Aufhebung der Prohibition hat uns fast ruiniert, und dazu kamen noch haufenweise Fehlinvestitionen und ein paar reizende alte Kumpel, die nichts Eiligeres zu tun hatten, als uns übers Ohr zu hauen. Aber in Wirklichkeit war diese Ruhepause ein Geschenk des Himmels. So hatten wir Zeit, um nachzudenken« – er tippte sich an den Kopf – »und frische Kraft zu schöpfen. Und ein paar neue Verbindungen zu knüpfen. Tja, und jetzt sind wir wieder da, gesund und munter wie nie zuvor.«

»Mit frischer Kraft und einer neuen Finanzspritze.«

»Genau. Und nun zu Wang. Das ist bestimmt ein ganz gewieftes Schlitzauge. Der hat den Mord an Maxine aufzuklären. Sie hat ganz offensichtlich als verdeckte Ermittlerin gearbeitet, und wer sich's mit den Jungs in Shanghai verdirbt, hat nichts mehr zu lachen. Vergeben und vergessen ist deren Sache nicht. Ich muß es schließlich wissen. Ich habe vor Jahren mit denen zusammengearbeitet und alle Einladungen zu einem Besuch wohlweislich ausgeschlagen.« Er fuhr sich mit dem Finger über die Kehle. »Ich war ja nicht dumm, und seitdem habe ich nur dazugelernt. Mit den alten Geschichten habe ich abgeschlossen. Ich und meine Freunde, wir haben jetzt andere Ziele. Sehen Sie diesen Klub hier? Das ist erst der Anfang. Von hier aus nehmen wir uns die Theater am Broadway vor, und dann kommt der Film. Da gibt's noch eine ganze Welt zu erobern, und das haben wir auch vor, so wahr ich hier stehe.«

»Wie Mr. Bizet mir aussieht, werden Sie sich beim Erobern ein wenig einsam fühlen, wenn Sie ihn nicht bald zum Arzt bringen.«

Vivaldi schaute Bizet an. »Scheiße!« Er sah sich nach Beethoven um und stellte fest, daß Trixie ihn noch immer in der Mangel hatte. »He, Harry! Hierher! Schnell!« Harry legte den Weg von Trixie zu Vivaldi sozusagen im Sturzflug zurück. »Wir müssen das Wiesel zum Arzt bringen. Er sieht aus, als ob er uns gleich verreckt.«

Fat Harry ging zu Singer und erklärte: »Hören Sie mal, das Wiesel braucht einen Arzt. Und zwar schnell.« Singer sah das Wiesel auf der Treppe hocken; sein Kopf hing nach unten wie bei einer Lumpenpuppe, und Noël tupfte ihm mit einem Taschentuch, das er ihm aus der Brusttasche gezogen hatte, die feuchte Stirn ab. »Kommen Sie, Singer, lassen Sie diese Hinhaltemanöver. Keiner von uns hat Edna umgebracht, und das wissen Sie auch. Wir haben alle zusammen auf der anderen Bühnenseite gestanden. Und daß wir nicht aus New York verschwinden, ist Ihnen auch klar. Wir müssen Irving zum Arzt bringen.«

Singer sagte: »Also gut. Aber Alibis hin oder her, ich habe mit Ihnen dreien zu reden, und zwar ausführlich.« Fat Harry lief zu Vivaldi und dem Wiesel zurück. Gemeinsam richteten sie den Kranken auf, indem jeder einen Arm auf die Schulter nahm, und so schleiften sie ihn mehr oder weniger über die Bühne zum Hinterausgang.

Singer hatte seine Befragung der Tänzerinnen inzwischen abgeschlossen. Sie wußten nichts, hatten nichts gesehen und waren verschreckt. Die Musiker desgleichen. Bei den Revuemädchen hob er sich Trixie und Angie bis zum Schluß auf. Wang wünschte, er würde sich endlich

Electra und Dan vornehmen. Electra war Maxines Schwester, und Maxine war der Grund, warum er hier war. Er sah, wie sich die Unheilige Dreieinigkeit mühsam zur Tür hinausschob, nachdem Bizet ohnmächtig geworden und von dem kräftigen Vivaldi vor dem Hinfallen bewahrt worden war. Dann erblickte er Diana Headman und Nicholas Benson. Er wünschte, er könnte hören, was sie sich zu sagen hatten. Es schien keine allzu freundliche Unterhaltung zu sein.

Und tatsächlich sagte Diana gerade: »Sei nicht so neugierig, Nick. Bleib bei der Geschichte, hinter der du her warst, als du angefangen hast, hier herumzuschnüffeln.«

»Ich schnüffle nicht herum, ich recherchiere. Dafür werde ich bezahlt. Deine Bosse haben anscheinend nichts dagegen, daß ich hier bin, warum hast du dann plötzlich was dagegen?«

»Ach, verdammt noch mal, Nick, siehst du denn nicht, daß ich mit den Nerven am Ende bin? Der Saal hier ist zu groß für mich. Das habe ich inzwischen eingesehen. Noël ist ein Schatz, er ist sehr hilfsbereit, er unterstützt mich wunderbar. Er hat mir alles verraten, was er an Kniffen kennt, damit ich meine Schwächen überspielen kann.«

Seine Stimme wurde leise und sanft. »Warum muß das denn sein, Diana? Du hast es doch gar nicht nötig. Du weißt selbst, daß man als Sängerin keine Zukunft hat, du hast Geld wie Heu ...«

Sie fiel ihm brüsk ins Wort. »Geld wie Heu, Geld wie Heu, Geld wie Heu. Das höre ich ständig und von allen Seiten. Mutter redet wie eine kaputte Schallplatte nur noch von meinem Reichtum, und jetzt auch noch du. Ich bin jung, ich bin hübsch. Bisher ist alles schiefgegangen, was ich angefangen habe. Als Braut und Ehefrau habe ich versagt, ich habe drei Reinfälle hinter mir und gedenke nicht, es noch ein viertes Mal zu probieren. Ich habe es mit Schreiben versucht. Ja doch, in Afrika habe ich zu schreiben versucht. In Afrika habe ich vieles versucht, denn da hatte ich Zeit im Überfluß und sonst gar nichts. Zeit und Langeweile und James Coleridge, gegen den Dr. Jekyll und Mr. Hyde wie Dick und Doof ausgesehen hätten. Und jetzt das! Mord! In ein paar Stunden rufen die Zeitungsjungen schauerliche Schlagzeilen aus, und ich muß mir die Gehässigkeiten meiner Freundinnen anhören.« Bissig äffte sie die Stimmen aus ihrer Clique nach. »›Um Himmels willen, Di, Herzchen, hast du wirklich gesehen, wie sie umgebracht wurde? Wie entsetzlich grauenvoll.‹ ›O Diana, ist da viel Blut geflossen? Hast du das Mädchen gekannt?‹ ›Du willst doch nicht etwa weiter da arbeiten? Das ist alles so abstoßend, meine Liebe.‹«

»Deine Freundinnen können dir doch gestohlen bleiben«, riet Nicholas.

»Die können mir schon lange gestohlen bleiben. Was meinst du wohl, warum ich James geheiratet habe und nach Rhodesien gezogen bin? Du glaubst doch wohl nicht, ich hätte dieses Scheusal geliebt, oder? Aber nachdem meine ersten beiden Ehen so ein katastrophales Ende gefunden hatten . . .«

»Sie haben ein katastrophales Ende gefunden, weil du katastrophale Versager geheiratet hast.«

»Ach, komm mir nicht mit deinen klugen Sprüchen, Nick. Das steht dir nicht. Als ich Reggie Carewe heiratete, war ich erst sechzehn. Ich dachte, mit dem würde ich Spaß haben. Ich dachte, die Ehe würde ein Spaß werden. Und so mußte ich zu meinem Entsetzen erkennen, daß die Ehe kein immerwährendes Fest ist. Und Reggie hatte keinen roten Heller. Sein Vater hielt die Hand fest auf den Familienfinanzen. Reggie mußte vor ihm zu Kreuze kriechen. Der arme Reggie. Er war so jung für seine neunzehn Jahre. Und dann hat er sich mit dem Jagdgewehr erschossen.« Sie seufzte. »Es war sein bestes Stück. Mein

Vater hatte es ihm zum Geburtstag geschenkt. Der liebe, gute Reggie. Er hat in der Bibliothek eine ganz schöne Sauerei angerichtet.

Und dann hab ich ein paar Wochen später Carter Quince geheiratet. Den habe ich auch nicht geliebt.«

»Das hat auch keiner angenommen.«

»Der arme Carter. Der liebe, arme Carter. So ein gutaussehender Mann. So ein eitler Mann. So ein dummer Mann. Und ich war immer noch so naiv. Warum hast du mir denn nicht *gesagt*, daß ihm der Sinn eher nach Männern stand?«

»Ich konnte es nicht. Ich habe daran gedacht, aber ich konnte es nicht. Ich habe es deinem Vater erzählt.«

»*Du* warst das also.«

»Nun ja, ich habe es wenigstens versucht. Linus hat es dir vermutlich nicht erzählt.«

»Er hat es mir auf der Beerdigung erzählt. Er meinte, es würde mein Gewissen beruhigen, wenn ich es wüßte. Ich dachte, es wäre allein meine Schuld, daß Carter es bei mir im Bett nicht gebracht hat. Ich habe ihn furchtbar beschimpft und auf ihm herumgehackt. Und wie er sich dann mit ausgebreiteten Armen aus dem Schlafzimmerfenster stürzte und als letztes noch ›Jagd frei‹ schrie. Ich habe so ein entsetzliches Leben geführt. Reggie ... Carter ... und dann James, der sich verzehrt hat.« Abel Graham war zu ihnen getreten.

Nicholas fragte: »Will Singer mich sprechen?«

»Nein«, sagte Abel. »Er will Miss Headman sprechen.«

Diana folgte Abel und sah ganz so aus, wie Maria Stuart ausgesehen haben mochte, als sie die Stufen zum Schafott hinaufstieg. Noël beobachtete Diana und ihren raschen Weg über die Bühne. Ein hübsches Mädchen, dachte er, minimales Talent, aber ein Höchstmaß an Reichtum und Chuzpe. Was war es nur, das sie so geheimnisvoll wirken ließ? Dabei mußte er an ihre Mutter denken. Die allerliebste, armselige, alberne Millicent. Lag das wahre Wesen dieser Frau hinter einer Fassade verborgen? Wenn ja, was hatte sie zu verbergen? Aber haben wir nicht im Grunde alle etwas zu verbergen? Bei mir ist es die Liebe, die im Verborgenen blühen muß, wenn man nicht in ein britisches Gefängnis gesperrt werden will, wie es dem lieben, armen Oscar Wilde vor Jahrzehnten widerfahren ist. Es gibt so viele von uns, die es nicht wagen, sich zu ihrer wahren sexuellen Orientierung zu bekennen, weil das verboten ist in unserem lieben Heimatland, wo Fairness angeblich großgeschrieben wird.

Diana hoffte, daß sie entspannt wirkte, als sie die Beine übereinanderschlug. Singer stellte die üblichen Fragen. Wo waren Sie, als Edna aufschrie? Ist Ihnen irgend etwas Verdächtiges aufgefallen? Haben Sie jemanden von der Bühne gehen sehen, während die Nummer geprobt wurde? Diana war wie die drei weisen Affen in einer Person – nichts Böses sehen, nichts Böses reden, nichts Böses hören. Wang war fasziniert von ihr. Er zündete sich eine Zigarette an und ließ sie nicht aus den Augen, und als sie Singers Fragen beantwortete, war er von ihren klaren, prägnanten Angaben beeindruckt. Nützliche Hinweise lieferte sie nicht, es sei denn, Wang war etwas Unausgesprochenes entgangen. Sie war anders als die anderen, die sich meist gleichgültig oder nervös und zumindest in drei Fällen (Musiker) aggressiv gaben. Seine Mutter hätte gesagt, sie war eine erfrischende Abwechslung. Er versuchte, sich auf ein altes chinesisches Sprichwort zu besinnen, aber es fiel ihm keines ein, daher konzentrierte er sich auf Dianas Schönheit.

Noël strich mittlerweile in Hörweite herum und behielt nebenbei stets Nicholas Benson im Auge; dieser stand mit den Händen in den Hosentaschen da, wippte auf den Fersen und wartete darauf, daß er bei der Befragung an die Reihe käme. Etwas weiter saß Angie Murray auf einem Stuhl, hielt ihre Handtasche fest und grämte sich wegen der Krankheit des Wiesels. Sie wünschte, sie hätte sich Ednas Rat zu Herzen genommen und für ihre Zukunft gesorgt, statt darauf zu hoffen, daß ein Ehemann für sie sorgen würde. »Diese Hampelmänner verlassen niemals ihre Frau wegen einem Flittchen wie dir und mir«, hatte Edna ihr klug geraten. »Darum hör auf mich, Angie, und richte dir ein Sparkonto ein. Leg die Klunker, die er dir schenkt, in einen Tresor, denn guter Schmuck verliert nie an Wert. ›Diamonds are a girl's best friend‹, wie Anita Loos in *Blondinen bevorzugt* schreibt, und das ist die reine Wahrheit.« Angie spürte, wie ihr eine Träne die Wange hinunterlief.

Trixie, die sich einen Stuhl mitgebracht und zu Angie gesetzt hatte, erkundigte sich besorgt: »Was ist, Schätzchen?«

»Verdammter Mist. Es setzt mir doch zu. Daß Edna so sterben mußte. Menschenskind, es hätte auch eine von uns treffen können. Wir haben direkt neben ihr gestanden.«

»Ja, daran hab ich auch schon gedacht. Da ist es mir kalt den Rücken hinuntergelaufen. Ein Glück, daß der Mörder so gut gezielt hat.«

»Ach, hör schon auf, Trixie.« Sie tupfte sich mit einem duftigen Taschentuch die Augen. »Ich mach mir Sorgen um Irving.«

»Tja, das Wiesel sah gar nicht gut aus, als sie ihn hier rausgeschleppt haben. Möchte nur wissen, was er hat.« Dann stöhnte sie auf. Was sie selbst hatte, wußte sie nur zu gut, und sie wünschte, Singer würde mal etwas Tempo vorlegen, damit sie nach Hause in ihre Wohnung gehen und sich verarzten könnte.

»Hoffentlich ist es nichts Schlimmes. Wenn ich ihn verliere, hab ich alles verloren.«

Trixie riß erstaunt die Augen auf. »Hast du denn nichts auf der hohen Kante?«

»Kaum der Rede wert. Und wenn Irving nicht mehr ist, wird es nicht leicht sein, wieder so einen Freier zu finden. Schließlich haben wir eine Wirtschaftskrise.«

»Richtig, aber es gibt haufenweise bedürftige Gauner mit einer Menge Zaster hier in der Stadt. Du bist noch keine Dreißig . . .«

»Und wie lange soll das so bleiben?«

»Solange du mit Würde zu lügen verstehst. Meine Mutter war noch achtundzwanzig, als ich schon neunzehn Jahre alt war. Und wenn diese Betonmischmaschine sie nicht zermalmt hätte, dann wäre sie immer noch achtundzwanzig. Arme Mama. So eine dumme Geschichte.«

»Diese Headman ist ein ganz abgebrühtes Weib«, bemerkte Angie.

»Ob sie wirklich so stinkreich ist, was meinst du?«

»Ich hab das Wiesel ein paarmal gefragt, aber er hat gesagt, er wüßte es nicht genau, also hab ich's dabei bewenden lassen. Auf jeden Fall zieht sie sich teuer an. Angie?«

»Was ist?«

»Ähm, weißt du, ab und zu, wenn Big Ike mich manchmal so anguckt, da glaub ich fast, der hat was für mich übrig. Was meinst du?«

Angie sagte großmütig: »Warum nicht? Du hast mehr Fleisch auf den Knochen als Edna, und alles am richtigen Platz. Warum nicht? Und außerdem – auch wenn's weh tut, das zu sagen – liegst du ja nicht im Leichenschauhaus aufgebahrt.«

»Ach bitte, sag sowas nicht. Das ist ja fast schon frevelhaft. Sie war unsere beste Freundin.«

Trixie beobachtete, wie Diana Headman Singers Stützpunkt verließ und stehenblieb, um mit Noël Coward zu sprechen.

»Na, das sah ja recht schmerzlos aus«, sagte Noël.

»Ich hab ihm wohl nicht viel helfen können.« Diana kramte in ihrer Handtasche nach einer Zigarette. Noël zog galant sein Zigarettenetui hervor, ein Geschenk des Prince of Wales, und zündete Diana dann die Zigarette an.

»Jacob braucht keine Hilfe. Er braucht Informationen.« Er suchte sich selbst eine Zigarette aus. »Vielleicht haben Sie ihm ja unabsichtlich Informationen gegeben, die möglicherweise von Nutzen sind.« Sie schaute verdutzt drein. »Das ist doch der Sinn einer solchen Befragung, meine liebe Diana.« Er nahm sie am Arm und führte sie langsam auf die andere Bühnenseite, wo Nicholas schon ungeduldig hin und her ging, um endlich an die Schreibmaschine zu kommen und seine Darstellung des Mordes niederzuschreiben. Noël fuhr mit sanfter Stimme und makellos deutlicher Aussprache fort – das waren seine Markenzeichen, die er sich mühsam erarbeitet hatte, um sich von allen anderen Schauspielern seiner Generation abzuheben. »Das ist doch das A und O solcher Ermittlungen. Der Detective stellt eine Frage nach der anderen und siebt dabei ständig sorgsam die Antworten, um ein kleines Körnchen Wahrheit zu gewinnen, ein verborgenes Juwel, das am Ende von unermeßlichem Wert sein könnte. Meine Liebe, manch ein Mörder und manch eine Mörderin ist schon in die Falle getappt, weil er oder sie einen Schwall von Wörtern von sich gab, ohne zu merken, daß ihm oder ihr der Hauch einer Andeutung entschlüpft war, daß der Ermittlungsbeamte in der Tat den schuldigen Teil vor sich hat. Habe ich Sie irgendwie verärgert?«

»Sehe ich verärgert aus?« Diana sah tatsächlich aus, als hätte man sie mit der Hand im Bonbonglas erwischt.

»Der Ausdruck ›verärgert‹ ist vielleicht stark übertrieben. Sie sind doch sicher nicht zum ersten Mal von der Polizei befragt worden?«

Jetzt war sie wirklich verärgert. »Warum hätte ich sollen?«

»Verzeihen Sie, wenn ich schmerzliche Erinnerungen wachrufe, aber wie Ihre Mutter mir sagte, haben Ihre Gatten Nummer eins und zwei Selbstmord begangen. Da hat die Polizei doch sicher Fragen gestellt.«

»Ja. Aber in beiden Fällen war ich die trauernde Witwe, da hatte ich es leichter.«

»Warum heißt es eigentlich immer ›trauernde Witwe‹? Gibt es denn keine Witwe, die vor Freude in die Luft springt, sich einen steifen Whisky einschenkt, alle Fenster aufreißt und ›Gottseidank, den bin ich los!‹ in die Welt hinausposaunt? Warum nur, frage ich abermals, warum?«

Diana lachte. »Sie sind ein kaltherziges Biest.«

»Nein, das bin ich nicht. Hinter meiner gewollt blasierten Pose verbirgt sich ein überaus herzlicher und überaus liebevoller Gentleman. Ach Gott, meine liebe Diana, wenn ich nur daran denke, wie Klein Nell bei Mr. Dickens so rührend in den Himmel geht, kommen mir schon die Tränen. Als King Kong vom Empire State Building fiel und ungeliebt, einsam und unbeweint zu Tode stürzte, habe ich mir die Augen aus dem Kopf geheult. Nun, ich zumindest habe ihn geliebt und um ihn geweint. Er hatte erheblich mehr Sex-Appeal als Bruce Cabot, der unglaubwürdige Held des Films.«

Nicholas konnte sie nicht hören; er fragte sich, worüber sie wohl sprachen. Diana fing seinen Blick auf, und seine Miene verursachte ihr Unbehagen. Noël fuhr fort: »Fragenstellen ist eine Kunst, das müssen Sie mir glauben. Das ist der Unterschied zwischen einem erstklassigen Journalisten und einem Durchschnittsreporter, der sein Handwerk versteht, aber etwa so viel Phantasie besitzt wie ein Kamel, eines der eher dümmlichen Tiere dieser Welt. Ich kenne einen Bühnenreporter, der schon fast so etwas wie ein Künstler seines Fachs ist. Er hat sich zwar einen kleinen Namen gemacht, aber der wird auch klein bleiben. Aber mein Gott« – er klatschte in die Hände –, »wenn ein Vernehmungsbeamter seine Hausaufgaben gemacht hat und einem persönliche Fragen stellt, die so geschickt formuliert und so magisch eingebettet sind, tja, da kommen einem die erstaunlichsten Dinge aus dem Mund geflossen. So war das jedenfalls bei mir. Jacob Singer beherrscht, wie mir Leute berichtet haben, deren Ansichten ich schätze und achte, die Kunst der Vernehmung meisterhaft. Und ich möchte wetten, Sie finden auch etwas, das Sie ihm unabsichtlich verraten haben und nun am liebsten wieder zurücknehmen würden.«

»Ich hoffe nicht.« Ihre Stimme klang leise und erschöpft.

»Koch hoch, meine Liebe. Electra Howard behauptet steif und fest, daß Frauen einfach nicht mit einem Blasrohr umgehen können.«

»Ich möchte wetten, *sie* könnte es.« Sie warf ihre Zigarette auf den Boden und trat sie aus.

»Oje. Sie sagen das mit solch vernichtender Nachdrücklichkeit.«

»Meiner Meinung nach ist das naheliegend, wenn man bedenkt, wo sie herkommt und was sie gelernt hat. Um Gottes willen, Noël, ich will ihr nicht unterstellen, daß sie Edna Dore ermordet hätte.«

»Natürlich nicht, ich glaube nämlich nicht, daß sie ein Motiv hat. Es sei denn, sie wären sich auf einer Party begegnet und hätten beide dasselbe Kleid getragen.« Er schaute den Kronleuchter an der Decke an, den er für eine grandiose Geschmacksverirrung hielt, und sagte dann zu Diana: »Wissen Sie, ich frage mich, ob nicht wie in so vielen Kriminalgeschichten, die man liest oder von Bühne und Leinwand kennt, die unverdächtigste Person am Ende der Täter ist.«

»Also wirklich, Noël.«

»Ich meine es todernst. Vor ein paar Jahren gab es in England einen Spionagefall mit mehreren Verdächtigen. Einer davon war der Direktor einer Berufsschule für Jungen. Nun war der arme Kerl auch noch Liliputaner. Tja, nach vielem Hin und Her stellte sich heraus, daß dieser Zwerg in Wirklichkeit ein Meisterspion war. Er wurde wegen Landesverrats vor Gericht gestellt, schuldig gesprochen und gestreckt. Oder vielmehr gehängt.«

»Sie wollen mich auf den Arm nehmen.«

»Nichts liegt mir ferner, meine Liebe, nichts liegt mir ferner.«

Mittlerweile saß Trixie bei Jacob Singer am Tisch und nutzte die stumme Aufmerksamkeit, die Abraham Wang und Abel Graham ihr schenkten, nach Kräften aus. Sie schlug ein sehr wohlgeformtes Bein über das andere und beugte sich vor, scheinbar, um Singers Fragen besser zu verstehen, in Wirklichkeit aber, um ihren Bewunderern einen besseren Blick auf ihr reizvolles Dekolleté zu gewähren.

»Sie waren eng mit Edna befreundet.«

»So eng wie eine Zwillingsschwester. Edna, Angie und ich. Die drei Musketiere.«

»Kennen Sie einen Menschen, der Edna den Tod gewünscht hätte?«

»Nur Mrs. Vivaldi, aber sie kommt nie hierher in den Klub. Kurz und gut, Mr. Singer, reden wir nicht um den heißen Brei herum. Angie und ich hatten den Verdacht, Edna würde dem da ...« – sie wies mit dem Daumen zu Abel hin – »... was über die Jungs stecken. Uns war das schnuppe. Wir machen uns keine Illusionen über die drei, wir wissen, was sie früher mal waren und was sie jetzt sind, aber uns haben sie immer ausgesprochen nett behandelt.«

Singer konnte es sich nicht verkneifen. »Und Sie haben sie auch immer ausgesprochen nett behandelt.«

»Und ob. Weit über unsere Pflichten hinaus. Trotzdem«, sagte sie mit einer schüchternen Handbewegung, »ich habe eigentlich nichts Brauchbares gelernt, und wenn eine Frau so aussieht wie ich« – hier fuhr sich Wang mit der Zunge über die Lippen –, »dann ist es nicht schwer, halb nackt und ganz gelangweilt auf der Bühne rumzustehen, und noch leichter, einen großzügigen Freier zu finden, der ihre Rechnungen bezahlt, ihr Klamotten und Schmuck kauft und sie zum Essen und Tanzen in todschicke Lokale ausführt, wo sie sich nicht mal im Traum hätte einfallen lassen, daß sie da mal hinkommt. Ich kann mich nicht beschweren.«

»Ist irgendwas? Sie zappeln ja so.«

»Eine Beschwerde habe ich allerdings doch, und wenn Sie mich nicht mehr brauchen, kann ich heimgehen und etwas dagegen tun.«

»Nur noch ein paar Fragen.«

»Schießen Sie los.«

»Hat Edna irgendwann einmal durchblicken lassen, daß sie um ihr Leben bangt?«

»Nur einmal, da hatte sie Angst, daß Big Ike dahinterkommt, daß sie was mit dem da hat.« Wieder ein vielsagender Wink mit dem Daumen zu Abel hin, der anmutig errötete.

»Glauben Sie, Vivaldi hatte Edna im Verdacht, daß sie uns Informationen über ihn und seine Kompagnons liefert?«

»Big Ike hat alle und jeden im Verdacht. Er traut kaum jemandem über den Weg. Nicht mal Fat Harry und dem Wiesel. Na, dem Wiesel vielleicht ein ganz klein wenig. Und warum auch nicht? Sie haben sich wirklich gern. Hoffentlich geht es dem Wiesel inzwischen besser.«

Hinter ihnen lief der Tanzregisseur Mickey DuVane nervös auf und ab. Er hatte schon nach einem Ersatz für Edna Dore herumtelephoniert, aber es hatte sich in der

Stadt bereits herumgesprochen, daß im Cascades ein Mörder umging. Nancy Adman hoffte, die Ersatzkraft würde in Ednas Kostüme passen, das blutbespritzte natürlich ausgenommen, und das konnte man kaum ein Kostüm nennen. Sie sah zu, wie Angie Murray an Singers Tisch den Platz von Trixie Bates einnahm. Die armen Kindchen, dachte sie. Ihre Karriere ist so schnell vorbei. Sie haben ein schönes Leben, bis sie einen schlaffen Hintern und einen Hängebusen kriegen, und dann geht's ab in irgendein Warenhaus, wo sie Unterwäsche und Parfüm verkaufen, wenn sie Glück haben und so einen Job ergattern können, zumal bei der jetzigen Wirtschaftslage. Gottseidank hatte ihre Mutter ihr beigebracht, wie man Kleider entwirft, zuschneidet und zusammennäht. Wer schneidern kann, ist immer aus dem Schneider, hatte ihre Mutter immer zu ihr gesagt.

»Warum der Seufzer?« wollte Mickey DuVane wissen.

»Welcher Seufzer?« fragte Nancy.

»Der, den Sie gerade von sich gegeben haben. Als hätten Sie eben an etwas Trauriges gedacht.«

»Tja, eigentlich habe ich eben an meine Mutter gedacht. Und daß ich ihr dankbar bin, weil sie mir beigebracht hat, wie man Kostüme schneidert. Wir müssen uns keine Sorgen um das Alter machen, so wie die Revuemädchen. Das ging mir eben durch den Kopf.«

»Übergeschnappt«, sagte Mickey und ging kopfschüttelnd fort. »Vollkommen übergeschnappt.«

Angie konnte Singer auch nicht mehr helfen als Trixie, doch er bombardierte sie weiter mit Fragen in der Hoffnung, daß ihr vielleicht ein brauchbarer Hinweis entschlüpfte. Sie drückte jedoch ständig nur ihre Angst und Sorge um Bizets Gesundheit aus. Wang war mit Singers Art der Befragung nicht ganz zufrieden. Er sah zwar ein, daß es Singer in erster Linie darum ging, den Mörder von Edna Dore zu entlarven, hätte sich aber doch gewünscht, daß er hier und da eine leise Anspielung auf die Verwicklung der drei Kompagnons in das Mädchenhandelsgeschäft eingeflochten hätte. Singer erkannte bald, daß aus Angie nichts herauszuholen war und er mit ihr nicht weiterkommen würde, und ließ sie gehen. Von Wang und Abel wollte er wissen: »Wen haben wir noch?«

»Nicholas Benson, Electra Howard, Dan Parrish und die drei hohen Herren.«

Da sagte eine vertraute Stimme: »Und Noël Coward.«

ZEHN

Es schien, als wolle sich Noël mit Hilfe seiner allgegenwärtigen Zigarettenspitze duellieren. Die Zigarette darin hatte er eben erst angesteckt. »Ich habe Wesentliches über den Mord sowie den Tatort mitzuteilen, an dem wir jetzt unsere Unterhaltung führen.« Er saß Singer gegenüber und sah auf seine Armbanduhr. »Vier Uhr. Teezeit. Also wirklich, Jacob, für eine kleinen Imbiß oder Sherry und Gebäck hätten Sie doch wenigstens sorgen können.«

»Noël, das ist hier kein Gartenfest, sondern eine polizeiliche Untersuchung.«

»Haben Sie schon irgend etwas erreicht? Von Mickey DuVane und Nancy Adman haben Sie bestimmt nichts erfahren. Und von Diana Headman genausowenig. Trixie und Angie? *Quién sabe*?« Mit einem Lächeln sagte er zu Wang: »Das ist spanisch und bedeutet ›wer weiß?‹.«

»Ich weiß«, entgegnete Wang. »Ich habe an der Columbia University studiert. Ich spreche sieben Sprachen fließend.«

»Das habe ich jetzt von meiner Arroganz«, sagte Noël. »Verzeihen Sie mir. Ich betrachte mich als auf die Finger geklopft. Nun also, Jacob, Sie stellen mir ja immer noch keine Fragen ...«

»Sie stehen nicht unter Verdacht.«

»Obwohl Jeff das Blasrohr in meiner Garderobe gefunden hat?«

»Das wissen wir ja nicht mit Bestimmtheit, oder? Hat jemand gesehen, wie er es in Ihrer Garderobe gefunden hat? Er ist nur damit auf die Bühne gekommen und hat behauptet, er hätte es dort gefunden.«

»Also wirklich, Jacob. Wenn Jeff ausnahmsweise einmal lügt, dann wackelt er mit den Ohren, doch als er uns das Blasrohr brachte, haben seine Ohren sich tadellos benommen.«

»Sie haben Edna Dore nicht umgebracht, weil Sie genau hier bei uns saßen.«

»Wirklich? Die ganze Zeit?«

»Aber sicher, die ganze Zeit.«

»Jacob, als Nicholas Benson sein Interview – und das ist ein höflicher Ausdruck für unser Gespräch – mit mir beendet hatte, habe ich mich zu Ihnen und Abraham gesetzt. Dabei stand mein Stuhl aber hinter Ihrem; da saß nämlich auch noch Abel mit am Tisch, und Sie hatten sich hier zu dritt häuslich eingerichtet und die Stühle so gestellt, daß Sie den ›Shadow Waltz‹ auf der Bühne sehen konnten, und deshalb habe ich nur noch hinter Ihnen einen Platz gefunden. Ganz ehrlich, Jacob, ich hätte mich still und heimlich davonschleichen und durch eine Nebentür hinter der Bühne verschwinden können, und ich versichere Ihnen, kein Zeuge hätte mich gesehen, weil der Teil des Saales nämlich immer unzulänglich beleuchtet ist, und zum Beweis kann ich Ihnen blaue Flecken an jedem Schienbein zeigen.«

»Noël? Wollen Sie ein Geständnis ablegen?«

»Nein, Jacob, das will ich nicht. Aber ich versuche, Ihnen etwas beizubringen, das Sie sicher schon längst wissen, und zwar, daß der Schein trügt, vor allem im nachhinein. Haben Sie nicht eigens zu dem Zweck den Photographen ein Panorama von allen Leuten aufnehmen lassen, die während des Mordes auf der Bühne standen, um einen Beleg zu haben, wer sich zum Zeitpunkt des Mordes wo befand? Aber wie zuverlässig ist das, Jacob?«

»Zuverlässig genug.«

»Das möchte ich bezweifeln, und ich will Ihnen auch

sagen, warum. Alle Beteiligten standen da, wo sie ihrer Meinung nach ursprünglich gestanden haben. Doch bei dem ganzen Durcheinander nach dem Mord, als alle in der Gegend herumrannten und hierhin und dorthin stürzten, wer weiß da noch so genau, wo er war, als Edna von dem Pfeil getroffen wurde? Für uns vier kann ich mich verbürgen, weil ich direkt hinter Ihnen saß. Aber ganz ehrlich, wenn ich auf der Bühne gewesen wäre und nicht hier bei Ihnen, dann hätte ich große Mühe, mich zu erinnern, wo ich nun genau gestanden habe. Und ich will Ihnen noch etwas sagen, das Sie sich durch Ihr schlaues Köpfchen gehen lassen sollten. Ich weiß noch, daß ich die ganze Bühne abgesucht habe, als Edna aufschrie, weil ich herausfinden wollte, woher der Schrei kam. Nun, ich habe überall herumgeschaut und bin dann bei Edna hängengeblieben, die gerade umkippte. Ich habe beobachtet, daß Abel gerade rechtzeitig kam, um zu sehen, wie Vivaldi sie auffing. Dann weiß ich noch, daß Vivaldi rechts von der Bühne rannte, um vom Büro aus seinen Presseagenten anzurufen, wie er mir später sagte. Ich erinnere mich, daß ich gesehen habe, wie einige aus der Truppe Edna umringten. Jacob, als die gesamte Truppe diesen Augenblick nachstellen sollte, da fiel mir sofort auf, daß irgend jemand auf dem Bild völlig verkehrt stand. Mit diesem Tableau stimmte etwas ganz und gar nicht. Ich weiß, daß irgend jemand einen Platz eingenommen hat, an den er nicht hingehört.« Ihm kam ein Gedanke, und er schnippte mit dem Finger. »Oder jemand hat sich dort hingestellt, *obwohl er eigentlich überhaupt nicht dabei war*!« Er lehnte sich zurück, verschränkte die Arme und schlug mit triumphierender Miene die Beine übereinander.

»Bravo«, sagte Wang.

»Danke für die Blumen«, gab Noël zurück. »Nun, Jacob, was meinen Sie?«

»Ich meine nicht, daß Sie unbedingt unrecht haben, und ich meine nicht, daß Sie unbedingt recht haben. Aber es macht auf jeden Fall Spaß, Ihnen zuzuhören.«

Noël nahm die Arme auseinander und stellte die Beine gerade hin, beugte sich vor und sagte: »Ich freue mich schon darauf, dieses Photo zu sehen. Hoffentlich ist es scharf.«

»Der Junge versteht sein Geschäft. Wenn das Bild entwickelt und kopiert ist, schauen wir es uns zusammen an. Übrigens, was haben Sie eigentlich gesucht, als Sie sich das Mundstück des Blasrohrs angesehen haben?«

»Lippenstiftspuren. Es waren keine dran.«

»Hervorragende Idee. Auch wenn Electra uns erzählt hat, daß Frauen kein Blasrohr benutzen.«

»Electra ist gewiß Expertin, aber sie kann das wohl kaum abschließend beurteilen. Manche Leute behaupten, Frauen wären keine guten Bogenschützen, worauf ich gerne ihrem Gedächtnis auf die Sprünge helfe und ihnen das Volk der kriegerischen Frauen in Erinnerung rufe, die wir als Amazonen kennen. Der Legende nach waren sie hervorragende Scharfschützen.«

Da mischte sich Nicholas Benson ein. »Könnten Sie mich vielleicht als nächstes ins Verhör nehmen, damit ich wieder an meine Schreibmaschine komme?«

»Aber sicher. Freiwillige sind mir immer willkommen. Noël, haben Sie sonst noch etwas auf dem Herzen?«

»Lassen Sie mir Zeit, mein Lieber, lassen Sie mir Zeit.« Er trat Nicholas seinen Stuhl ab und schlenderte zu dem Klavier hinüber, setzte sich und spielte leise ein paar seiner Kompositionen. Singer befragte Nicholas, und Wang begeisterte sich an der melodischen Begleitung. Dergleichen hatte es in Shanghai nicht gegeben.

Während »I'll See You Again« im Hintergrund den Ton angab, fragte Singer: »Wie gut kannten Sie Edna Dore?«

»Gut genug, um ein bißchen mit ihr zu flirten. Sie hatte eine rege Libido – dachte ich mir jedenfalls.«

»Haben Sie sie rumgekriegt?«

»Nein. Ich habe es auch nicht ernsthaft versucht. Mir lag nicht daran, Big Ike zu provozieren.«

»Sie sind ein alter Freund der Familie Headman, stimmt's?«

»Ein uralter Freund. Schon unsere Eltern waren eng befreundet. Es wurde allgemein angenommen, daß Diana und ich heiraten würden. Haben wir aber nicht.«

»Waren Sie nicht ineinander verliebt?«

»Wir waren verliebt in das Gefühl, ineinander verliebt zu sein. Das war ja die Ära von F. Scott Fitzgerald, und fast alle wollten Scott und Zelda nacheifern. Mit Diana und mir hat es nicht geklappt, weil Diana es zu eilig hatte. Sie wollte von Mutter und Vater loskommen und hat deshalb mit sechzehn geheiratet. Das war ein bedauerlicher Fehler, der mit dem Selbstmord des Gatten endete. Beim zweiten Mann war es ebenso.«

Noël spielte eine herrliche Version von »Zigeuner«. Abel Graham dachte, das sei ja wohl kaum die passende Begleitmusik für Ermittlungen in einem Mordfall, aber sei's drum, es war originell. Electra und Dan Parrish standen am Klavier und ließen sich zu einer Tanzimprovisation inspirieren. Noël war entzückt. Singer wollte die Stegreifdarbietung schon unterbinden, da sah er, daß Wang und Abel völlig hingerissen waren. Herr des Himmels, dachte er, Vernehmung: Jacob Singer, Bühnenmusik: Noël Coward, Choreographie: Electra Howard und Daniel Parrish.

Singer fragte Nicholas: »Und Ehemann Nummer drei hat sich in Rhodesien verzehrt?« Ein wenig hochtrabend fügte er hinzu: »Das klingt ja sehr nach Hemingway.«

»Was für einem Hemingway?«

»Irgendeinem Hemingway.«

»Mir scheint da etwas zu entgehen«, sagte Nicholas und zündete sich eine Zigarette an. »Wozu das ganze Interesse an Diana? Es wurde doch Edna ermordet.«

»Ich war nicht ganz zufrieden, als ich sie ins Kreuzverhör nahm. Ich dachte, ich unterhalte mich mit einem Menschen aus Fleisch und Blut, dabei hatte ich es eigentlich mit einer Schneekönigin zu tun. Sie paßt hier überhaupt nicht hinein.«

Nicholas tat standhaft kund: »Diana ist nicht der Typ, der zu einem Mord fähig ist.«

»Woran erkannt man diesen Typ?«

Nicholas war es offenkundig unbehaglich zumute. »Na, Sie wissen schon. Jemand, der einen Menschen umbringen könnte.«

»Jeder könnte einen Menschen umbringen«, bemerkte Singer unbewegt. »Und stille Wasser sind tief.«

Nancy Adam, die eben vorbeikam, hörte das und fügte hinzu: »Und Kleider machen Leute.« Sie trug einen Armvoll Kostüme in die Garderoben.

Singer rief sich laut in Erinnerung, damit Abel es hörte: »Wir haben sie und den Tanzregisseur noch nicht vernommen. Ich bin mir allerdings sicher, daß sie uns auch nichts zu sagen haben.«

»Man kann nie wissen«, gab Wang zu bedenken. Er wollte selbst ein paar Fragen stellen und sann schon darüber nach, wie er die Leute unter vier Augen sprechen könnte. Singer hatte sich wieder Nicholas zugewandt.

»Sie waren doch bei Miss Headman, als Edna Dore von dem Pfeil getroffen wurde, stimmt's?«

»Nein, ich war im Saal und habe Noël ausgefragt.«

»Aber nein«, entgegnete Singer. »Ich weiß noch, daß Sie damit fertig waren und wieder auf die Bühne gingen, kurz bevor Edna aufschrie.«

Noël war nahtlos zu dem romantischen »Someday I'll Find You« übergegangen, vielleicht ein zarter Wink für

Singer, dachte Abel, daß er einen Mörder finden sollte. Daniel und Electra absolvierten gerade eine Folge vorzüglicher Hebefiguren, während Noël erwog, ein Musical über Cleopatra zu schreiben, damit Electra darin die Hauptrolle spielen könnte. Er fragte sich, ob sie wohl auch sang. Unsinn, natürlich sang sie, alle schwarzen Frauen waren doch mit einer herrlichen Stimme gesegnet.

Nicholas war verdutzt. »Jetzt bin ich aber baff. Als wir zu dem Gruppenbild zusammenkamen ...«

»Haben Sie sich neben Diana Headman gestellt.«

»Ja?«

»Ja.« Singer hatte ein fast unmerkliches Lächeln im Gesicht. Das war ja wohl der Beweis für Noëls Theorie. Wer weiß schon genau, wo er in einem bestimmten Moment war und was er da getan hat, wenn er die Szene nachspielen soll?

»Hat Edna Sie mit Informationen versorgt?«

Nicholas rieb sich das Kinn. »Wenn Sie so wollen ...«

»Ich will gar nichts, ich frage.«

Vivaldi und Beethoven waren zurückgekehrt, und als Vivaldi sah, daß Noël Klavier spielte und die beiden Schwarzen bei ihrem Tanz eine perfekte Arabesque ausführten, fragte er Beethoven: »Ist das nicht große Klasse? Das ist neu. Das hab ich noch nicht gesehen. He, Noël!«

Damit war die Vorstellung zu Ende. Electra ließ Dan stehen und ging fort. Noël antwortete in entsprechend kühlem Ton: »Ja, Mr. Vivaldi.«

»Das ist gut, das ist gut, das ist gut. Die Nummer kommt ins Programm.«

Noël stand vom Klavier auf. »Wir haben aus Langeweile und zum eigenen Vergnügen improvisiert. Und außerdem bin ich kein Klavierspieler, ich bin ein Star. Das sollten Sie inzwischen eigentlich wissen.«

»Klar, Noël, klar. Aber es hat echt gut ausgesehen.«

Beethoven beobachtete Singer und Nicholas. Er erkundigte sich bei Nancy Adman, die eben aus der Garderobe zurückkehrte: »Kommt der Detective voran?«

»Fragen Sie ihn doch selbst.« Damit setzte sie ihren Weg ungerührt fort.

Noël fragte Vivaldi: »Wo ist Bizet? Wo haben Sie ihn gelassen?«

»Er liegt auf der Privatstation im Roosevelt Hospital. Ich hab dafür gesorgt, daß er von meinem Arzt betreut wird. Er will ein paar Untersuchungen machen. Ehrlich gesagt steht er vor einem Rätsel. So etwas hat er noch nie gesehen. Das hohe Fieber, die Schweißausbrüche, die Austrocknung.«

»Austrocknung?«

»Genau. Es ist, als hätte er tagelang kein Wasser getrunken.«

Noël sah Dan Parrish an; er vermutete, daß dieser nun die Symptome der Auszehrungskrankheit erkannte.

Beethoven wollte von Noël und Dan wissen: »Wo sind die Mädchen? Wo sind sie geblieben?«

Noël erklärte: »Ich nehme an, sie haben sich nach der Befragung zurückgezogen, um sich wieder herzustellen. Wahrscheinlich zu Trixie, denn Trixie hatte eine Wiederherstellung dringend nötig.« Beethoven machte ein finsteres Gesicht und wollte über die Bühne gehen.

Singer schickte Abel hinterher: »Sag den beiden da, sie sollen sich zur Befragung bereithalten.«

Abel holte Beethoven ein, der weiterhin ein finsteres Gesicht machte, und fing dann Vivaldi ab. Vivaldi zog eine Zigarre aus der Tasche, biß ein Ende ab und steckte sie in den Mund. Noël bot ihm sein Feuerzeug an, doch Vivaldi nahm lieber ein ganz gewöhnliches Streichholz, von denen er immer einige bei sich trug. Noël sah staunend zu, wie Vivaldi das rechte Bein hob und das Streichholz anzündete, indem er es sich rasch über den Hosenboden zog.

»Was für ein großartiger Trick«, sagte er mit aufrichtiger Bewunderung. »Ich weiß nicht, ob ich es wagen würde, so etwas auf der Bühne zu tun.« Er überlegte. »Eigentlich eher nicht. Noël Coward benutzt ein Feuerzeug, sonst wäre er ja Edward G. Robinson, und wo wäre da der Witz?«

Nicholas hatte Singer inzwischen berichtet, daß das, was Edna ihm an Informationen zukommen ließ, für ihn nutzlos gewesen war. Singer faßte zusammen: »Sie hatten also keinen Grund, Edna umzubringen.«

»Sie meinen, sie hätte mir blauen Dunst vorgemacht, und deshalb hätte ich sie umbringen wollen?« Nicholas fand das lustig. »Ich glaube, nur ein Frischluftfanatiker würde jemanden umbringen wollen, weil der ihm blauen Dunst vormacht. Außerdem, ich hätte Edna gar nicht ermorden können. Ich hatte keine Zeit dazu. Ich war unten und habe Noël befragt, und dann ...«

»Ich weiß, ich weiß«, fiel Singer ihm ins Wort und überlegte dabei, ob er inzwischen irgendeinen Anhaltspunkt hatte, wer der Täter sein könnte. Dann erklärte er Wang und Abel: »Wir spielen jetzt den Mord noch einmal durch. Lassen Sie uns mal überlegen, wo der Täter stehen mußte, um Edna richtig aufs Korn zu nehmen.«

»Was ist hier los?« fragte Noël, indem er ein Gähnen unterdrückte.

»Ich spiele den Mord noch einmal durch. Ich will herausfinden, wo der Täter stand und warum er ungesehen blieb.«

»Oder warum *sie* ungesehen blieb.«

»Sie glauben immer noch, es könnte eine unserer Damen gewesen sein, Sie selbsternannter Detective Hawkshaw?«

»Eigentlich nicht, aber ich bin Feminist. Meine Mutter hat zu ihrer Zeit für die Rechte der Frauen gekämpft, und wie ich meine Mutter kenne, kämpft sie wahrscheinlich immer noch. Armer Vater.«

Singer konnte sich den Vorschlag nicht verkneifen. »Noël, ob Sie wohl Ednas Part übernehmen würden?«

Noël guckte wie eine verschlagene Eidechse. »Mit dem größten Vergnügen.« Haargenau und sehr gekonnt ahmte er den stolzen Gang eines Revuemädchens nach – die Arme ausgestreckt und die Hände kleine Kreise beschreibend – und begab sich dorthin, wo Edna vormals gestanden hatte. Singer, Wang und Abel verschwanden hinter dem Vorhang, der den Orchesterraum abschloß. Dort waren eine Trittleiter, ein paar Stühle und ein Arbeitstisch abgestellt, so daß man sich kaum bewegen konnte. Abel untersuchte den Boden. »Keine Fußabdrücke.«

»Was du nicht sagst«, meinte Singer. »Ist ja schließlich kein Blumenbeet.«

Sie hörten, wie Wang erklärte: »Von hier aus hat der Täter zugeschlagen.« Sie hatten beide eine verborgene Treppe übersehen, die zu einem Podest über ihnen führte, wo mehrere Scheinwerfer aufgestellt waren. Sie gingen zu Wang, und jetzt hatten sie alle drei Noël hervorragend im Blick. »Warum hat der Täter das Blasrohr nicht hier liegen lassen, statt das Risiko einzugehen, es in Noëls Garderobe zu bringen?«

»Aus purer Bosheit, weiter nichts. Noëls Garderobe liegt gleich unten an der Treppe. Er fand das wohl komisch.« Er rief: »Okay, Noël, Sie waren ausgezeichnet!«

Noël senkte die Arme und hob die Stimme. »Krieg ich die Rolle?«

Da kam Jeffrey Amherst aus der Hell's Bells Bar gegenüber, gefolgt vom Barkeeper Herbie. Herbie trug ein Tablett mit einer bauchigen Teekanne, einer großen Thermosflasche voll heißem Wasser, einem Tellerchen mit Zitronenscheiben, einer Sauciere mit Milch, einer Schale voll Zucker und einem Teller mit Gebäck. Jeff hatte ein Tablett in der Hand, auf dem Tassen, Untertassen und Besteck sowie ein Teller mit dünngeschnittenen Butterbroten und ein Glas Erdbeermarmelade waren. Bei ihrem Anblick machte Noël ein Aufhebens, wie es sonst nur heimkehrenden Helden zukommt. »O Jeffrey, lieber Junge, du bist ein wahrer Schatz. Und Herbie, wie lieb von Ihnen, daß Sie ihm helfen.«

»Ist mir ein Vergnügen, No-ell. Na, ist das nicht ein fürstliches Mahl?« Noël wies Abel und Wang an, zwei Tische zusammenzurücken, und beaufsichtigte dann die Überführung vom Tablett auf den Tisch. Er machte einen Wirbel wie eine alte Jungfer, die eine Familienfeier arrangiert, und war eindeutig ganz in seinem Element. »Also, Jacob«, mahnte er mit durchtriebenem Glitzern in den Augen, »hier wird nicht aus der Untertasse geschlürft.«

Vivaldi sagte zu Beethoven: »Willkommen im Irrenhaus. Ich hol mal den Brandy. Dabei kann ich dann auch gleich das Krankenhaus anrufen.«

Auf der Privatstation des Roosevelt Hospital betätigte Angie Murray, die das Wiesel von einer Schwester an sein Krankenbett hatte holen lassen, einen Zerstäuber. »Das wird dir Kühlung bringen, Irving, es ist Zitronenessenz.« Die Schwester, in dreißig Jahren an der Krankenhausfront gestählt, rümpfte angewidert die Nase. »Hoffentlich geht's dir davon besser, Irving.«

Er sagte mit matter Stimme: »Ich riech nichts. Ich riech nichts mehr. Ich schmeck nichts mehr. Mir tun die Augen weh, und mir klingen die Ohren. O heilige Mutter Gottes, ist es jetzt aus mit Irving?«

Angie stellte den Zerstäuber auf einem Nachttisch ab, setzte sich an die Bettkante und hielt die fieberheiße Hand des Wiesels. »So darfst du nicht reden, Wiesel.«

Wiesel! Die Augenbrauen der Schwester schossen in

die Höhe und hätten wohl erst an der Zimmerdecke haltgemacht, wären sie nicht fest mit dem Körper verbunden gewesen.

»Ich hab den Doktor gefragt, und der sagt, so ein komisches Fieber hört manchmal ganz von alleine auf, und dann bist du wieder auf dem Damm.« Angie sah die Schwester Zustimmung heischend an.

»Aber natürlich, Mr. Bizet.« Ihr Tonfall verhieß nichts als Tod und Verderben. Sie hatte einen Blick dafür, wenn jemand bereits mit einem Bein im Grabe stand.

»Angie«, fragte das Wiesel. »Ist Ednas Mörder schon geschnappt?«

Der reinste Wahnsinn, dachte die Krankenschwester. Ein Wiesel und ein Mord und weiß der Himmel, was da noch alles kommt, das einem durch und durch unbarmherzigen barmherzigen Engel wohlige Erregung verschaffen kann.

»Noch nicht. Sie haben alle von der Truppe befragt.« Aus den Augenwinkeln nahm sie die Krankenschwester wahr, und die sah aus wie ein Hühnerhund auf der Pirsch. »Ich kann mir nicht vorstellen, wer die arme Edna umbringen wollte. Sie hat keiner Menschenseele was zuleide getan.«

»Sie hatte ein großes Mundwerk«, keuchte das Wiesel hervor.

»Irving«, sagte Angie mit flehender Stimme, »Irving, du hast sie doch nicht mit dem Blasrohr umgebracht, nicht wahr?«

Mit dem *Blasrohr*! Die Schwester lauschte gebannt. Vor ein paar Jahren hatte sie gesehen, wie Johnny Weissmuller und Maureen O'Sullivan in *Tarzan, der Affenmensch* von einem Pygmäenstamm mit Blasrohren angegriffen wurden, und danach tagelang nicht schlafen können.

»Du blöde Tucke, ich war am Zusammenbrechen. O

lieber Gott, sei mir gnädig, mir kommt's so vor, als würd ich ertrinken. Als würd ich irgendwo hintreiben. Als hätt ich keine Beine mehr. Angie, schau mal unter die Decke. Guck nach, ob meine Beine noch da sind.«

Angie sah sich gründlich unter der Decke um. »Alles an seinem Platz. Alles.«

»Schwester . . . Schwester . . .«

»Ich bin da, Wies . . . Mr. Bizet.«

»Wo ist der Doktor? Ich will den Doktor sprechen.«

»Er hat gesagt, er ist um sechs zurück. Es ist kurz vor sechs.« Zu Angie sagt sie: »Sie sollten jetzt lieber gehen. Ich habe ihm ein Beruhigungsmittel gegeben, und das scheint allmählich zu wirken.«

Das Wiesel protestierte mit schwacher Stimme. »Geh nicht fort, Angie. Bleib bei mir, Baby.«

»Ihre Frau ist unterwegs, Mr. Bizet.«

»Verdufte, Angie!«

ELF

Im Cascades war die Teegesellschaft mittlerweile beendet, alle Spuren waren beseitigt, und auf dem heißen Stuhl an Singers Tisch saß Vivaldi und legte glühenden Protest ein. »Kapieren Sie doch! Ich hab Edna geliebt, aber in sie verliebt war ich nicht, das ist ein großer Unterschied. Stimmt's, Noël?«

Noël sagte mit hochmütigem Naserümpfen: »Ich war auch nicht verliebt in sie. Aber Sie haben den Nagel auf den Kopf getroffen, Liebe ist etwas völlig anderes als Verliebtheit. Ich muß es schließlich wissen, auf dem Gebiet bin ich Experte. Ich habe mir genügend Narben geholt.«

»Warum sollte ich mein Mädchen umbringen? Es laufen nicht so viele Ednas frei rum, die für einen wie mich zu haben sind. Überhaupt, ich war mit Fat Harry und dem Wiesel zusammen, als es sie erwischt hat.«

»Vielleicht haben Sie dafür gesorgt, daß jemand anders sie umbringt.«

»Das ist eine verdammte Lüge!« Vivaldi sprang mit knallrotem Kopf auf, die Fäuste geballt und zum Zuschlagen bereit.

Beethoven sagte: »Reg dich ab, Ike. Er will dich nur reizen.«

»Halten Sie mal ein bißchen Abstand, Harry. Zu Ihnen komme ich auch noch.« Wenn Singer jemanden verabscheute, dann verabscheute er ihn gründlich. Und diese drei verabscheute er. Er hielt sie nicht für einfältige Narren, wie man sie aus gewissen Gangsterkomödien kennt. Er fand berufsmäßige Revolverhelden überhaupt nicht lustig. Seit Jahren schon war er hinter dem Trio her und hatte geduldig auf seine Chance gewartet, sie dingfest zu machen. Daß die drei ihn haßten, wußte er. Er wußte auch, daß sie schon mehrere Mordanschläge auf ihn angezettelt und organisiert hatten. Am liebsten hätte er jetzt Bizet dabeigehabt, denn der hatte eine Heidenangst vor ihm, und er sah ihn nur zu gern in seiner Gegenwart leiden. Andererseits, dachte Singer, wenn er jetzt stirbt, ist das sogar noch besser.

Vivaldi nahm langsam wieder Platz, und nun verriet sein Blick unverhohlenen Haß auf Singer. Mit heiserer Stimme sagte er: »Ich brauch keine Auftragskiller.«

»Das ist gut zu wissen«, meinte Singer. Wang entspannte sich. Er hatte gedacht, Vivaldi würde auf Singer losgehen. Wang hatte den schwarzen Gurt, er war Karatemeister und hätte Big Ike im Nu erledigt. Abel zog die Hand zurück, die blitzschnell nach dem Revolver in dem Holster unter seiner Jacke gegriffen hatte. Er war ein Meisterschütze und hätte sich diebisch gefreut, wenn er behaupten könnte, er hätte Big Ike in Ausübung seiner dienstlichen Pflichten umgelegt.

Singer fuhr mit seinen üblichen Fragen fort. »Ist Ihnen bekannt, ob Edna Feinde hatte? Wir wissen, daß Sie wissen, daß sie ein Polizeispitzel war. Hat Ihnen das nichts ausgemacht?«

»Da war nichts zu bespitzeln«, sagte Vivaldi, indem er sich eine Zigarette anzündete.

So ging die Befragung noch ein Weilchen weiter, wobei Wang immer ungeduldiger wurde, da Singer offenkundig keine Neigung zeigte, auf den Mädchenhandel zu sprechen zu kommen.

Fat Harry Beethoven war auch keine große Hilfe. Singer ließ ihn schon nach ein paar Minuten wieder gehen. Dann war Electra dran. Sie hatte einen langen und anstrengenden Tag hinter sich, wirkte aber so frisch und lebensprühend wie bei ihrer Ankunft acht Stunden zuvor. Bei seiner Rückkehr nach Shanghai sollte Wang in lyrischen Tönen von ihr schwärmen. »Ihre Stimme hat jenen betörend-sinnlichen Reiz, der den Weg in verbotene Gefilde weist.« Jetzt aber betrachtete er ihr herrliches Gesicht, dachte an die aus dem Fluß gefischte Maxine und unterdrückte ein Schaudern.

Wieder die üblichen Fragen, und wieder die üblichen Antworten. Noël hatte sich nach dem äußerst sättigenden und erfrischenden Tee mit einer Statistenrolle begnügt, doch jetzt mußte er unbedingt seinen Senf dazugeben. Singer merkte, daß Noël schon ganz kribbelig war, und sagte: »Noël, hüpfen Sie doch nicht dauernd herum wie eine mexikanische Springbohne. Was haben Sie denn?«

»Das Blasrohr!« platzte er heraus. »Electra, warum können Frauen kein Blasrohr benutzen?«

»Ich habe nicht gesagt, daß sie es nicht können. Ich habe gesagt, daß sie es traditionsgemäß nicht tun.«

Noël gab sich damit nicht zufrieden. »Haben Sie es einmal versucht?«

Ihre Augen verengten sich zu Schlitzen. »Es gibt nichts, was ich nicht schon versucht hätte, Mr. Coward. Doch was Blasrohre anbelangt, da bin ich sehr wählerisch, was ich in den Mund nehme. Und was Edna Dore anbelangt, so habe ich sie nicht umgebracht, weil ich keinen Grund dazu hatte.« Zu Singer und Wang sagte sie: »Es sei denn, Sie beide denken, es gäbe da eine Verbindung zu dem Mord an meiner Schwester. Wenn sie wußte, was es mit dem Mädchenhandel auf sich hatte, dann hätte ich sie gern lebend gesehen und ihr eine Menge bedeutsamer Fragen gestellt. Zum Beispiel – wer steckt dahinter? Von wo aus operieren sie? Wer finanziert sie? Wer hat den Befehl gegeben, Maxine um die Ecke zu bringen? Eine Menge Fragen, und ich will eine Menge Antworten haben. Noch Fragen, Mr. Singer?«

»Haben Sie gesehen, ob irgend jemand von der Bühne gegangen ist, kurz bevor Edna ermordet wurde?«

»Ich habe überhaupt nichts gesehen. Ich war in ein Gespräch mit meinem Partner vertieft. So war es doch, Dan?«

»So war es, Schätzchen.«

Singer sagte: »Das heißt also, hier steht einer für den anderen gerade.«

Electra hatte Noël vollkommen in ihren Bann geschlagen. Ihre Augen blitzten wie zwei Warnsignale. Wenn sie die Finger zu Fäusten ballte und wieder öffnete, glichen sie tödlichen Dolchen in Miniaturausgabe. Noël erwartete jeden Augenblick, daß ihr vernichtende Flammen aus dem Munde geschossen kamen und alle Widersacher zu rauchenden Aschenhäufchen verwandelten.

»Sonst noch was?« fragte Electra Singer.

»Oh, furchtbar viel, aber im Augenblick nicht. Ich bin zu müde.«

Noël meinte vergnügt: »Sie könnten ja versuchen, den Mörder so zu verhexen, daß er sich meldet und ein Geständnis ablegt.«

Electra bedachte ihn ausnahmsweise mit einem Lächeln. »Mr. Coward, Sie sind zu süß.«

»Meine liebe Electra, ich bin nur ein schlichter Wanderschauspieler, der die Leute zum Lachen bringt. Sie, mein liebes Mädchen, sind ziemlich umwerfend.« Er erspähte Mickey DuVane. »Mickey! Morgen Probe um zehn, wie üblich?«

»Punkt zehn, Noël. Ich hab endlich ein Häschen gefunden, das für Edna einspringen will, und die Kleine muß die Schrittfolgen von Grund auf lernen.«

»Wie unangenehm.«

Fünf Minuten später erkundigte sich Singer an einem Tisch in der Hell's Bells Bar, während Wang und Abel bei Barkeeper Herbie ihre Bestellung aufgaben: »Noël, hat man Sie je bedroht?«

Noël steckte sich seine unvermeidliche Zigarette an und antwortete: »Ich habe noch keinen Menschen kennengelernt, der das nötige Vokabular dazu gehabt hätte.« Selbstgefällig fügte er hinzu: »Alle lieben mich, selbst Menschen, denen ich gar nicht richtig vorgestellt wurde. Ein Mann ohne Freunde ist wie eine Stadt ohne Umland. Also, Mr. Singer und Co., wann wollen Sie der Unheiligen Dreieinigkeit zu Leibe rücken?«

»Wenn man den Bulletins aus dem Roosevelt Hospital glauben will, ist es vielleicht bald eine Unheilige Zweieinigkeit.«

»Sie haben wohl einen direkten Draht dorthin.«

»Wir haben unsere Ohren überall.« Herbie stellte die Getränke auf den Tisch. »Nicht wahr, Herbie?«

Herbie erklärte Noël: »Selbst auf dem stillen Örtchen.«

»Welch unerquickliche Vorstellung.« Er nippte an seinem trockenen Martini. Zu Singer sagte er: »Jacob, glauben Sie wirklich, daß man einen Menschen verhexen kann?« Er sah die anderen an. »Gentlemen? Und ich nenne Sie mit Bedacht so.«

»Wie Coleridge zum Beispiel?« fragte Singer.

»Und das Wiesel«, rief Noël ihm in Erinnerung.

Singer sagte: »Ich habe mal einen Artikel über Voodoo gelesen. Da hieß es, Voodoo sei keine Schwarze Magie, sondern eine Religion. Wie die Santeria, die vor allem in der Karibik und in Lateinamerika ausgeübt wird. Auch *obeah* ist mit dem Voodoo verwandt. Es gibt verschiedene Abarten. Als ich vor ein paar Jahren auf Haiti war, hat man mich zu einem Zombie geführt. Er wohnte mit Frau und Mutter in einer Hütte an einem Sumpf. Zuerst hielt ich das Ganze für Scharlatanerie, eine Belustigung für die Touristen. Der Mann saß mit nacktem Oberkörper auf einem Stuhl und hatte die Hände steif an die Hüften gelegt. Die Augen waren leblos. Er reagierte auf nichts.

Der Fremdenführer erzählte mir, er sei vor über einem Jahr gestorben. Die Mutter wollte ihn an einem Kreuzgang begraben lassen, genau an der Stelle, wo sich zwei Straßen schneiden, damit er nicht wieder von den Toten auferstehen kann.«

»Wirklich?« Noël war fasziniert. »Gibt es denn genug Kreuzwege auf Haiti?«

»Es gibt nicht gar so viele Zombies dort. Es heißt, seine Frau sei katholisch gewesen und habe ihn unbedingt auf dem Kirchhof beerdigen lassen wollen. Die Mutter war in heller Aufregung, da der Sohn womöglich an der Verzehrung gestorben war. Sie behauptete steif und fest, ihr Sohn sei von einem Voodoo-Priester verhext worden, der es auf die Schwiegertochter abgesehen hatte. Er war nämlich scharf auf sie.«

»Wie putzig.« Noël blies einen Rauchkringel in die Luft.

»Die Frau setzte sich also gegen ihre Schwiegermutter durch, der Mann bekam ein anständiges christliches Begräbnis, und ein paar Tage später kam er mitten in einem Gewittersturm mit der dazugehörigen Geräuschkulisse von Blitz und Donner steifbeinig über den Feldweg zum Haus seiner Mutter gelaufen.«

»Sind die da nicht zu Tode erschrocken?«

»Aber klar doch, Noël. Doch dann haben sie sich beruhigt und ihn wieder aufgenommen.«

»Aha. Es ist so schön, wenn man einen Mann im Haus hat, egal, in welchem Zustand er ist. Wie der Priester das wohl fand, der auf die Frau scharf war, wie Sie sich so delikat ausdrücken? Sagen Sie, Jacob, wenn ein Mensch tot ist, und ich nehme an, Zombies sind lebende Tote, verwest er dann nicht?«

»Vermutlich nicht.« Jacob nahm einen kräftigen Schluck von seinem Bourbon pur.

Noël schnüffelte, wie es seine Angewohnheit war,

wenn er Zweifel oder Argwohn hegte. »Ich würde meinen, er stellt ein recht unangenehmes Hygieneproblem dar.«

»Die Polizei hat sein Grab untersucht; die Nachbarn hatten sie gerufen, da sie nicht sehr erfreut waren, daß sich da ein Leichnam in der Gegend herumtrieb. Er hatte den Sargdeckel hochgedrückt und sich nach oben durchgegraben. So sah es wenigstens aus.«

»Ich werde sie ganz gewiß nicht fragen, ob dieser Zombie noch am Leben ist, denn wenn er ein Zombie ist, dann sollte er gefälligst tot sein, und ich ertappe mich irgendwie bei dem Gedanken, daß er nicht richtig tot war, als man ihn begraben hat. Vielleicht Katatonie oder dergleichen. Wie ernährt sich ein Zombie eigentlich? Gibt es da eine spezielle Diät, wie Ananas und Lammkoteletts? Soweit ich weiß, ist das hierzulande der letzte Schrei, wenn eine Frau abnehmen will.«

»Zombies essen nichts.« Diese Information kam von Wang. »Ich will Ihnen mal was Interessantes erzählen, Noël. Das ist eine wahre Geschichte. Es gibt Unterlagen darüber. Im Dschungel von Sumatra erfuhren die Behörden einmal von einer Plantage, auf der angeblich Sklaven arbeiteten.«

Noël zog die Augenbrauen hoch. »Und das hier und heute?«

Abel sagte: »Noël, man hat selbst hier bei uns im Süden und im Mittleren Westen Sklavenlager entdeckt.«

»Unglaublich. In den Cotswolds findet man bestimmt keine. Weiter, Wang, wir sind im Dschungel von Sumatra.«

»Sie haben dieses Lager erst nach wochenlangem Suchen gefunden, und dann wäre es ihnen lieber gewesen, sie hätten es nicht entdeckt. Die Sklaven dort waren allesamt Zombies.«

»Ist es nicht wahrscheinlicher, daß sie unter Drogen

standen? Im Fernen Osten gibt es so viele eigenartige Rauschgifte.«

»Die Zombies wurden ausgeschickt und griffen die Eindringlinge an. Als die Polizei Schußwaffen einsetzte, wurden etliche Zombies von den Kugeln getroffen, doch den Berichten zufolge hat keiner geblutet, und es ist keiner umgefallen. Nichts konnte ihnen etwas anhaben.«

»Hört sich an wie bei der Revuetruppe.« Er trank seinen Martini aus und zog einen zweiten in Erwägung, aber er hatte Jeff in die Wohnung zurückgeschickt und versprochen, bald nachzukommen. Barkeeper Herbie ersetzte das leere Glas durch einen neuen Martini, und Noël verwünschte ihn. »Es läuft also alles darauf hinaus, daß man mit Voodoo aller Wahrscheinlichkeit nach tatsächlich Menschen verhexen kann, und noch dazu höchst effektiv.«

»Es gibt da eine Theorie, daß für Suggestion empfängliche Menschen einem Voodoo-Zauber am ehesten zum Opfer fallen.«

»Diana Headmans Gatte, Mr. Coleridge, scheint mir nicht sonderlich willensschwach gewesen zu sein. Nach allem, was ich über ihn höre, besaß er offenbar einen sehr starken Charakter. Andererseits war ich schon immer der Meinung, das Wiesel sei nicht ganz richtig im Kopf, und mit anderen selten gebrauchten Körperteilen stimme auch was nicht.« Seine Miene erhellte sich. »Sagt mal, Kinder. Wäre es nicht eine wunderbare Idee, wenn Electra oder Dan oder beide jemanden verhexen könnten?«

»An wen denken Sie da?«

»An niemand besonderen, Alfred Lunt vielleicht.« Er lächelte Wang zu und fragte ein wenig hochtrabend: »Sie haben wohl schon von Alfred und seiner Frau Lynn Fontanne gehört? Gute Freunde von mir, hervorragende

Schauspieler, wenn sie nicht gerade meinen Text vergessen haben.«

Wang rutschte auf seinem Stuhl herum. »Ja. Und von Shirley Temple habe ich auch schon gehört, und von Mickey Mouse und Flash Gordon im fünfundzwanzigsten Jahrhundert ebenso.«

»Mein lieber Wang, ich wollte Ihnen nicht zu nahe treten.«

»Ist schon in Ordnung. Wen hätten Sie denn sonst noch gern verhext?«

»Ehrlich gesagt Millicent Headman, Dianas Mutter.«

»Warum gerade die?« fragte Singer.

»Als ich sie kennenlernte, fand ich sie überschwenglich hilfsbereit und außerdem ermüdend redselig und geradezu krankhaft nett. Doch neuerdings habe ich etwas mehr über sie nachgedacht, als sie es vielleicht verdient. Da ist etwas, das Maxine Howards früherer Arbeitgeber, dieser Privatdetektiv ...«

»Casey Sterne«, warf Singer ein.

»Ja, ja ... genau der. Der hat da so etwas gesagt. Der hat bei Ihrem Gespräch mit ihm eine Bemerkung fallen lassen, die Sie anscheinend abgetan haben wie eine ausrangierte Geliebte.« Singer wartete, während Noël eine Zigarette ausdrückte und sich eine neue ansteckte. »Sterne hat Ihnen berichtet, Maxine sei eine Zeitlang mit der Beschattung von Linus Headman beauftragt gewesen, Millicents Mann. Waren Sie denn gar nicht neugierig, worum es da ging?«

»Ich war überaus neugierig. Doch bei unserem Treffen, das ausgesprochen kurz war, habe ich mich darauf konzentriert, möglichst viel über Maxine Howard herauszufinden und warum sie in Shanghai war. Ich habe ihn anschließend in Washington angerufen und gefragt, was es mit Linus Headman auf sich hatte.« Er gab Barkeeper Herbie einen Wink, ihm sowie Wang und Abel einen neuen Drink zu bringen. Herbie nahm das zur Kenntnis, indem er mit Daumen und Zeigefinger einen Kreis bildete.«

»Nun?« fragte Noël ungeduldig. »Oder ist das vertraulich?«

»Noël, Sie müssen lernen, es zu respektieren, wenn jemand auf seine Art voranschreitet. Ich bin nicht so schnell wie Sie. Ich laß mir Zeit. Ich esse auch langsam, wie Sie gewiß schon bemerkt haben. Ich gehe langsam voran, weil ich nichts übersehen will. Die arme Frau tut mir leid, die Sie vielleicht einmal heiraten.«

»Ich? Heiraten? Ich habe mein Leben lang nur einen einzigen Heiratsantrag gemacht, und zwar meiner lieben Freundin Gladys Calthrop, und da habe ich auf der Stelle die Hände hochgehoben und mich auf vorübergehende Unzurechnungsfähigkeit berufen. Also«, wechselte er dann brüsk das Thema, »lassen wir unsere Gedanken nicht auf Abwege geraten und kehren wir zu Linus zurück. Was hatte Millicent denn für einen Verdacht? Eine andere Frau?«

»Sie hatte ihn im Verdacht, daß er insgeheim seinen eigenen finanziellen Ruin herbeiführte.«

»Tatsächlich?« Noël war aufrichtig erstaunt, genau wie die anderen beiden. »Aber warum?«

»Um das Geld außer Landes in Sicherheit zu bringen, wo seine Aktionäre und die Gläubiger nicht herankamen. Das war kurz vor dem endgültigen Zusammenbruch von Headman Pharmaceuticals.«

»Der alte Knabe war also ein Verbrecher!«

»Da gibt es hier viele mit einer erstklassigen Adresse.«

»Hatte Linus Erfolg?«

»Casey Sterne meint ja. Maxine dachte, sie hätte da eine Spur. Sie war der Meinung, daß Linus womöglich vorhatte, seine Gelder in eine andere als die übliche Richtung umzuleiten, wobei unter der üblichen Richtung die Schweiz, Liechtenstein oder Nassau zu verstehen ist.«

»Wie tröstlich, daß der alte Knabe ab und zu eine originelle Idee hatte. Nach allem, was ich von seiner Frau und seiner Tochter erfahren habe, auch wenn das herzlich wenig ist, kam Linus mir allmählich etwas dröge vor. Na egal, spannen Sie uns nicht weiter auf die Folter, Jacob. Wenn er das Geld wirklich außer Landes schaffen konnte, wohin hat er es dann geschafft?«

»Nach Rhodesien.« Er genoß die drei verblüfften Mienen ihm gegenüber, besonders die von Noël. »Aber klatscht nicht gleich in die Hände und spielt Backe-bakke-Kuchen, das sind nur Mutmaßungen von Casey. Wenn man's recht bedenkt, leuchtet es durchaus ein, auch wenn es nicht zu beweisen ist.« Herbie brachte die Getränke und fragte sich, was die vier Verschwörer, denn sie sahen eindeutig wie Verschwörer aus, da wohl aushecken mochten. Nach Jahren hinter dem Tresen, wo er Tratsch und Intimitäten weitergab, hatte Herbie einen Jagdschein als unverbesserliches Klatschweib. Doch im Moment wollte sich Noël nicht mit ihm abgeben und winkte ihn mit seinem stereotypen Dankeslächeln fort, bei dem er die Zähne bleckte und aussah, als wolle er gleich aufspringen und zubeißen.

»Sie interessieren sich sicher für das Szenario.« Alles lauschte gespannt. »Es sieht etwa so aus, und Sie dürfen es jederzeit gerne umschreiben, Noël.«

»Zu großzügig von Ihnen. Na los schon, Jacob.«

»Das ist Linus Headman.« Linus war der Zeigefinger von Jacobs rechter Hand. Noël bewunderte den wohlmanikürten Fingernagel. »Er weiß, daß eine dramatische Erschütterung der Finanzwelt bevorsteht. Fragen Sie nicht, woher, eine Menge reicher Leute hatte interne Informationen, die Vanderbilts, die Astors, die Rockefellers. Die sind nicht vom Dach gesprungen oder als Apfelverkäufer an der Straßenecke gelandet. Linus weiß, daß seine Firma einen Sturm nicht übersteht. Also heckt er einen Plan aus, wie er ein kleines Vermögen anhäufen und dann auf gerissene Weise abziehen und beiseite schaffen kann, solange noch Geld da ist und der Name Headman genügend Eindruck schindet, um bei den Banken Kredit zu bekommen. Später, wenn sich die Wogen geglättet haben, seine Firma pleite und er vermeintlich ruiniert ist, kann er sich dann den ganzen ergaunerten Zaster unter den Nagel reißen.«

»Allmählich bedaure ich es, daß ich Linus nicht kennengelernt habe«, bemerkte Noël und schnippte etwas Asche fort. »Er scheint wirklich ein charmanter Schurke gewesen zu sein.«

»Linus lacht also das Glück in Gestalt eines rhodesischen Ranchers, James Coleridge. James ist in New York, vermutlich in Geschäften bezüglich seiner Ranch. Es handelt sich da um ein stattliches Anwesen zur Erzeugung dessen, was eine rhodesische Ranch so gemeinhin erzeugt.«

»Hauptsächlich Kopfschmerzen, nach allem, was ich höre.« Noël schlug ein Bein über das andere und hoffte, Jeff würde ihm seine Verspätung nicht allzu übelnehmen.

»Wie der Zufall so spielt, lernt Diana Coleridge kennen und will ihn in den Hafen der Ehe steuern. Sie bringt ihn mit nach Hause, auf daß Mama und Papa ihre Zustimmung geben, und so, wie James sich und seine Verhältnisse darstellt, gibt Linus seine Zustimmung herzlich gern. Wir müssen annehmen, daß James bei der Werbung um Diana die nette Dr.-Jekyll-Seite seiner Persönlichkeit zur Schau stellt, Mr. Hyde kommt erst in Rhodesien zum Vorschein, weiß der Himmel warum.«

»Das liegt am Wetter dort, Jacob. Bestialisch.«

»Linus und James werden sich bald einig, den Schwindel gemeinsam zu bewerkstelligen. Denken Sie daran, das sind alles nur Vermutungen. Ich behaupte nicht, ich wüßte mit Bestimmtheit, daß sich alles so abgespielt hat.«

»Ich finde, Sie machen das ausgezeichnet, Jacob. Warten Sie nur, bis Sam Goldwyn von Ihnen Wind bekommt.« Auch Abel und Wang waren offenkundig von Singers wohldurchdachter Geschichte beeindruckt.

Singer fuhrt fort. »Das Betrugsmanöver geht seinen Gang, genau wie die Romanze zwischen Coleridge und Diana. Linus ist mehr als einverstanden; wenn Diana in Rhodesien ist, hat er einen Angehörigen dort, der Coleridge im Augen behalten kann, nur für den Fall, daß der sein eigenes Süppchen kochen will.«

Noël unterbrach ihn mit einer Entschuldigung. »Und das alles trotz Dianas Feindschaft gegen ihren Vater?«

»Feindschaft kann durchaus schwinden und vergehen, wenn die Aussicht auf eine beträchtliche Aufbesserung der Finanzen am Horizont erscheint.«

»Werden Sie nicht zu blumig, Jacob, sonst komme ich noch in Versuchung, Ihnen eine Hauptrolle zuzuschustern, wenn wir *Merely Mary Ann* wieder aufnehmen.«

»Jetzt sind wir also in Rhodesien. Sie sind verheiratet. Und James zeigt sich als frischgebackener Ehemann von einer ganz anderen Seite. Er ist ein mieses, primitives, sadistisches Arschloch.«

»Hört sich an wie die Shubert Brothers.«

»Diana haßt ihn und macht ihrer Familie zu Hause gegenüber keine Hehl daraus. Als er das erfährt, wird Linus nervös. Jetzt gibt es ein par weiße Flecken in meinem Szenario, die Sie nach Belieben auffüllen dürfen. Wir machen einen Sprung zu Coleridges Krankheit, einer geheimnisvollen und möglicherweise gar tödlichen Krankheit. Diana kabelt ihrer Familie, und die kommt angerannt.«

»Entschuldigen Sie mal, Jacob.« Noëls Gesicht war eine Maske der Verstörung. »Glauben Sie, Millicent und

Diana waren in die Unkorrektheiten eingeweiht, wenn ich es so vornehm ausdrücken darf?«

»Das gehört auch zu meinen weißen Flecken. Ich bin mir da nicht sicher. Aber ich weiß bestimmt, daß Diana bei Coleridges Tod alles erben sollte.«

»Und was ist mit ihren Scheidungsabsichten?«

»Die hat sie wohl ruhenlassen, als er an dem Fieber erkrankte. Coleridge hatte sonst keine erbberechtigten Nachkommen, das habe ich nachprüfen lassen.«

»Gut gemacht.« Singer wußte Noëls verbales Schulterklopfen zu würdigen.

»Sie dürfen nicht vergessen«, rief Singer ihnen in Erinnerung, »daß Linus' Geschäft daheim in den USA in die Hand der Konkursverwaltung übergegangen ist. Linus lebte vermutlich von dem, was Coleridge ihm auf Wunsch zukommen ließ. Meiner Meinung nach hat Coleridge alles anständig abgewickelt. Am Ende sollte für ihn sicher ordentlich etwas herausspringen. Linus hat ihm bestimmt einen satten Anteil versprochen.«

»Und es war bestimmt genügend da. Das heißt, wenn Diana so vermögend ist, wie alle sagen. Glauben Sie, daß sie wirklich so vermögend ist, Jacob?«

»Ich glaube nicht, daß sie je eine Träne weinen muß. Jetzt sehen wir also Linus und seine Frau unterwegs nach Rhodesien, um der Tochter in der Stunde der Not beizustehen. Coleridge verzehrt sich. Diana hat die Leitung der Ranch in der Hand. Vielleicht hat sie von ihrem Mann eine Vollmacht bekommen. Sie ist wohl auch kein Kind von Traurigkeit.«

»Beweise?«

»Die rhodesische Polizei, kleine und unbedeutende Chargen, aber doch nicht auf den Kopf gefallen, läßt durchblicken, sie hätte ein kleines Techtelmechtel mit Coleridges Anwalt gehabt. Und mit dem Vorarbeiter auf der Ranch auch, oder einem Vorarbeiter. Wenn es wirklich so ein großes Anwesen war, gab es bestimmt mehrere da. Nicht vergessen, Leute, das ist alles nur vom Hörensagen und würde vor keinem Gericht Bestand haben.«

»Ich wußte gar nicht, daß irgend jemand vor Gericht steht«, wandte Noël sanft ein.

»Das stimmt. Es steht niemand vor Gericht. Das ist nichts als ein Szenario eines Hobbyschriftstellers. Im Laufe der Jahre, in denen Diana die Zähne zusammenbeißt und Coleridge erträgt, lebt sie sich in Afrika gut ein. Sie freundet sich mit vielen wichtigen Damen an, und die weihen sie in die Geheimnisse des Lebens in den Kolonien ein.«

»Diese Geheimnisse hätte Diana leicht als Waffe einsetzen können«, meinte Wang.

»Nicht so naseweis«, sagte Noël und drohte mit dem Finger. »Unsere Diana ist in der Tat eine komische Nudel, die mit einem Mindestmaß an Talent und einem Höchstmaß an Geld im Showgeschäft eine bescheidene Karriere gemacht hat. Aber als Mörderin ist sie nicht unbedingt die beste Besetzung.«

»Lassen Sie mich fortfahren«, bat Singer. »Ich bin fast am Ende. Coleridge verzehrt sich. Die Ärzte sind mit ihrem Latein am Ende. Sie wissen nicht mehr weiter. Da erzählt jemand Diana, daß einer der vielen verärgerten Arbeiter Coleridge verhext hat. Angeblich ist sein Schicksal besiegelt. Linus dreht durch. Coleridge ist nicht mehr zurechnungsfähig. Und Linus weiß nicht, wo das Geld steckt.«

»Das war überhaupt ganz schön dämlich von Linus.«

»Von seinem Standpunkt aus nicht. Er hat sich mit einem von Coleridge unterzeichneten Schriftstück abgesichert, daß dieser das Geld zur Aufbewahrung oder für Investitionen in Afrika bekommen hat, weiß der Teufel, wie er das hingekriegt hat. Ich vermute, er hat etwas von dem Geld auf ein Privatkonto von Millicent umgeleitet, ehe er in Liquidation ging.«

»Das war anständig von ihm, das muß ich sagen.« Noël wischte sich Asche vom Hemd.

»Ach, Linus war ein ganz anständiger Kerl, bis er in Schwierigkeiten geriet. Also, wir sind immer noch in Rhodesien. Und Coleridge stirbt. Jetzt bekommt Diana das ganze Geld. Und Linus brüllt wie ein Stier. Das Geld gehört ihm, aber Diana schert sich einen Dreck um seine Ansprüche. Sie hat es völlig legal geerbt, und Linus wagt nicht, seine schriftliche Abmachung mit Coleridge vorzuweisen, weil er sonst ins Kittchen wandert. Also fährt er geschlagen nach Hause, vielleicht erzählt er Millicent jetzt die ganze Geschichte, falls sie vorher nichts davon wußte, und stirbt dann praktischerweise an einem Herzanfall, oder aber er begeht Selbstmord, das können Sie sich selbst aussuchen – kreuzen Sie einfach A oder B an. Und es geht das Gerücht, daß Coleridge an einem Voodoozauber zugrunde gegangen ist.

Aber das ist noch nicht alles. Eine Menge Leute haben durch den Zusammenbruch von Headman Pharmaceuticals eine Menge Geld verloren. Leute, die Linus vertrauten, weil er ein guter und treuer Freund war. Darunter war auch ein gewisser Ira Benson, der hoffte, sein Sohn Nicholas würde eines Tages Diana Headman heiraten und damit zwei Familien der Hochfinanz zusammenbringen, auf daß sie reich und glücklich seien bis ans Ende ihrer Tage. Nun war Ira allerdings ruiniert und stürzte sich kopfüber vom Dach des Mietshauses, in dem er nach dem Tode seiner Frau wohnte.«

»Meine Güte!« rief Noël aus. »Das klingt ja wie die reinste Wagner-Oper.« Er trommelte mit den Fingern auf den Tisch. »Demnach bekommt Nicholas womöglich doch noch etwas davon ab, falls seine Jugendliebe ihn endlich heiraten sollte.«

»Das wird ihm wohl nicht beschieden sein«, meinte Singer.

Noël schlug vor: »Vielleicht sollten wir Grandma Sadie mit ihrer Kristallkugel konsultieren.«

»Noël, Grandma Sadie ist uns wohlbekannt. Ihr Strafregister ist so lang wie der Arm eines Baseballprofis.«

»Was für eine Enttäuschung! Hattie Beavers scheint das aber nicht die Illusion zu nehmen.« Noël schickte sich zum Gehen an.

Doch da meldete sich Wang zu Wort, und er war wieder ganz Ohr. »Als Maxine Howard von Casey Sterne beauftragt wurde, Linus Headman zu beschatten, was sollte sie da zutage fördern? Doch sicher kein eventuelles Betrugsmanöver von Linus. Millicent Headman ging es bestimmt um andere Erkenntnisse.«

»Du bist gut, Abraham, du bist wirklich gut«, sagte Singer. »Natürlich ging es Millicent um andere Erkenntnisse. Linus machte Seitensprünge, das war ihr Verdacht, und dafür wollte sie Beweise, vielleicht weil sie gleichfalls an Scheidung dachte und den Halunken bis auf den letzten Penny ausnehmen wollte.«

Noël schlug sich mit der Hand an die Stirn. »Aber natürlich! Jacob, sag, daß ich recht habe. Wenn ein alter Narr wie Linus Headman sich austoben will, greift er in die naheliegendste Vitrine. Broadway. Theater. Nachtklubs. Er hat sich also ein Revuemädchen geangelt. Herr des Himmels, genau so war es, hab ich recht? Und es war Edna Dore!«

»Noël«, sagte Singer, »Sie rücken eins rauf mit Mappe.«

ZWÖLF

Noël rief Jeff an, um sich zu entschuldigen und seine Verspätung zu erklären, und Jeff war liebenswürdig wie immer und meinte, Noël könne sich ruhig Zeit lassen, denn er käme jetzt endlich dazu, den *Quell der Einsamkeit* zu lesen und fände es rasend komisch. Allein schon die Vorstellung, daß die Heldin eine Narbe vom Ohr bis zum Mundwinkel hat. Diese britischen Lesben, immer mit Schwung bei der Sache, aber nicht die geringste Phantasie; kein Wunder, daß so viele von ihnen Hunde und Pferde züchteten.

Im Hell's Bell waren mittlerweile auch Erdnüsse und Kartoffelchips auf den Tisch gekommen, man hatte eine neue Runde bestellt und erging sich in Mutmaßungen. Noël überlegte, ob Millicent ihrer Tochter wohl von Linus' Affäre mit Edna Dore erzählt oder sie mit Bedacht nicht eingeweiht hatte.

»Schließlich war Diana sowieso schon gegen ihren Vater eingenommen.«

»Nach allem, was ich über Diana erfahren habe, wäre ihr das sicher schnurzegal gewesen«, sagte Wang. »Bei uns in China ist es durchaus üblich, daß ein Mann sich mehrere Mätressen hält oder sich eine zweite oder sogar dritte Frau nimmt, während er noch mit der ersten verheiratet ist. Konkubinen gehören für wohlhabende Chinesen einfach zum Lebensstil. Die Ehefrau bringt dann der Konkubine das Waschen, Saubermachen und Kochen bei und lehrt sie, dem Mann jeden Wunsch von den Augen abzulesen.«

»Das zeugt durchaus von Lebensart«, gab Noël zu.

»Die jungen Damen lernen, sich nützlich zu machen, und treiben sich nicht auf der Straße herum.« Er hielt kurz inne, um sich eine Erdnuß in den Mund zu stecken, und sagte dann, zufrieden vor sich hin kauend: »Eigentlich ist es der arme Nicholas Benson, über den ich mir meinen gutmütigen Kopf zerbreche. Ein netter junger Mann, finden Sie nicht auch? Viel zu bieten hat er ja nicht, aber er gibt sich redlich Mühe. Meinen Sie, er hegt einen Groll auf die Headman-Erben, weil Linus seinem Vater so übel mitgespielt hat?«

Singer entgegnete: »Ich bezweifle, ob er etwas von dem Betrugsmanöver weiß. Falls Diana und ihre Mutter argwöhnen oder wissen, daß da Betrug im Spiel war, verraten sie bestimmt kein Sterbenswörtchen. Ein Skandal wäre das letzte, was sie sich einhandeln wollen.«

Noël überlegte laut: »Glauben Sie, daß Nicholas je Gelegenheit hatte, ein Blasrohr zu benutzen?«

»Weshalb sollte er Edna Dore umbringen?« fragte Wang.

»Zu Übungszwecken.«

»Noël« – Singer sprach den Namen mit einem Hauch betonter Geduld aus – »nette junge Männer bringen nicht einfach so zum Spaß Revuemädchen um.«

»Ach, ich weiß nicht«, meinte Noël lässig. »Nehmen wir einmal an, er wußte tatsächlich, daß es da nicht mit rechten Dingen zuging, und hatte den Verdacht, ein Teil von seines Vaters schwer erarbeitetem Geld sei dafür draufgegangen, Ednas Liebesnest zu polstern, und das brachte sein Blut so in Wallung, daß er nicht mehr Herr seiner selbst war. Vielleicht war Linus ein Plappermaul, und als er seine unheilige Liaison mit Edna einging, konnte er es sich nicht verkneifen, Benson *père* gegenüber damit zu prahlen, und dann hat Benson *père* – vermutlich, weil er das unsäglich komisch fand oder aber zutiefst mißbilligte – seinem Sohn den ganzen Klatsch weitererzählt.«

Nach ausgedehntem Schweigen ergriff endlich Abel das Wort. »Meiner Meinung nach waren Edna und Nicholas sich sympathisch. Er hat gesagt, sie hätte ihn mit Informationen für seinen Artikel versorgt.«

»Das stimmt«, gab Noël zu. »Aber der Schein kann trügen. Oft sieht ein zugefrorener Teich aus, als könne man ganz gefahrlos darauf Schlittschuh laufen, und plötzlich bricht man ein und muß wild um sich schlagen, um nicht zu erfrieren oder zu ertrinken. Abraham Wang! Sie machen den Eindruck, als gingen wir drei Ihnen gehörig auf die Nerven.«

»Sie gehen mir nicht auf die Nerven«, sagte Wang. »Ich frage mich nur, ob außer mir hier noch jemand den Verdacht hat, daß es zwischen Linus Headman, James Coleridge und dem Mädchenhandelunternehmen vielleicht eine Verbindung gibt.«

»Was für eine vorzügliche Idee«, pflichtete Noël ihm bei. »Jacob? Was fällt Ihnen dazu ein?«

»Dazu fällt mir eine Menge ein, aber nichts Konkretes. Aber ich weiß, du sitzt schon auf glühenden Kohlen, aber der Mord an Edna Dore war eine unvorhergesehene Komplikation. Das gleiche gilt für die Krankheit des Wiesels. Wir sind der festen Überzeugung, daß er und seine Kompagnons bei der Geschichte die Hand im Spiel hatten, wir brauchen aber absolut hieb- und stichfeste Beweise, und ich muß zugeben, daß ich mit meiner Weisheit am Ende bin.«

Noël sagte: »Ich fände es immer noch phantastisch, wenn Electra oder auch Daniel sie durch Hypnose zu einem Geständnis bewegen könnten.« Wieder Stille. Dann: »Herr, du meine Güte, ist außer mir noch jemand auf die Idee gekommen? Wenn Electra meint, Vivaldi, Beethoven und Bizet wären irgendwie an dem Mord an ihrer Schwester beteiligt gewesen, dann hat am Ende sie das Wiesel verhext?«

»Ich glaube, das Wiesel leidet an akutem Nervenversagen. Er ist sowieso nicht der Gesündeste. Angie sagt, er hätte ihr erzählt, er wäre schon als Kind immer klein und kränklich gewesen.«

»Und jetzt ist er erwachsen und immer noch klein und kränklich«, sagte Noël. »Aber gut gekleidet ist er doch.« Er griff nach einer weiteren Erdnuß. »Ich sag Ihnen mal, was mir wirklich zu denken gibt. Nämlich einiges im Cascades, mal ganz abgesehen von den drei Kompagnons. Warum hat Beethoven die schwarzen Tänzer engagiert, ohne seine Partner zu fragen? Ich weiß von Edna, Gott hab sie selig, daß es ziemliche Reibereien deswegen gab. Und warum muß Diana Headman mit ihrer dünnen kleinen Stimme überhaupt im Cascades singen, wenn man es denn so nennen kann?«

»Sie haben doch Mikrophone, oder nicht?«

»Natürlich, Jacob, aber sie ist wirklich alles andere als ein Profi. Ich meine, ich habe selbst so ungefähr die dünnste Stimme im Showgeschäft – und wenn ich's recht bedenke, wer würde denn eine fette Stimme wollen, damit ist doch auch nichts gewonnen –, aber ich weiß mir das zunutze zu machen. So hört das Publikum noch genauer hin, und meine Aussprache ist makellos. Ich strebe keine Töne an, die außerhalb meiner Reichweite liegen, ja, ich denke nicht daran, sie überhaupt zu komponieren, und ich singe ja nur Eigenkompositionen und wenn nötig ›God Save the King‹. Diana kann nicht singen und wird nie singen können. Ich muß es schließlich wissen. Ich habe ja mit ihr gearbeitet. Der Klub braucht jemanden, der richtig einschlägt. Eine Ethel Merman, eine Lillian Roth oder eine Sophie Tucker, möge Gott mir diesen unzüchtigen Gedanken verzeihen.«

»Sie hat sich da eingekauft«, erklärte Singer.

Das hörte Noël mit Genugtuung. »Genau so habe ich

mir das gedacht. Dann liegt der Gedanke nahe, daß sie ein ordentliches Sümmchen in den Klub investiert hat.«

»Genaue Zahlen kann ich nicht bekommen, aber sie ist mit Sicherheit dabei.«

»Jacob.« Singer war ganz Ohr. »Da ist noch etwas äußerst merkwürdig mit dem Cascades. Es gibt eine Küchenbrigade, die sich eifrig von dem Chefkoch und seinem Sous-Chef einweisen läßt. Es gibt einen Oberkellner, der die Kellner und Barkeeper anlernt. Es gibt Garderobenmädchen und eine äußerst kompetente Bühnentechnik, von der ich in der Tat furchtbar beeindruckt bin, aber eine Sekretärin gibt es nicht.«

»Was?« Singer fand das lustig.

»Keine Sekretärin. Kein Büropersonal. Die Großen Drei leiten den Betrieb von dem Konferenzzimmer im Kellergeschoß aus. Wahrscheinlich verziehen sie sich nicht in ihre eigenen Büroräume, weil sie sich da zu einsam fühlen, gehen aber trotzdem selbst ans Telephon, erledigen ihre Büroarbeiten selbst, und das kommt mir überaus seltsam vor.«

Wang nickte zustimmend. »Wirklich sehr merkwürdig.«

»So merkwürdig ist das nicht«, sagte Singer. »Mir ist das auch gleich aufgefallen, als ich mir den Klub angeguckt habe. Dann habe ich es mir logisch zusammengereimt. Je weniger Verwaltungspersonal, desto weniger Leute schnüffeln da herum und finden womöglich etwas heraus, das sie lieber nicht herausfinden sollten. Das machen viele Broadway-Ganoven so, sie tragen ihr Büro im Kopf herum und erledigen ihre Anrufe aus öffentlichen Telephonzellen. Haben Sie noch etwas anderes bemerkt? Die Großen Drei telephonieren manchmal von den Apparaten im Foyer aus. Warum wohl? Sie haben Angst, daß ihr Büroapparat angezapft wird.«

»Und wird ihr Telephon angezapft?« fragte Noël.

»Natürlich. Aber bisher ist nicht viel dabei herausgekommen.« Er schaute auf die Armbanduhr. »Tja, liebe Freunde, ich mach jetzt Feierabend. Abel, wir müssen aufs Revier zurück. Wang, kommst du mit?«

»Aber sicher. Noël?«

»Jeffrey wartet zu Hause auf mich. Es täte mir ganz gut, wenn ich heute mal zu Hause bliebe. Ich bin entsetzlich müde. Ein flatterhafter Geist wie ich ist schnell erschöpft.« Jacob bedeutete Barkeeper Herbie, daß er die Rechnung fertigmachen sollte. »Mein lieber Jacob, Sie laden uns ein? Wie nett von Ihnen. Ich bin viel zu matt, um meine Brieftasche zu zücken.« Wang und Abel gingen schon vor, während Singer bezahlte. »Jacob, Sie verstehen die kriminelle Hackordnung sicher viel besser als ich.« Er hatte Singer am Arm gefaßt und geleitete ihn hinaus. »Es besteht die Wahrscheinlichkeit, daß es zu weiteren Todesfällen kommt, nicht wahr?«

»Leider ja.«

»Wer ist Ihrer Meinung nach noch in Gefahr?«

»Wer Edna ermordet hat, muß zwangsläufig auch andere für eine Bedrohung halten.«

Sie blieben am Eingang stehen. »Ich sag Ihnen mal, was ich denke, Jacob. Alle glauben, Edna wurde ermordet, weil sie zu viel geredet hat. Ich glaube, Edna wurde ermordet, weil sie etwas wußte und für sich behielt, bis die Zeit reif oder der Preis hoch genug war. Klingt das einleuchtend?«

»Hoffentlich, das ist nämlich genau meine Theorie.«

Noël strahlte. »Was sind wir beide doch für gewitzte Bürschchen! Es ist also äußerst wahrscheinlich, daß es unter uns noch andere gibt, die über Ednas klandestine Kenntnisse verfügen. Hmm. Ein phantastischer Name für ein schottisches Adelsgeschlecht.«

»Was?« fragte Singer, stets auf der Hut vor Noëls Gedankensprüngen.

»Der Klan Destin. Sie brauchen gar nicht so zu stöhnen. Ich finde das ganz witzig.«

»Noël, Mrs. Parker hat mal gesagt, Sie können noch so trivial sein, Sie bereiten mir unendliches Vergnügen.«

»Danke. Sagen Sie, Jacob, haben Sie jemals daran gedacht, Ihre Memoiren zu schreiben?«

»Es geht mir ab und zu durch den Kopf. Alex Woollcott liegt mir schon seit Jahren in den Ohren, daß ich mal so richtig auspacken soll. Er hat mir eine Zusammenarbeit angeboten.«

»Bestimmt gegen einen ordentlichen Gewinnanteil.«

»Warum nicht? Über wahre Verbrechen schreibt keiner so gut wie er.«

»Ja, das will ich ihm lassen, aber sonst nicht viel. Wie heißt noch der andere hochgeachtete New Yorker Detective ...?«

»Johnny Broderick?«

»Genau der, ja. Er soll schon an seinem Buch arbeiten. Meinen Sie, der packt so richtig aus?«

Singers Miene wurde verschlossen. »Ich würde da keine Wette eingehen. Broderick ist ein Sadist. Der schlägt erst zu und denkt hinterher nach. Er ist der Schrecken der ganzen Gegend.«

»Sie mißbilligen ihn zutiefst, nehme ich an.«

»Zutiefst.«

Mittlerweile waren sie draußen angelangt. Der Himmel über ihnen war von Sternen übersät, und es leuchtete ein voller Mond. »O je«, sagte Noël unglücklich.

»Was ist denn?« fragte Singer.

»Hoch droben über der Welt. Ein voller Mond. Das ist ein schlechtes Zeichen. Es ist ein Hexenmond. Das bedeutet eine Menge Ärger heute nacht. Aber da!« Er deutete auf die neonbeleuchtete Front des Cascades auf der anderen Straßenseite. »Sieht meine Name in Leuchtschrift nicht herrlich aus? Der Anblick entzückt mich stets aufs neue. Mein Stern wird einmal verblassen, deshalb müssen Sie verstehen, Jacob, daß ich es weidlich genieße, solange da etwas zu genießen ist.« Am Bordstein trafen sie auf Wang und Abel.

Wang fragte: »Was ist das für ein Gefühl, wenn man seinen Namen in Leuchtbuchstaben sieht, Noël?«

»Fragen Sie Jacob. Ich hab's ihm eben erzählt.«

Jacob erzählte es ihm und wollte dann von Wang wissen: »Hast du noch einen bestimmten Wunsch für heute abend, Abraham?«

»Ich würde gern meiner Frau untreu sein.«

Beethoven hielt in seinem Büro Kriegsrat mit Vivaldi. Neben anderen dringlichen Angelegenheiten war der Gesundheitszustand des Wiesels eine ihrer Hauptsorgen. »Ich weiß, das Wiesel hatte irgendwo ein Tresorfach, aber wo? Weißt du das, Harry?«

»Die Dime Savings Bank, unten in Downtown. Was hast du denn?«

»Das Zeug in dem Tresor könnte uns schaden.«

»Ich weiß, was in dem Tresor ist, zum größten Teil jedenfalls. Versicherungspolicen, seine eigenen und die seiner Frau. Sein Testament. Schmuck, viele schöne Stücke. Es sind ein paar Erbstücke dabei, noch von seiner Ur-Ur-Großmutter, die war die Mätresse von irgendeinem russischen Zaren. Und, laß mich nachdenken – ach ja, seine Tagebücher.«

Vivaldi wollte sich gerade eine Zigarre anzünden, doch die Hand mit dem Streichholz erstarrte mitten in der Luft. »Er führt Tagebuch?«

»Peinlich genau.«

»Hast du mal was davon gelesen?«

»Er hat mir einmal daraus vorgelesen. Absolut kindisches Zeug.« Er lachte. »Armer Irving. Wenn er nicht ins Milieu eingestiegen wäre, hätte er es wohl nicht lange gemacht. Der kleine Gauner. Frag mich nicht, warum ich ihn so gern hab, vielleicht liegt es daran, daß er als Kind immer verrückte Sachen angestellt hat, auf die sonst keiner gekommen wäre. Du weißt schon, streunende Hunde und Katzen anzünden oder so. Küchenschaben einfangen und dann im Bäckerladen freilassen. Mit dem Luftgewehr auf dem Dach sitzen und in offene Fenster ballern, wenn er dachte, da ist ein Pärchen am Vögeln. Ach ja, und Mäuse fangen und sie dann Samstag abend in einem Kino voller Leute aussetzen.« Bei der Erinnerung an die Jugendsünden des Wiesels schüttelte er ehrfürchtig den Kopf. »Als wir noch klein waren, konnte man mit dem Wiesel richtig Spaß haben. Mir ist immer noch schleierhaft, warum er sich zu so einem Nervenbündel entwikkelt hat.« Er dachte daran, wie Bizet jetzt im Krankenhaus zwischen Leben und Tod schwebte. »Hoffentlich kommt er noch mal davon.«

»Das hoffe ich auch. Wenigstens müssen wir vorher noch seine Tagebücher in die Finger kriegen.«

»Wieso? Hast du sonst nichts zu lesen?« Wenn Vivaldi an einer Lektüre Gefallen fand, dann waren es Comicheftchen, Wildwestgeschichten von Zane Grey oder die Zeitschrift *Black Mask*.

»Womöglich hat er ja eine Menge aufgeschrieben, was uns belasten kann.«

»Da bin ich überfragt.« Er dachte eine Weile ernsthaft darüber nach. »Ich kann mir seinen Schlüssel besorgen.«

»Das ist eine gute Idee. Wir wollen keinerlei Risiko eingehen. Vor allem, wenn es diesem verrückten Weib von seiner Frau in die Hände fällt.«

Harry nahm Bizets Frau in Schutz. »Clara ist schon in Ordnung. Und so verrückt ist sie gar nicht. Ich meine, bloß weil sie gern halbnackt durchs Haus tanzt – Flamingo, oder wie das heißt. Das Wiesel hätte ihr nie diese Klapperdinger von der spanischen Tänzerin schenken dürfen, mit der er es in Havanna getrieben hat. Mann, war die 'ne Wucht!«

»Geh und besorg dir seinen Schlüssel.«

»Jetzt gleich? Die Besuchszeit ist schon vorbei.«

»Harry. Geh und besorg den Schlüssel.«

»Okay, okay. Ich geh ja schon, ich geh ja schon. Muß nur erst noch was essen.« Er griff in die linke untere Schreibtischschublade und holte eine Kilopackung Konfekt heraus.

Vivaldi blies Zigarrenrauch aus. »Seit wann kaufst du dir selbst Konfekt?«

»Tu ich ja gar nicht. Das lag am ersten Probentag hier auf meinem Schreibtisch.« Er machte die Schachtel auf.

»Wer hat sie geschickt?«

Beethoven wählte eine Praline und beförderte sie in seinen Mund. »Auf der Karte stand nur ›Für gutes Gelingen‹ oder so was ähnliches. Verdammt! Das Wiesel war an der Schachtel. Die weichen hat er fast alle aufgegessen.«

»War die Karte nicht unterschrieben?«

»Doch, aber das war nur so ein Gekritzel. Ich bin nicht daraus schlau geworden. Scheiße. Karamel. Ach Gott, jetzt ist meine Brücke dahin.«

Vivaldi streckte die Hand aus und legte den Deckel wieder auf die Schachtel. »Ein Unbekannter schickt dir Konfekt, und du ißt es auch noch?«

»Wieso nicht? Das Wiesel hat noch mehr gegessen als ich. Er war dabei, als ich die Schachtel hier gefunden habe. Du weißt ja, was der für eine Naschkatze ist. Und dann ist er zurückgeschlichen und hat hinter meinem Rücken noch mehr gefuttert. Warum hast du die Schachtel zugemacht? Ich wollte noch mehr essen.«

Vivaldi stand auf, nahm die Pralinenschachtel und sagte: »Komm.«

»Wo wollen wir denn jetzt auf einmal hin?«

»Zu den Bullen.«

»*Was*? Bist du übergeschnappt?«

»Ich bin als einziger von uns dreien nicht übergeschnappt.«

Noël wanderte heimwärts, nachdem er sich von Singer und den anderen verabschiedet hatte. Die Abendluft war frisch, und Noël grübelte angestrengt über den Mord an Edna Dore und das Ensemble der Verdächtigen nach. Es kümmerte ihn nicht, daß in den Torwegen der heruntergekommenen Mietskasernen und der einst stolzen und schönen Reihenhäuser, die ihre besten Tage längst hinter sich hatten, möglicherweise Gefahren lauerten. Billige Pensionen, Bordelle, einige derart baufällig, daß sie mit Brettern vernagelt waren, an denen amtliche Schilder hingen, die Eindringlingen mit Festnahme und strafrechtlicher Verfolgung drohten. Ein Gebäude erkannte Noël als das Haus, in dem Dorothy Parker einmal im dritten Stock Tür an Tür mit der Malerin Neysa McMein gewohnt hatte. Wie herzlich sie ihn vor sieben Jahren in New York empfangen hatten, als er mit seiner Revue *This Year of Grace* wiedergekommen war. Ihre herrlichen Parties, wo Liebesgeschichten entfacht und zunichte gemacht wurden, wo Freundschaften gediehen oder am Stock verdorrten, wo Versprechen gegeben wurden, nur um prompt gebrochen zu werden, und wo strahlender Ehrgeiz einträchtig neben zerstörten Illusionen saß.

1928 war das gewesen, und Mrs. Parkers scharfe Zunge war in Höchstform. Ihr bissiger Kommentar zu der Frau des deutschen Schauspielers Conrad Veidt: »Sie war die treibende Kraft hinter seinem Erfolg. Er hat im Schweiße seiner Frau Karriere gemacht.« Und zu der Geschichte von der berüchtigten Ivy Brandt aus Teaneck, New Jersey, die ihren Mann mit giftigen Pilzen umgebracht hatte:

»Giftige Pilze. Tz-tz. Eine Venus im Pilz.« Und als eine außerordentlich gutaussehende junge Frau mit einem schwulen Sproß der Donahue-Millionen hereinkam, fragte sie: »Wer ist denn die Maid mit dem güldenen Tropf?« Ach ja, die gute alte Zeit.

1928. Seine Gedanken verdüsterten sich. Damals wurde womöglich Linus Headmans Gaunerei in Gang gesetzt. Da wurde der schändliche Keim gepflanzt, der dann zum Tod von James Coleridge, Maxine Howard und Edna Dore führen sollte. Edna Dore hatte er gekannt und recht sympathisch gefunden. Sie war ein Mensch ohne Allüren, und wenn sie einst etwas Gewöhnliches an sich gehabt hatte, so war das mit der Zeit zu liebenswerten Wesenszügen kultiviert worden. Er kannte sonst niemanden, bei dem man sofort Lust bekam, der Anregung Folge zu leisen, wenn sie ausrief: »Geh und fick dich ins Knie.« Arme Edna. Ein vergifteter Pfeil. Wie melodramatisch. Er fragte sich, was die Obduktion wohl ergeben würde. Er mußte Jacob auf dem Revier anrufen und fragen, ob die Ergebnisse schon da waren, wie in einer Wahlnacht. Jacob. Der liebe Junge. Der Mann-der-die-Namen-fallenließ. Ein verläßlicher Freund. Ein gefährlicher Feind. So einen Polizisten konnte man in der alten Heimat weiß Gott mit der Lupe suchen.

»Mein lieber Noël. Sie führen ja Selbstgespräche.«

Er merkte, daß er an seinem Haus in der Achtundfünfzigsten Straße West angekommen war, wo Millicent eben einen Taxifahrer entlohnt hatte, der nun über das schäbige Trinkgeld von fünf Cent murrend Richtung Fifth Avenue davonratterte.

Als Noël sie in die Eingangshalle geleitete, sagte er jovial: »Ich führe oft Selbstgespräche, Millicent. Dann kann ich endlich einmal an einer intelligenten Unterhaltung teilnehmen.«

Er drückte auf den Fahrstuhlknopf. Millicent kramte in ihrer Handtasche nach dem Wohnungsschlüssel. »Ich habe gerade einen entsetzlichen Film gesehen. Einen britischen, wie ich leider sagen muß.«

»Warum? Es gibt so viele entsetzliche Filme dort. Und nur so wenige werden hierher exportiert. Der, den Sie gesehen haben, ist wohl entwischt und als blinder Passagier über den Atlantik gekommen.«

»Dabei hatte er einen so hübschen Titel. *Waltzes From Vienna.* Ich liebe den Walzer und ich liebe Wien, doch beides kam darin kaum vor. So eine Enttäuschung.«

»Ach ja. Der Film läuft schon monatelang. Kein Wunder, daß er etwas lahm ist.«

Der Fahrstuhl kam. Noël ließ Millicent zuerst einsteigen, und beide begrüßten den Fahrstuhlführer mit Namen. Andy. Zu Andys Füßen lag ein kleiner Zeitungsstapel. Noël kaufte eine. Der Mord an Edna Dore war die Schlagzeile. Noël hielt Millicent die Zeitung vor die Nase. »Haben Sie das gesehen?«

Millicent fing wieder an, in der Handtasche zu kramen. »Ohne meine Brille bin ich blind.« Sie hatten ihr Stockwerk erreicht.

Als sie in den Flur trat, schlug Noël aus einer spontanen Eingebung heraus vor, sie solle doch auf einen Drink zu ihm und Jeff mitkommen. Sie war entzückt. Es reizte sie nicht, den Abend wieder einmal allein in der kleinen Wohnung zu verbringen, die ihr selbstgewähltes Exil darstellte. Noël schloß die Tür auf und ließ Millicent mit einer Geste den Vortritt. Köstliche Küchendüfte lagen in der Luft und streichelten ihre Nasen. Jeff war in der Küche und vollbrachte kulinarische Wundertaten. »Ich bin da, und es duftet köstlich. Woher wußtest du, daß ich heute zu Hause bleiben will?«

Jeff rief aus der Küche. »Egal, was du wolltest, *ich* wollte zu Hause bleiben.«

»Ich habe Millicent mitgebracht. Haben wir genug für drei?«

»Reichlich. Hallo, Millicent!«

Sie gab keine Antwort. Sie saß in einem Sessel, der einmal der Lieblingsplatz ihres Mannes gewesen war, und las den Bericht über den Mord an Edna Dore.

Noël rief: »Sie liest gerade die Zeitung. Alles über den Mord. Mein lieber Junge, was kochst du da nur?«

»Coq au vin. Junge Kartoffeln in frischer Minzesauce. Schnittbohnen mit gerösteten Mandeln. Einen feinen Salat à la Cäsar, so fein, daß man ihn mit Fingerspitzengefühl anmachen muß, sonst löst er sich in Luft auf. Und danach einen butterweichen Camembert mit frischen Früchten. Einen schlichten Chardonnay mit den besten Anlagen. Alle Zutaten für Martinis stehen an der Bar bereit, einschließlich Eis, Zitronenschale, gefüllten Oliven und Perlzwiebeln.«

Noël stand schon an der Bar und mixte Martinis, ohne dabei Millicents Gesicht beim Zeitunglesen aus den Augen zu lassen. »Es wundert mich, daß Diana Sie nicht angerufen und es Ihnen erzählt hat.«

»Vielleicht hat sie es versucht.« Das klang wie eine schlechte Imitation von Millicents gewöhnlich so munteren hohen Stimme. »Aber ich war den ganzen Nachmittag fort. Ich habe mit einer Freundin zu Mittag gegessen, dann war ich im Kino.« Sie faltete die Zeitung fein säuberlich zusammen und legte sie auf ein Tischchen neben ihrem Sessel. Den Martini von Noël nahm sie begierig entgegen, und er ließ sich ihr gegenüber auf einer großen Ottomane nieder. »Hat das irgendwelche Auswirkungen auf die Eröffnung des Klubs?«

»Überhaupt keine, und ich bitte um Entschuldigung, wenn sich das kalt und herzlos anhört. Aber es steht so viel auf dem Spiel, falls die Eröffnung ins Wasser fällt.«

»Ich verstehe. Das freut mich für Diana. Es ist ihre große Chance hier in New York City.«

Jeff kam mit einer Platte voll warmer Hors d'œuvres herein. »Das Hähnchen braucht noch eine Weile. Das sollte uns vor dem Verhungern bewahren, bis es fertig ist.«

»Grundgütiger Himmel. Das sieht ja aus wie ein Vulkanausbruch.«

»Warme Hähnchenleber mit allerlei hübschen Garnituren auf kleinen Toastkarrees, wie es das bei Muttern niemals gab.«

»Die gute Mutter«, sagte Noël spitzbübisch, »ob sie wohl noch da in der Anstalt ist?«

»Guter Gott, nein«, entgegnete Jeff, während er die Platte auf Millicents Tischchen abstellte. »Sie haben sie ins Moor hinausgejagt, und dort fällt sie nach Herzenslust über fahrende Kesselflicker her.«

»Ach, ihr beiden seid einfach unmöglich«, lachte Millicent.

»Wir brauchen solchen Schabernack, damit wir das Leben nicht gar zu ernst nehmen«, sagte Jeff und schenkte sich einen Martini ein.

»Jetzt müssen wir aber den Tod ernst nehmen.« Damit begann Noël Millicent zuliebe eine eingehende Schilderung der Tagesereignisse im Cascades. Er hielt sich nicht lange bei der Überlegung auf, ob er womöglich zu viel verriet; er wollte, daß sie alles erfuhr. Er hatte aus einer spontanen Eingebung beschlossen, sie zum Abendessen einzuladen, und dieselbe Eingebung stachelte ihn zu einer Geschwätzigkeit an, wie sie gewöhnlich dieser liebenswürdigen Frau zugeschrieben wurde, die ihm gespannt lauschte.

Sie war mehr als gespannt. Sie war völlig gefesselt. Sie zeigte keinerlei Gefühlsregung, als er wiedergab, was er über den Seitensprung ihres Gatten mit Edna Dore wußte. Linus' Betrugsunternehmen sparte er wohlweislich aus. Als er von dem Verdacht sprach, daß vielleicht auch Bizet der Verzehrung zum Opfer fallen würde, murmelte sie schwach »O Gott«, und einmal sah sie unverwandt zum Telephon hin und schien drauf und dran, danach zu greifen und vermutlich ihre Tochter anzurufen. Statt dessen hielt sie mit fester Hand das Glas hin, als Jeff ihr nachschenkte. Noël nahm Kostproben von Jeffs Phantasiehäppchen und gab Laute von sich, die man als Schnurren des Behagens wie auch als Ausdruck des Mißfallens deuten konnte.

Jeff erklärte wie ein Richter bei der Urteilsverkündung: »Absolut vorzüglich, nicht wahr?«

»Oh, absolut«, sagte Noël, langsam kauend, »das müssen Sie probieren, Millicent.«

»Einen Moment noch.«

»Wenn es Noël schmeckt«, riet Jeff, »dann sind sie in einem Moment weg.« Er griff selbst zu, kaute und sagte dann selbstgefällig: »Einfach köstlich.« Damit zog er sich in die Küche zurück, um letzte Hand an das Abendessen zu legen.

Millicent stellte das Glas auf dem Tischchen zu ihrer Rechten ab und fragte: »Hat man schon jemanden in Verdacht?«

»Man hat viele im Verdacht. Die gesamte Truppe. Millicent, haben Sie in Rhodesien einmal gesehen, wie jemand ein Blasrohr benutzt?«

»Ein einziges Mal, und zwar mein Schwiegersohn.«

»Haben Sie es auch selbst probiert?«

»Ich? Aber wozu denn?«

»Aus Neugier vielleicht.«

»Meine Neugier in bezug auf tödliche Waffen ist gering. Ich verabscheue jede Gewalt.«

»Haben Sie Edna Dore einmal kennengelernt?«

»Nein.«

»Aber gesehen haben Sie sie doch.«

»Ja. Ich war neugierig, wie sie wohl aussieht. Ich wußte, daß sie jung sein mußte. Sehr jung. Aber ich wollte schauen, ob sie, nun ja, ob sie irgendwie Stil hat. Ich kannte Bilder von ihr, Mr. Sterne hatte sich welche über seine Assistentin, Miss Howard, besorgt. Sie trat in einer Revue auf, und ich bin zu einer Matineevorstellung gegangen. Ich bin nur so lange geblieben, bis ich sie gesehen und gehört hatte. Sie durfte in einem Sketch ein paar Sätze sagen.« Sie nippte an ihrem Drink und faltete, nachdem sie das Glas wieder abgestellt hatte, ihre Hände und beugte sich vor. Noël war ein wunderbarer Zuhörer. »In Wirklichkeit, Noël, war ich gar nicht eifersüchtig auf die Frau. Es war nicht das erste Mal, daß Linus mich betrog. Und offen gestanden, mir kribbelte es selbst in den Fingern. Linus und ich waren einander gründlich leid. Schon bei der Hochzeit hatte ich den Verdacht, daß er hinter meinem Familienvermögen her war, aber ich brauchte dringend einen Ehemann. Ich war die letzte von meiner Clique. Alle anderen waren schon verheiratet. Mit neunzehn galt ich als alte Jungfer.« Sie lachte. »Können Sie sich das vorstellen?«

»Mühelos. Doch es ist nur schwer vorstellbar, daß eine Schönheit wie Sie nicht schon früher weggeschnappt wurde.«

»Ach Noël, an Gelegenheit hat es mir nicht gefehlt. Aber sehen Sie, ich habe auf einen Märchenprinzen gewartet. Ich war verträumt und schwärmerisch. In Europa herrschte Krieg, und ich wollte mich freiwillig als Fahrerin im Sanitätsdienst melden. Meine Mutter bekam hysterische Anfälle, und mein Vater hat gedroht, mich in das Stammschloß am Hudson einsperren zu lassen.«

»Tz-tz, wie melodramatisch.«

»Da blieb nur noch die Heirat als Ausweg, und zu der Zeit war Linus nicht der aussichtsreichste, sondern der einzige Kandidat. Also haben wir geheiratet, und ein Jahr später wurde Diana geboren. Das Dasein als Ehefrau und Mutter war, offen gestanden, ausgesprochen öde. Ich wollte Romantik und Abenteuer, und beides konnte Linus mir nicht bieten. Daher begnügte ich mich damit, ein sehr geselliges Haus zu führen und zuzusehen, wie mein Gatte Millionär wurde, und mir Mühe zu geben, möglichst viel Geld auszugeben. Ich habe ein vollkommen nutzloses Leben geführt.«

»Gehen Sie nicht so hart mit sich ins Gericht, Millicent.«

»Ich bin nur realistisch. Jedenfalls, ich brauchte Beweise wegen Edna Dore, weil ich eine Scheidung erwog und mich gehörig wappnen wollte, um mir eine schöne, dicke Abfindung zu sichern. Ich konnte ja nicht ahnen, daß da nur noch magere Reste aufzuteilen waren.«

Noël dachte, dann weiß sie vielleicht doch nichts von dem Schwindel. Oder ich traue ihr womöglich nicht genug Verschlagenheit zu. »Was ist denn aus Ihrem Familienvermögen geworden, oder geht mich das nichts an?«

»Es kommt nicht mehr darauf an. Das stand schon in allen Sonntagsbeilagen. Mein eigenes Geld hatten Linus und das Geschäft verschlungen. Mutter hat sich nach dem Tode meines Vaters vor zwanzig Jahren nach Europa und zu einem Liebhaber nach dem anderen geflüchtet, die sie ohne Geld und mit gebrochenem Herzen sitzenließen. Die Ärmste. Sie war so ein reizender Mensch, aber so furchtbar unbedarft. Sie ist in einem Pflegeheim in Brooklyn gestorben.«

»In *Brooklyn*!« Sie hätte genausogut sagen können: Auf der Teufelsinsel.

»Da war sie mittlerweile schon gaga. Es kam nicht mehr darauf an. Sie hat dann ein schnelles Ende gefunden.«

Genau wie Edna Dore, dachte Noël. Da klingelte das

Telephon. Noël nahm den Hörer ab. »Hallo, Jacob. Sie stören überhaupt nicht. Ich plaudere gerade ganz reizend mit Millicent Headman. Sie ißt mit uns zu Abend. Wir sprechen eben über den Mord an Edna.«

Singer hatte Wang und Abel in Gallagher's Steak House an der Zweiundfünfzigsten Straße West geschickt, wohin er nach dem Anruf bei Noël nachkommen wollte. »Können Sie etwas Brauchbares aus ihr herausholen?«

»Bislang noch nicht. Aber das kommt vielleicht noch.«

»Tja, ich habe den Obduktionsbericht von Edna.« Der Bericht lag neben einem Haufen Aktennotizen auf seinem Schreibtisch. »Sie wurde mit dem Extrakt eines Nachtschattengewächses vergiftet, das in tropischen und subtropischen Gegenden vorkommt. Kaliumchlorid.«

»Kaliumchlorid? Nie gehört.« Er spürte, wie Millicent seinen Hinterkopf mit Blicken durchbohrte.

»Es ist nicht leicht nachzuweisen. Zum Glück hat Wang dem Leichenbeschauer einen Tip gegeben, bei Maxine Howard danach zu suchen, denn in ihrer Leiche wurde es auch gefunden. Deshalb hat er es bei Edna identifizieren können. Man täuscht sich da sehr leicht. Es sieht aus, als hätte das Opfer einen Herzanfall erlitten.«

»Das kann ein Verriß in der Presse auch bewirken.«

»Ich dachte, es würde Sie vielleicht interessieren.«

»Es interessiert mich unbedingt, und ich weiß Ihre Aufmerksamkeit zu schätzen, Jacob.«

»Und jetzt raten Sie mal, wer vor einer Weile hier bei mir hereingeschneit ist.«

»Königin Marie von Rumänien.«

»Big Ike und Fat Harry.«

»Ha! Die Welt steckt doch voller Überraschungen!«

»Sie haben mir eine Schachtel Konfekt mitgebracht.«

»Zweifellos vergiftet.«

»Das vermutet Vivaldi auch.«

Noël riß die Augen auf. »Das kann doch nicht sein!«

»Das kann sehr wohl sein. Fat Harry hat die Schachtel am ersten Probentag anonym geschenkt bekommen. Lag auf seinem Schreibtisch.«

»Natürlich ohne eine Karte.«

»Doch, aber sie war unleserlich. Leider hat Fat Harry sie weggeworfen, obwohl ich bezweifle, daß da Fingerabdrücke drauf waren.«

»Wie sind sie denn darauf gekommen, daß die Pralinen vergiftet sind?«

»Es ist eine Theorie von Vivaldi, und sie könnte sich als stichhaltig erweisen. Die Pralinen werden im Moment vom Labor untersucht. Fat Harry zufolge, der nur ein paar davon gegessen hat, soll Bizet, das Wiesel, sich daran gütlich getan haben, und Vivaldi meint, womöglich erklärt das, was da drin ist, die sogenannte Verzehrung des Wiesels.«

»Das ist wirklich hochinteressant. Sagen Sie mal, Jacob. Die Schachtel von dem Konfekt – war die sehr aufwendig gestaltet?«

»Warum? Was hat denn die Schachtel damit zu tun?«

»Vielleicht verrät uns die Schachtel, ob sie von einem Mann oder einer Frau gekauft wurde. Frauen legen Wert auf eine schmuckvolle Verpackung. Männer kaufen Konfekt meistens im Drugstore oder im Laden an der Ecke.«

»Die Packung ist von Fannie Farmer.«

»Ach je.« Noëls Hoffnungen schwanden dahin. »Eine Allerweltsmarke. Das hilft uns überhaupt nicht weiter.«

»War aber eine hervorragende Idee, Noël. Da waren Sie mir einen Schritt voraus.«

Noël grinste. »Lassen Sie mich wissen, was das Labor über die Pralinen herausfindet. Ah! Eben kommt Jeff mit dem Essen. Wenn ich heute abend nichts mehr von Ihnen höre, sehe ich Sie bestimmt morgen auf der Probe. Mein lieber Jacob, ich hatte ja keine Ahnung, daß Mord so viel Spaß machen kann!«

Er konnte Millicents Gesicht nicht sehen. Es sah zum Fürchten aus.

DREIZEHN

In dem Harlemer Einzelhaus, das Daniel Parrish als Studio diente, zelebrierte Electra Howard in den schalldichten Kellerräumen eine Voodoo-Messe. Sie stand in einem weißen, wallenden Gewand mit einer weißen Kapuze auf dem Kopf vor dem Altar, den ihre Jünger nach Daniels Entwurf errichtet hatten. Auf ihren Schultern lag eine Boa constrictor, die sich um Arme und Hände wand. Electra zeigte keine Furcht vor dem Reptil, und dieses zeigte keine Furcht vor Electra. Es war schon in einer Varieté-Nummer aufgetreten und für alle möglichen absonderlichen Darbietungen abgerichtet. Es wußte, daß es hinterher immer ein schmackhaftes Abendbrot gab, ein Huhn mit Federn und allem drum und dran etwa, ein Kaninchen oder vielleicht auch eine Ziege. Einmal hatte es ein Lamm gegeben, und das war ein richtiges Festmahl gewesen. Die Schlange war schon alt, aber willig. Electras Machenschaften waren ihr vertraut. Sie mochte ihr Parfüm. Es war ein berauschender, sinnlicher Duft, der vage Erinnerungen an ihre Heimat mit ihren Bougainvilleen, Mimosen, getüpfelten Orchideen und hier und da einer Narzisse heraufbeschwor.

Der Saal war vollbesetzt, zumeist mit Neugierigen, die gelesen hatten, daß Electra und Daniel zu den Verdächtigen im Mordfall Edna Dore zählten. Die meisten hatte Sensationsgier hierher geführt. Anders Nicholas Benson; er war auf Einladung von Electra und Daniel gekommen, da er mit eigenen Augen sehen sollte, daß Voodoo tatsächlich eine Religion wie jede andere war, nur daß da Trommeln und Becken mit ohrenbetäubender Wirkung zum Einsatz kamen. Nicholas erkannte die Mitglieder der Tanztruppe, die mit Hingabe bei der Sache waren und mit einer sexbeseelten wilden Enthemmtheit tanzten, wie Nicholas sie einst bei einer Bar Mizwa erlebt hatte. Von Electra ging ein betörender Reiz aus, als sie sich am Boden wand und dann aufsprang und die Schlange drohend in den Saal hielt. Die seltsamsten Laute brachen aus ihrem Mund hervor und wurden von den Jüngern – mit freiwilliger Unterstützung gewisser Teile des Publikums, die in religiöse und/oder sexuelle Ekstase geraten waren – aufgenommen. Nicholas war wie hypnotisiert von dem Schauspiel, denn genau das war es. Electra spielte mit dem Publikum; sie zog es in ihren Bann und ließ es dann allmählich los. Gleich darauf hatte sie es mit der gleichen Mühelosigkeit wieder fest in ihrer zarten Hand; manch einer raufte sich vor Verzückung die Haare und schrie nach Erlösung – wovon, wußte niemand zu sagen. Nicholas erkannte sofort, daß das gutes Material für den Artikel war, den er über den Mord an Edna schreiben wollte. Er hatte noch anderes gutes Material zur Verfügung, wußte aber nicht recht, ob er den Mut hätte, es auch zu verwenden. Heiße, brandheiße Erkenntnisse hatte er gewonnen. Seiner Vermutung nach hatte Edna darüber gleichfalls Bescheid gewußt, und deshalb war sie ermordet worden. Während er Electra zusah, mußte er an die Verzehrungskrankheit denken. Ob Electra vielleicht die plötzliche Erkrankung von Irving Bizet bewirkt hatte? *Obeah.* Schwarze Magie.

Auf einmal wurde es still im Saal. Eine junge Mulattin war zu Electra auf die Bühne getreten. Sie trug einen Schuhkarton in der Hand. Electra winkte sie an einen großen, mit schwarzem Wachstuch bedeckten Tisch.

»Wie heißt du?« fragte Electra die Frau.

»Samantha.«

»Ach ja, Samantha. Wir haben miteinander telephoniert. Hast du alles Erforderliche mitgebracht?«

Samantha nickte, stellte den Karton auf den Tisch und nahm den Deckel ab. Sie holte eine Photographie heraus und reichte sie Electra.

»Ist das derjenige, den du bestrafen möchtest?« fragte diese mit rauher Stimme.

»Ja, Ma'am, das ist der Schweinehund.«

Electra ging an einen anderen Tisch und kam mit einem imposanten Kandelaber zurück. Sechs Kerzen brannten darin. Sie stellte das Photo an dem Kandelaber auf. Dann kehrte sie zu dem Tisch zurück, wählte eine große Schale aus und stellte sie vor das Photo. Sie fragte Samantha: »Hast du abgeschnittene Fingernägel mitgebracht?«

Samantha holte einen Umschlag aus dem Karton. »Hier sind Stückchen von seinen Fingernägeln.« Mit scheuem Lächeln fügte sie hinzu: »Ich hab ihn eigenhändig manikürt.«

Electra leerte den Umschlag in die Schale. Den Umschlag selbst legte sie zur späteren Wiederverwendung beiseite – spare in der Zeit, dann hast du in der Not. »Abgeschnittene Haare?« Wieder bekam sie einen Umschlag. Sie schüttete das Haar in die Schale.

»Ich schneide ihm immer selbst die Haare«, erklärte Samantha mit charmanter Unbedarftheit.

»Ein Kleidungsstück von ihm?«

»Ich hab eine Unterhose mitgebracht, geht das auch?«

»Wenn sie von ihm ist, ja.«

»Die ist garantiert von ihm.«

Selbst Nicholas war beeindruckt von dem Ausmaß des Suspensoriums.

Electra legte es auf den Teller. »Ziemlich groß geraten.« Samantha grinste lüstern. »Nun denn, Samantha. Noch kannst du es dir überlegen. Willst du deinem Freund wirklich dieses Leid antun?«

Ihre Unterlippe zitterte. Sie dachte nach. Schließlich fragte sie wie ein kleines Mädchen: »Tut es sehr weh?«

»Es tut entsetzlich weh.«

»Aber es bringt ihn nicht um?«

»Nur wenn er ein schwaches Herz hat.«

»Das Herz ist in Ordnung, aber im Kopf stimmt was nicht. Also los. Also los, Frau Priesterin, nun mach schon!«

Electra holte Brennspiritus und Streichhölzer unter dem Tisch hervor. Mit dem Spiritus bespritzte sie den Inhalt der Schale und streute dann aus einer gleichfalls unter dem Tisch befindlichen Schüssel ein weißes Pulver darüber. Sie forderte Samantha auf, einen Schritt zurückzutreten, und diese tat, wie ihr geheißen. Die Boa constrictor machte die Augen zu; sie wußte, was jetzt kam. Electra zündete ein Streichholz an, hielt es an die Schale, und das weiße Pulver loderte mit rotweißblauer Flamme auf. Nicholas hielt das für eine hübsche patriotische Note. Dann erfaßte das Feuer die ganze Schale; die dem Ritual am nächsten saßen, hielten sich die Nase zu. Es roch nach giftigen Gasen, die zweifellos von der Unterwäsche des Opfers herrührten. Electra hielt die Boa constrictor hoch über ihren Kopf. Dort hing sie schlaff, gleichgültig, gelangweilt und hungrig herum, während Electra in einen unverständlichen Singsang ausbrach. Da kam ein gräßlicher Schrei aus dem hinteren Teil des Kellers, ein junger Mann sprang auf, faßte sich in den Schritt und brüllt vor Schmerz.

»Mein Gott!« kreischte Samantha. »Das ist mein Freund! Er ist mir hierher gefolgt!« Sie brach in Tränen aus, während er die Treppe hinauf, aus dem Keller und aus dem Studio hinaus rannte und heulend die Straße entlanglief, gefolgt von einer reumütigen Samantha. Electra wandte dem Publikum den Rücken zu, wobei die Boa constrictor jetzt wieder um ihren Hals lag. Zu der ohrenbetäubenden Begleitung von Trommeln und Becken ging sie auf einen schwarzen Vorhang zu. Zwei Jünger hielten ihr den Vorhang auf, und sie schritt triumphierend und verführerisch hinweg in die Finsternis.

Nicholas Benson war tief beeindruckt. Die Zeremonie war beendet, und das Publikum schob sich schwatzend die Treppe hinauf und hinaus auf die Straße, die meisten von ehrfürchtiger Scheu ob des eben Gesehenen ergriffen. Nicholas fand, Electra sei ein großartige Schauspielerin mit exzellenter Technik und eine herrliche Betrügerin. Er war überzeugt, daß die Szene mit Samantha gestellt war, um Electras leichtgläubige Anhängerschaft zu ergötzen. Dan Parrish war an ihn herangetreten und sagte, als könne er seine Gedanken lesen: »Falls Sie das, was Sie da eben gesehen haben, für Schwindel halten, dann glauben Sie mir, es war echt. Kommen Sie mit hinter die Bühne. Electra hat sich sehr gefreut, daß Sie unsere Einladung angenommen haben. Wir wundern uns nur, daß die Bullen nicht vor der Tür stehen. Wir dachten, Singer und seine Jungs würden uns liebend gern mal auf den Zahn fühlen. Sie wissen schon. Wegen der Verzehrungskrankheit.« Nicholas folgte ihm hinter die Bühne.

Die Räumlichkeiten hinter dem Vorhang waren erstaunlich weitläufig. Auf der linken Seite waren mehrere große Garderoben, Abstellkammern und eine Küche, und rechts, wohin man Nicholas führte, lag die Privatwohnung von Electra und Dan. Sie war geschmackvoll, wenn auch spärlich möbliert. An den Wänden hingen ein paar hervorragende Kunstwerke und dazwischen Plakate von Theatern und Klubs, in denen das Paar seine großen Auftritte gehabt hatte. In einem Sektkübel lag eine Flasche Champagner auf Eis, und Dan machte sich daran, sie zu entkorken. Electra hatte sich auf einer Chaiselongue niedergelassen, lehnte sich mit einem erschöpften Seufzer zurück und streckte die Arme aus. Nicholas nahm auf einem Stuhl Platz, den er für eine äußerst robuste, womöglich Hepplewhite zuzuschreibende Antiquität hielt. Sie schwiegen, und Electra ließ die Augen geschlossen, während Dan den Champagner servierte. Nachdem er die Flasche wieder in den Sektkübel gestellt hatte, setzte er sich zu Electra und erkundigte sich bei Nicholas: »Waren Sie enttäuscht von dem Ritual?«

»Soll das ein Scherz sein? Ich war zutiefst beeindruckt. Bei meinem Hang zum Makabren muß ich zugeben, daß ich gern noch ein Tieropfer miterlebt hätte; aber man kann ja nicht alles haben.«

»Wir opfern nie bei Vollmond. Das ist der Hexenmond. Der Mond des Werwolfs. Da bringt der Mond unsere Körpersäfte in Wallung und läßt manch einen Dinge tun, die er später bereut. Der Vollmond hat mörderische Auswirkungen. Ein guter Champagner, Dan.« Dan nickte. »Nun, mein Freund Nicholas, Sie haben so viele Fragen gestellt, und ich kann nur hoffen, daß unsere Antworten Sie befriedigt haben ...« (Einigermaßen, dachte Nicholas, selbst die raffinierten Ausweichmanöver.) »... und jetzt sind wir an der Reihe mit Fragenstellen. Immer abwechselnd, ist doch fair, nicht wahr?«

»Natürlich. Dagegen läßt sich nichts einwenden.«

»Beethoven, Vivaldi, Bizet.« Die Namen kamen wie eine Salve von Pistolenkugeln hervorgeschossen. »Hat die Polizei sie im Verdacht, noch immer im Fleischhandel tätig zu sein? Nun?«

»Genau kann ich es nicht sagen, aber ich glaube, sie halten das durchaus für möglich.«

»Demnach sind diese drei Schweinehunde vielleicht indirekt für den Mord an meiner Schwester verantwortlich.«

»Das klingt logisch.« Er räusperte sich. »Ähm, sind Sie womöglich für Bizets Krankheit verantwortlich?«

Sie lachte voller Überdruß in sich hinein. »Kinderkram. Solche Hexereien mache ich nicht. Das ist überhaupt alles nur Suggestion. Wenn dieser arme Narr seiner Freundin heute nicht hierher nachgelaufen wäre und meinen Hokuspokus gehört hätte, dann hätte er überhaupt nichts gemerkt. Da er aber hier war, ist er der Kraft der Suggestion erlegen, hat krampfhaft sein kostbares Prachtstück festgehalten und ist heulend weggerannt. Wenn er zu Hause geblieben wäre, hätte er nie etwas davon erfahren und keinerlei Beschwerden gehabt.« Sie schwieg und gab Dan Parrish ein Zeichen, indem sie mit dem Finger schnippte. Prompt erschien eine Zigarette sowie ein Feuerzeug, und sie nahm einen tiefen Zug, der ihrer Lunge mehrere Sekunden lang zu schaffen machte, bevor sie den Rauch ausblies. »Ich vermute, daß das Wiesel vergiftet wurde. Zyankali vielleicht, oder auch Arsen ...«

Dan warf ein: »Vielleicht war es ja Kaliumchlorid, der Extrakt eines Nachtschattengewächses. Das benutzen Medizinmänner schon seit Jahrzehnten. Es löst quälende Schweißausbrüche und Fieberanfälle aus, und wenn das Opfer umkippt, sind die Symptome ähnlich wie bei einem Herzanfall.«

»Ich bin heilfroh, daß mir da jemand die Arbeit abnehmen will«, sagte Electra. »Ich möchte kein Blut an den Händen haben, aber meine Mutter läßt mir keine Ruhe, bis Maxine gerächt ist. Mit Maxine hat man nichts als Ärger. Ich muß noch mehr von Ihnen erfahren, mein Freund.« Dan schenkte ihnen nach. Nicholas wartete, bis Electra weitersprach. »Wer finanziert dieseReckskerle?«

Nicholas entgegnete: »Da kann ich Ihnen nicht helfen. Ich weiß es nicht.«

Electra fuhr plötzlich mit einer raschen, plumpen Bewegung hoch, ohne jedoch einen Tropfen Champagner zu verschütten. »Lügen Sie mich nicht an.«

Nicholas hob die rechte Hand, als schwöre er einen Eid. »Großes Pfadfinderehrenwort.«

»Quatsch. Ihr Reichen haltet doch alle zusammen.«

»Falsch getippt. Ich habe überhaupt kein Geld mehr. Und über die Finanzen des Klubs weiß ich rein gar nichts.«

»Diana Headman hat sich da eingekauft, nicht wahr?«

Nicholas zuckte die Achseln. »Das ist ziemlich offensichtlich. Wie sind Sie beide denn da reingekommen?«

»Jetzt stelle ich die Fragen.« Electras Stimme bebte.

»Wieso ist das denn wichtig, wo die Jungs ihr Geld herhaben?«

»Weil ich glaube, daß Maxine deshalb ermordet wurde. Sie hat etwas Brisantes aufgedeckt, etwas Gefährliches. Die graue Eminenz. Hören Sie, Nicholas, Sie sind in der Lage, diese Informationen zu besorgen. Sie besorgen sie mir.«

»Wenn Jacob Singer das noch nicht herausgefunden hat, wie soll denn ich das schaffen?«

»Woher soll ich das wissen? Klemmen Sie sich dahinter. Es soll Ihr Schaden nicht sein. Die Sache ist mir Geld wert. Geld habe ich mehr als genug. Und ich weiß ja, daß Sie Geld brauchen.«

»Heutzutage braucht jeder Geld.«

»Tun Sie doch nicht so blöd!« tobte sie.

»Immer mit der Ruhe, Baby«, mahnte Dan.

»Das sind keine Ausflüchte. Ich verfüge nicht über die Informationen, die Sie haben möchten.« Nicholas wollte so schnell wie möglich hier weg. Er wußte nicht, wie er mit diesen Leuten fertigwerden sollte. Er hatte keinerlei Erfahrungen im Umgang mit Negern, geschweige denn mit so einer launischen, aufbrausenden und möglicherweise gefährlichen Frau.

»Dann gehen Sie und besorgen Sie mir diese Informationen.« Ihre Augen funkelten, ihre Nasenlöcher flatterten, und ihre Schläfen pochten. »Ich bin jetzt müde. Ich brauche eine Massage. Gute Nacht, Nicholas Benson.«

Ein paar Minuten später stand Nicholas draußen auf der Straße und suchte ein Telephon. In einem Tabakladen fand er eins. Er ging in die Zelle, machte die Tür zu, warf einen Nickel ein und wählte. Der Ladeninhaber saß an einem Arbeitstisch am Fenster und rollte geschickt Zigarren, wobei er eine seiner eigenen Kreationen im Mund hatte. Im Fenster sah er Nicholas' Spiegelbild hitzig in den Hörer sprechen. Bleichstengel. Weiße. Mit denen konnte er nicht viel anfangen. Nicholas brüllte eine Gemeinheit, und der Tabakhändler verzog angewidert und mißbilligend das Gesicht. Diese Bleichstengel, dachte er, die haben manchmal überhaupt keinen Benimm.

Clara Bizet streifte die Kastagnetten von den Fingern und steckte sie in die Handtasche. Die Krankenschwester hatte darauf bestanden, daß Clara aufhörte, damit herumzuspielen, wenn sie hierbleiben wollte. »Ihr Mann ist schwer krank.«

»Stirbt er?«

Bizet stöhnte auf.

Die Schwester war entsetzt. »Sie haben doch mit seinen Ärzten gesprochen.«

»Die wollten mir auch nichts sagen. Ich muß Bescheid wissen. Ich muß ja Pläne machen. Lassen Sie mich mit meinem Mann allein.«

Die Schwester wollte Mrs. Bizets Befehl nicht recht nachkommen. »Die Besuchszeit ist bereits vorbei, Mrs. Bizet, da sollten Sie gehen und nicht ich.«

»Ich bin seine engste Angehörige, und das hier ist eine Privatstation. Ich bleibe so lange, wie ich will.« Sie deutete mit dem Daumen auf die Tür. »Also raus hier, Schwester.« Die Schwester marschierte aus dem Zimmer, auf den Flur hinaus und zur Anmeldung hin, wo sie gewiß einen Wärter finden würde. Bald würde sie mit Genugtuung zusehen können, wie dieses fette Weibsstück aus dem Krankenhaus geworfen wurde.

Clara saß auf der Bettkante und hielt die Hand des Wiesels. Die Hand war heiß und verschwitzt. »Irving. Irving, kannst du mich hören? Ich bin es, Clara. Deine Frau, die Mutter deiner Kinder. Irving!«

Blitzschnell öffnete er die Augen. Selbst halb ohnmächtig reagierte er auf das unheildrohende Kommando, auf das er seit über zwanzig Jahren gedrillt war. Niemand konnte seinen Namen mit derart vielfältigen Intonationen aussprechen, wie seine Frau sie mit den Jahren entwickelt hatte. Es gab das zärtliche *Irving* der liebenden Gattin, das forschende *Irving* der koketten Dame, die sich ein paar neue Kleider kaufen wollte, das unheilschwangere *Irving*, wenn sie den Verdacht hatte, daß er sie mal wieder betrog, das drohende *Irving*, das einem Schlag in die Magengrube vorausging, und jetzt das gebieterische *Irving*, das sie eben ausgesprochen hatte und das ihn die Augen aufreißen ließ.

»Clara?« Seine Stimme war nicht wiederzuerkennen. Sie war matt und geisterhaft und erinnerte eher an das klägliche Miauen eines hungrigen Kätzchens.

»Clara«, echote sie, »ja, ich bin Clara. Laß die Augen offen, Irving, und paß auf. Hast du gehört? Verstehst du mich?« Seine Augen waren weit aufgerissen und starrten an die Decke. »Blinzle einmal, wenn du ›ja‹ sagen willst, und zweimal, wenn du ›nein‹ sagen willst, oder noch besser, rede einfach normal.«

»Clara«, wisperte er.

»Paß gut auf, Irving, wenn deine Krankheit tödlich ist, dann mach keine langen Sachen, versprich mir das.«

»Clara.« So sanft, daß es ihr wie ein Tadel vorkam.

Sie beschloß, es mal auf die zutrauliche Tour zu probieren.

»Irv ...«

»Ja?«

»Der Safe. Wo ist der Schlüssel?«

»Der Schlüssel ...«

»Ist er in einer Schublade in deinem Büro? Irgendwo zu Hause? Ist er hier im Schrank in einer Jackentasche? Wo ist er?«

»Der Schlüssel ...«

Sie schäumte vor Ungeduld. »Ja, ja, ja! Der Schlüssel! Der Schlüssel! Der Schlüssel! Wo ist der verfluchte Schlüssel?«

Er befeuchtete sich die Lippen. Sein Mund war völlig ausgetrocknet. Das Fieber wütete ungehemmt. Er blinzelte mit den Augen, und sein Mund zuckte. »Fat Harry ...«

Ihre Hoffnungen schwanden dahin. »Fat Harry hat den Schlüssel?«

»Ja. Vorhin ...«, er sprach mühsam, als könne jeder Atemzug der letzte sein. »... er war hier ... bevor ... du ... kamst. Meine Weste ... er hat ihn ... aus der Westentasche ... genommen.«

»Verdammter Mist! Na, dem Schwein nehm ich ihn wieder ab, der rückt ihn mir raus, oder ich mach ihm mehr Ärger, als er sich überhaupt vorstellen kann. Ich könnte den Bullen eine Menge erzählen, ich hab gegen die beiden Halunken so viel in der Hand, daß ich sie nicht nur lebenslänglich, sondern bis über den Tod hinaus hinter Gitter bringen kann!«

»Clara ...«

»Was? Was willst du denn?«

Er hatte Tränen in den Augen. Armer Irving. Armer kleiner Irving. Sie wurde ganz gerührt und erwog sogar, ihn in den Arm zu nehmen, bewahrte dann aber einen kühlen Kopf, schließlich konnte es etwas Ansteckendes sein. »Clara ...« – sie schaute sein jammervolles Gesicht unverwandt an – »... laß mich einäschern.«

»Jetzt gleich?«

Nach dem Essen machte Abel Müdigkeit geltend und zog sich in sein armseliges möbliertes Zimmer zurück, da er dringend Schlaf brauchte. Wang begleitete Singer zum Polizeirevier zurück, wo ihn auf dem Schreibtisch schon der Laborbericht erwartete. Er las ihn rasch durch, schnalzte mit der Zunge und reichte ihn Wang.

»Gift«, sagte Singer, während Wang den Bericht studierte. »Kaliumchlorid, das gleiche, was auch Maxine und Edna umgebracht hat. Hoffen wir, daß es ein Gegenmittel dafür gibt.« Er rief das Krankenhaus an. Der Doktor des Wiesels war schon nach Hause gegangen. Singer ließ sich mit einem diensthabenden Arzt verbinden. Er teilte ihm mit, was die Ursache von Bizets Krankheit war, und der diensthabende Arzt hoffte, daß es noch nicht zu spät war, etwas gegen den bedrohlichen Zustand des Wiesels zu unternehmen. Singer überlegte, wo er Vivaldi und Beethoven finden könnte. Fat Harry hatte auch von dem Konfekt genascht, lange nicht so viel wie das Wiesel, aber doch genug, um ihm, gelinde gesagt, einige Unannehmlichkeiten zu bereiten.

Harry hatte in der Tat Unannehmlichkeiten. Er hatte mit Vivaldi in dessen Büro im Kellergeschoß des Klubs gesessen, als ihm plötzlich übel wurde und er sich fiebrig fühlte. Jetzt lag er auf der Couch und hielt sich den Bauch, während Vivaldi ihm verschiedene in Frage kommende Heilmittel verabreichte, darunter Natron und diverse Markenarzneien, die versprachen, sämtliche Leiden einschließlich Akne, Furunkel, Verdauungsstörungen und Hämorrhoiden zu kurieren. Da klingelte das Telephon, und Vivaldi nahm rasch ab. Zum ersten Mal im Leben war er erleichtert, als er einen Polizeibeamten hörte. Singer teilte ihm mit, daß die Pralinen vergiftet waren, und Vivaldi bedankte sich bei ihm, half Fat Harry von der Couch herunter, die Treppe hinauf, auf die Straße und in ein Taxi, das an der Ecke herumlungerte und auf Grün wartete.

»Roosevelt Hospital, Notaufnahme!« befahl Big Ike, und der Fahrer gab Gas, wobei er sich fragte, ob der Patient nun angeschossen oder angestochen worden war. Eins von beiden mußte es hier in der Gegend sein.

Vivaldi sah Fat Harry unverwandt an; er war froh, daß er den Schlüssel zu dem Safe des Wiesels an sich genommen hatte, bevor es Harry erwischte. Und dann ging ihm auf, daß das Ganze auch eine lustige Seite hatte. Wenn das Wiesel starb, wenn Fat Harry starb, dann gehörte der ganze Krempel ihm, Vivaldi.

Kaltherziges Schwein, dachte der Taxifahrer bei sich, als er Vivaldi verstohlen im Rückspiegel musterte, der grinst noch, während sein Kumpel vielleicht dem Tode nah ist. Wart nur, bis ich meiner besseren Hälfte davon erzähle; als praktizierende Sadistin weiß sie das bestimmt zu schätzen.

Singers Anruf kam, während Noël, Jeffrey und Millicent bei Kaffee und Likör saßen, und Noël wunderte sich gar nicht, daß die Pralinen vergiftet waren. »Tja, damit hätte sich der Voodoo-Zauber wohl erledigt«, war sein Kommentar.

»Ich habe eben noch mal mit dem Roosevelt Hospital gesprochen. Vivaldi hat Fat Harry auch auf einer Privatstation untergebracht. Es hat ihn nicht so schlimm erwischt wie das Wiesel, deshalb ist er außer Gefahr.«

»Da wird die kriminelle Zunft aber erleichtert sein, nehme ich an«, sagte Noël. »Und das Wiesel?«

»Nun, da ich ihnen jetzt von dem Gift erzählt habe,

setzen sie ein Gegenmittel ein. Man weiß nicht viel über dieses Gift. So gut wie unbekannt.«

»Es wird bestimmt bald seinen Platz im Rampenlicht finden. Tja, da draußen ist immer noch Vollmond.« Er konnte ihn von seinem Platz aus im Fenster sehen. »Was nun?« fragte Noël.

»Ich denke weiterhin angestrengt nach.«

»Sie haben eine bestimmte Person im Auge, nicht wahr, Sie durchtriebener Hund?« Noël betrachtete sein Ebenbild im Wandspiegel und bemerkte dann, daß Millicent regungslos dasaß, den Blick anscheinend auf den Boden gerichtet, als wäre sie in Trance.

»Ich schieße mich immer für eine Weile auf eine Person ein, auch wenn ich weiß, daß ich vielleicht unrecht habe. Aber es stärkt meine Entschlußkraft, wenn ich einen Bezugspunkt habe.«

»Natürlich, so wie Kapitän Ahab gerne Forellen fischen geht, bevor er sich wieder aufrappelt und von neuem auszieht, den weißen Wal zu besiegen.«

»Noël, morgen früh habe ich das Gruppenphoto auf dem Tisch. Es könnte mir eine Hilfe sein, wenn Sie vor der Probe kurz hier hereinschauen und einen Blick darauf werfen.«

»Gleich morgen früh bin ich da.«

»Ihre Argumentation hat mich fasziniert, daß jemand dabei war, der da gar nicht hingehört, oder jemand nicht dabei war, der eigentlich hingehört hätte.«

»Klingt wie ein Stichwort zu einem ausgesprochen drögen Gassenhauer.«

»Ist Millicent Headman noch bei Ihnen?«

»Allerdings.«

»Haben Sie etwas Nützliches aus ihr herausbekommen?«

»Wir sehen uns morgen früh. Übrigens, Jacob, es wurde noch kein weiterer Mord gemeldet, oder?«

»Nein, bisher nicht.«

»Meinen Sie immer noch, daß es mindestens noch einen Mord geben wird?«

»Ich habe mich auf keine Zahl festgelegt. Ich habe gesagt, ich hielte es für möglich, daß es noch weitere Opfer gibt. Es könnte ja auch das Wiesel sein. Dann ginge die Rechnung auch auf.«

»Irgendwie messe ich seinem eventuellen Tod keine allzu große Bedeutung bei.«

»Aber es wäre ein Mord. Er wurde tatsächlich vergiftet.«

Noël dachte nach. Er dachte angestrengt nach. Jeffrey sah, daß er die Brauen zusammengezogen hatte und sich die Schläfen rieb, und das kündigte immer einen Geistesblitz an, einen folgenschweren Geistesblitz. »Jacob, Big Ike ißt offenbar nicht gern Pralinen.«

»Ich weiß nicht. Vielleicht mag er einfach kein teures Markenkonfekt.«

»Jacob, Fanni Farmer ist keine teure Marke, das sind ausgesprochen simple Süßigkeiten, an denen nur Kinder und verfressene Omas Geschmack finden.«

»Sie meinen, Vivaldi wollte seine Kumpel loswerden?«

»Warum nicht? Ist das in den Niederungen der Unterwelt nicht durchaus üblich?«

»Wo ist da der Zusammenhang? Edna kann er nicht umgebracht haben.«

»Kann ein Geschäftsmann nicht an mehreren Unternehmen beteiligt sein?«

»Sie haben so eine schmutzige Phantasie – das finde ich hinreißend.«

Noël schmunzelte. »Wir sehen uns morgen früh. Sagen wir gegen zehn? Gut.« Er legte auf und gesellte sich wieder zu den anderen. »Ist noch Kaffee da, Jeff?« Jeff schenkte Noël und unaufgefordert auch Millicent nach.

»Jetzt ist natürlich meine Neugier geweckt«, sagte Millicent. »Da herrscht wohl eine ziemliche Aufregung um vergiftete Pralinen.«

Naserümpfend meinte Noël: »In einer Kriminalgeschichte würde das ziemlich abgedroschen wirken. Vergiftete Pralinen, vergiftete Plätzchen, Hühnersuppe mit einem kräftigen Schuß Arsen. Ich kenne einen Dramatiker, der von einem homosexuellen Kritiker verrissen wurde und drohte, ihm einen vergifteten Chorknaben zu schicken. Ja, wir schlagen uns jetzt mit vergifteten Pralinen herum.« Noël berichtete Millicent und Jeffrey die Einzelheiten.

Als er mit seiner Litanei zu Ende war, blickte Jeffrey strahlend in die Runde. »Sag mal, Noël, behauptet Agatha Christie nicht, Gift sei eine weibliche Waffe?«

Noël verkündete hochmütig: »Ich lese nie billige Kriminalromane.«

»Tja, ich schon, und zwar mit großem Vergnügen. Miss Christie hat an giftmischenden Ladies einen Narren gefressen. Und wer sind die Ladies in unserem Fall? Da ist einmal Electra Howard.«

»Ob Voodoo und Süßigkeiten sich so gut vertragen, wage ich zu bezweifeln.«

»Egal, sie ist eine Frau. Außerdem praktiziert sie Voodoo. Da kennt sie sich bestimmt mit Giften aus. Dann haben wir Nancy Adam, die Garderobiere.«

Noël schlug die Beine übereinander und zündete sich eine Zigarette an. »Sicherlich eine hervorragende Kandidatin für die Rolle der unverdächtigsten Person.«

»Tu sie nicht so leicht ab.« Millicent hörte fasziniert zu. Sie drehte den Kopf von Noël zu Jeffrey und wieder zurück wie eine Zuschauerin bei einem Tennisturnier. »Sie ist schon seit ewigen Zeiten am Theater. Sie ist viel herumgekommen. Vielleicht hegt sie schon seit Jahren einen Groll im Busen.«

»Auf Edna und die drei Monster?«

»Warum nicht? Dann führt das Schicksal sie alle zusammen, wie du mir selbst ständig in Erinnerung rufst ... *Die Brücke von San Luis Rey ...*«

»Es tut mir leid, daß ich das je erwähnt habe.«

»Mir auch ... aber egal ... jetzt bietet sich die einmalige Gelegenheit, an allen zugleich auf einen Schlag Rache zu üben. Vergiftete Pralinen ... vergiftete Pfeile und so weiter!«

»Klingt einleuchtend«, gab Noël zu. »Wer spielt die Rolle in dem Film? Glenda Farrell?«

»Wenn du mich nicht ernst nimmst, sage ich überhaupt nichts mehr.«

»Ach bitte, erzählen Sie weiter«, bat Millicent. »Ich bin völlig hingerissen.«

»Na schön. Ednas Freundinnen. Wie heißen sie noch gleich?«

»Trixie und Angie«, sagte Noël mit einem unterdrückten Gähnen.

»Was ist mit ihnen?«

»Tja, seit heute hat Trixie einen triftigen Grund, Fat Harry umzubringen, er hat ihr schließlich Filzläuse angehängt, soweit ich das verstanden habe.« Millicent blickte angewidert drein. »Deine Theorie hat nur den Nachteil, mein Lieber, daß sie rechts und links neben Edna standen, als ihr der Pfeil im Halse steckenblieb.« Er lächelte. »Anscheinend haben wir Diana vergessen. Das würde ihr sicher gar nicht gefallen.«

Millicent pflichtete ihm bei. »Diana wird sehr ungehalten, wenn sie sich übergangen fühlt.«

»Na schön«, tat Noël diese Überlegungen ab, »das alles wird sich sicher bald zuspitzen. Ja, ich habe das merkwürdige Gefühl, daß die Lösung bereits ...« – er hielt die rechte Hand hoch – »... mit Fingern zu greifen ist. Sie liegt direkt vor meiner Nase. So offenkundig, daß ich mir lächerlich vorkommen werde, wenn das Rätsel gelöst ist.

Das Offensichtliche entgeht einem so leicht, eben aufgrund seiner Offensichtlichkeit, daß man es gern verdrängt, weil es einfach nicht stimmen kann. Und alles nur, weil es so offensichtlich ist. Finden Sie nicht auch, Millicent?«

»Wahrscheinlich haben Sie recht, Noël. Ich kann nicht mehr klar denken. Mir geht im Moment zu viel im Kopf herum. Ich muß in meine Wohnung zurück und versuchen, mir dort alles allein zurechtzulegen.« Noël begleitete sie zur Tür. »Noël, was wir da vorhin besprochen haben . . .«

»Wird nur bei Bedarf weitergetragen, und auch dann nur an die richtigen Ohren. Und die richtigen Ohren sind allein die von Jacob Singer und Genossen.«

»Ich verstehe.« Die drei sagten sich gute Nacht, und als Noël mit Jeffrey allein war, schlug er vor: »Wie wär's mit einem Gutenachtschluck? Spiel du den Gastgeber, Jeff. Bitte.« Jeff tat ihm den Gefallen, während Noël ins Leere guckte und tief in Gedanken versunken war. Er nahm den Likör und nippte daran. Dann sagte er: »Weißt du, ich habe das Gefühl, als stünde ich kurz vor dem Ziel. Und wenn ich dort bin, ziehe ich die Flagge auf.«

VIERZEHN

Trixie Bates und Angie Murray hatte der Mord an Edna Dore derart verstört und aufgewühlt, daß sie zusammen in Trixies Wohnung übernachten wollten. Nachdem Trixie die erforderliche Lotion aufgetragen hatte, um ihre Filzläuse (»Die süßen kleinen Liebeskäferchen« war Angies putziger Ausdruck dafür) loszuwerden und genüßlich eine heiße Dusche genommen hatte, bestellte sie beim Chinesen etwas zu essen und schenkte dann beiden einen steifen Bourbon ein. Trixie streckte sich auf dem Sofa aus, Angie machte es sich in einem weichgepolsterten Sessel bequem und legte die Beine auf das dazugehörige Fußkissen. Ein Weilchen plauderten sie über dies und das, dann fragte Angie: »Sollte man nicht Ednas Familie benachrichtigen?«

»Na klar. Und wo steckt die?«

»Irgendwo an der Küste von New Jersey. Asbury Park, glaube ich.«

Trixie setzte sich auf. »Sollten das nicht die Bullen erledigen?«

»Das stimmt. Wir sollten sie anrufen und ihnen sagen, daß sie Ednas Familie benachrichtigen müssen. Ist Dore ihr richtiger Name?«

Trixie zuckte die Achseln. »Wahrscheinlich nicht. Ich glaube, sie war Polackin oder so.«

»Und ihre ganzen Sachen? Die Wohnung? Die Pelze? Die Kleider und der Schmuck?« Angie war eine Sammlernatur. Sie hatte es immer bewundert, was Edna während ihrer kurzen Amtsperiode als ausgehaltene Frau alles an Beute zusammengetragen hatte. »Weißt du, Trix,

Edna hätte bestimmt gewollt, daß wir ein paar Andenken oder so an sie haben.«

Trixie schaltete schnell. »Da hast du recht. Sie wußte ja, wie schick ich ihr Nerzjäckchen fand. Und diese Armbanduhr, die Big Ike ihr zum Geburtstag geschenkt hat. Sie hat sich immer so gefreut, wenn ich sie nach der Uhrzeit gefragt hab, und sie konnte sagen: ›Es ist drei Rubine nach einem Smaragd.‹ Edna wird mir sehr fehlen.«

Angie meinte versonnen: »Sie wollte immer, daß ich ihr Valentino-Ballkleid bekomme und die Perlenkette, auf der sie ständig herumgekaut hat. Edna fehlt mir schon jetzt. Trix?«

Trixie war ins Land der Träume entfleucht. Angie wiederholte ihren Namen, und da kehrte Trixie in die Realität zurück. »Was?«

»Ich habe einen Schlüssel zu ihrer Wohnung.«

»Tatsächlich? Wie denn das?«

»Sie hat ihn mir vor ein paar Wochen gegeben, damit ich Hattie Beavers reinlasse, die mal richtig Ordnung machen sollte, während Edna mit Big Ike in Atlantic City war. Ich hab ständig vergessen, ihn ihr wiederzugeben.«

»Gottseidank. Aber wart mal.« Trixie stellte ihr Glas auf einem Tischchen ab. »Wir können da nicht einfach hingehen und Sachen klauen. Big Ike reißt uns den Kopf ab, wenn er dahinterkommt.«

»Wieso muß er dahinterkommen?«

»Er weiß doch, was er ihr geschenkt hat und was dann fehlt. Er hat uns bestimmt gleich im Verdacht.«

»Aber woher denn. Er wird Hattie Beavers verdächtigen.«

Trixie überlegte. »Schlag dir das aus dem Kopf. Es funktioniert nicht. Das kommt garantiert raus.« Dann fügte sie hinzu: »Was soll Big Ike denn mit dem Zeug anfangen? Er kann es ja nicht tragen.«

»Wie ich ihn kenne, sucht er sich wahrscheinlich ein

neues Mädchen, das Ednas Sachen tragen kann, wenn man hier und da was ändert. Vielleicht bist du das, Angie.« Sie lächelte. »Überlegst du immer noch, ob Big Ike ein Auge auf dich geworfen hat?«

Angie suchte nach Worten. Immerhin war Bizet noch am Leben, und sie saß hier und erörterte seinen eventuellen Nachfolger, ohne in Erwägung zu ziehen, daß er sich ja von seiner mysteriösen Krankheit erholen könnte. »Tja ... weißt du, Trix ... ich meine, du weißt schon, was ich meine. Manchmal guckt er mich so komisch an ...«

»Wahrscheinlich fragt er sich, warum du dich überhaupt mit dem Wiesel zusammengetan hast.«

»Ach, Irving ist schon in Ordnung. Er war immer gut zu mir. Wir kabbeln uns nie so wie du mit Fat Harry, und bei Edna und Big Ike gab es ja auch oft Krach.«

Trixie nahm ihr Glas, stand auf und ging ans Fenster. »Eine wunderschöne Aussicht hast du hier, Angie.«

»Jaja. Ganz nett. Sag mal, Trixie, wer hat deiner Meinung nach Edna umgebracht?«

Trixie drehte sich um und starrte sie an. »Wer hat denn *deiner* Meinung nach Edna umgebracht?«

»Ich hab zuerst gefragt.« Angie stand an der Hausbar und tat sich Eis ins Glas.

Trixie sagte: »Sie hat es selbst herausgefordert, das mußt du zugeben. Wie sie überall herumgeschnüffelt hat. Mißtrauisch gegen alles und jeden. Wie so eine Mata Hari. Big Ike hat es jedenfalls nicht gefallen, daß sie sich so gut mit den Bullen und diesem schleimigen Benson verstanden hat. Ich möcht wissen, ob Ike sie im Verdacht hatte, daß sie es mit Abel Graham trieb.«

»Der ist wirklich süß«, sagte Angie. »Findest du Abel nicht auch richtig süß?«

»Darüber hab ich noch nicht nachgedacht.« Da klingelte das Telephon. Beim dritten Läuten nahm Trixie ab.

Sie erkannte Jacob Singers Stimme sofort. »Stimmt was nicht?«

»Fat Harry liegt im Krankenhaus.«

Trixie war aufrichtig erschrocken. »Was ist passiert? Wer hat auf ihn geschossen?«

»Niemand hat auf ihn geschossen, er wurde vergiftet.«

»Vergiftet? Wie? Wer war das? Das Schwein bring ich um.«

»Nun beruhige dich, Trixie. Beruhige dich und hör mir zu.« Angie war erschrocken, als sie das Wort »vergiftet« hörte, und kam eilig zu Trixie gelaufen. Singer erzählte ihr die ganze Geschichte mit dem vergifteten Konfekt, von dem nur das Wiesel und Fat Harry gekostet hatten.

»Aber wer wollte sie denn vergiften?« fragte Trixie in kindlicher Unschuld.

»Wer wollte das nicht?« war Singers trockene Antwort.

Trixie erklärte Angie: »Sie sind vergiftet worden! Irving und Harry sind vergiftet worden! Mit Konfekt! Dieses gottverdammte Konfekt! O Gott! Es war in der Schachtel in Harrys Schreibtisch, und fast hätte ich auch davon gegessen. O Gott!«

Angie legte den Arm um Trixie. »Keine Sorge, Trixie, du hast es ja nicht getan. Vergiftet. Mein armer Irving ist vergiftet worden.«

»Mein armer Harry.« Da erinnerte sich Trixie wieder an Singer, der geduldig abwartete, bis ihr wieder einfiel, daß er noch in der Leitung war. »Wo ist Harry?« Singer sagte es ihr. Sie sagte es Angie. »Er liegt im Roosevelt, genau wie das Wiesel. Gleich nebenan.« Zu ihrem eigenen Erstaunen mußte sie mit den Tränen kämpfen. Sie erkundigte sich bei Singer: »Darf ich ihn besuchen? Warum muß ich bis morgen warten? Mein Big Harry braucht mich. Ist doch egal, wenn die Besuchszeit vorbei ist, Sie könnten mich doch reinbringen, oder nicht?«

Zu Singers Überraschung war ihre Anteilnahme wirklich echt. »Das könnte ich schon, aber es wäre nicht so gut. Sie können ihn ja gleich morgen früh besuchen. Aber vergewissern Sie sich vorher, daß seine Frau nicht bei ihm oder auf dem Weg zu ihm ist. Wie ich höre, wäre Angie fast mit Clara Bizet zusammengestoßen, und Clara ist wie in reißender Tiger.«

»Schon gut, schon gut. Aber warten Sie, legen Sie noch nicht auf. Haben Sie denn einen Verdacht?«

»Darüber kann ich noch nicht sprechen.«

»Warum nicht?«

Singer wurde allmählich ärgerlich. »Trixie, Sie bringen mich noch um den Verstand.«

»Das fiele mir nicht im Traum ein. Danke für Ihren Anruf. Ich hätte mir Sorgen gemacht, wenn er nicht bald angerufen hätte. Auf Wiedersehen.« Sie legte auf. »Das darf doch nicht wahr sein, Angie! Sie sind vergiftet worden. Irving und Harry haben vergiftete Pralinen gegessen.« Ihre Blicke trafen sich. »Wieso wurde Big Ike nicht vergiftet?«

Angie sagte: »Er ißt keine Pralinen. Er ißt keine Bonbons und keinen Kuchen. Er sagt, das kommt, weil er als Kind jahrelang in dem Lebensmittelgeschäft seines Vaters gearbeitet hat. Da hat er sich immer mit Süßigkeiten den Bauch vollgeschlagen, und jetzt kann er das Zeug nicht mehr sehen.«

»Vermutlich ist das eine einleuchtende Erklärung«, meinte Trixie. »Ich würde ihm das wohl abnehmen. Aber andererseits gibt es sicher auch Leute, die ihm das nicht abnehmen würden.«

»Spinnst du, Trix? Willst du andeuten, Big Ike wollte Harry und Irving loswerden?«

»Tja, wär doch möglich, oder nicht?« Trixie hatte die Arme in die Hüften gestemmt.

»Möglich ist alles.« Es klingelte an der Tür.

»Der Chinese«, sagte Trixie, »und es wird auch langsam Zeit. Ich sterbe vor Hunger.« Sie drückte auf den Knopf an der Wand, der die Haustür aufschloß, holte die Handtasche von dem Tischchen an der Tür und sagte zu Angie: »Weißt du was, Kindchen? Ich glaube, da steckt noch verdammt viel mehr hinter dem Mord an Edna und der Vergiftung von den Jungs.« Sie öffnete die Tür und wartete, bis sie die Fahrstuhltür aufgehen hörte.

»Trix, ich hab Angst.«

»So? Mach mal Platz.« Sie riß die Tür weiter auf und sagte zu dem anrückenden Botenjungen: »Wo bleiben Sie denn so lange? Haben Sie das Zeug aus Hongkong kommen lassen?«

Big Ike Vivaldi grübelte allein in seinem Büro darüber, ob es sich wohl machen ließe, daß er Leibwächter anheuerte. Edna tot. Irving und Harry vergiftet. Wie Jacob Singer es genossen hatte, ihm mitzuteilen, daß die Jungs vergiftet worden waren. Kaliumchlorid, was zum Teufel das auch sein mochte. Als er ein kleiner Junge war, hatten sie nach guter alter Art einfach Rattengift oder Unkrautvernichtungsmittel genommen. Er erinnerte sich, wie sein Cousin Tommy »Daumen-ab« Gambarelli ihm erklärt hatte, daß man das Gift mit Wasser verdünnen, zu einer Paste verrühren und dann mit Erdnußbutter und Gelee auf Pumpernickel streichen muß. Das bringt die Leute nicht nur schnell um die Ecke, es schmeckt auch noch gut.

Er suchte in seiner Westentasche nach dem Schlüssel zu Bizets Safe. Gleich morgen früh würde er hingehen. Da meinte er, hinter sich eine Bewegung zu hören. Er saß mit dem Rücken zur offenen Tür, was äußerst dumm von ihm war, und er verfluchte sich für seine Unbesonnenheit. Aber er hatte einen schlimmen Tag hinter sich, und die Nacht hatte sich noch schlimmer angelassen, schließlich lagen seine Kompagnons beide im Krankenhaus.

Ganz langsam und lautlos zog er die oberste Schreibtischschublade auf und tastete nach der Automatik, die er für Notfälle dort versteckt hielt.

»Du brauchst keine Knarre, Ike.« Er erkannte Clara Bizets Stimme. »Ich will dich nicht umbringen.« Vivaldi drehte sich um und sah der menschlichen Kropftaube ins Gesicht. »Ich will dir bloß drohen.«

»Wie bist du hier reingekommen?«

»Mit Irvings Schlüssel. Ich hab ihn im Krankenhaus in seiner Hosentasche gefunden.«

»Wie geht es ihm?«

»Du weißt doch, wie es ihm geht. Lausig.« Sie kniff die Augen zusammen. »Was hast du ihm angetan, Ike?«

»Nichts. Gar nichts hab ich ihm angetan.« Er erklärte die Sache mit dem vergifteten Konfekt und daß es, falls sie es noch nicht wußte, Big Ike auch erwischt hatte, der nun im Zimmer neben dem Wiesel lag.

Clara klopfte mit dem Fuß auf den Boden, sie hatte die Arme untergeschlagen und ließ die Handtasche am Ellenbogen baumeln. »Das heißt, wenn sie sterben, gehört alles dir, stimmt's?«

»Die sterben schon nicht. Die kommen wieder auf die Beine.«

»Gib mir den Schlüssel, Ike. Den Schlüssel zu dem Safe.« Sie streckte die Hand aus. »Na los, rück ihn raus.«

»Morgen früh kannst du ihn haben. Auf der Bank. Wir können uns um neun da treffen, wenn die Bank aufmacht.«

»Was zum Teufel soll das jetzt wieder?«

»Irving hat ein paar Bücher für mich aufbewahrt. Die will ich haben, bevor sie den Bullen in die Finger fallen. Den Schmuck und das Geld und die Versicherungspolicen brauch ich nicht. Das habe ich alles selber. Aber die Bücher will ich haben.«

»Von wegen Bücher. Seine *Tagebücher* willst du. Da

staunst du wohl, daß ich das weiß? *Ich* hab ihm schließlich geraten, er soll sie sicher aufbewahren. Für alle Fälle, wenn ihr Halunken ihn mal reinlegen wollt.«

»Hier will keiner jemand reinlegen.«

»Nein, nur vergiften.«

»Denk doch mal nach, Clara. Wieso sollte ich so blöd sein und die beiden vergiften? Mich hätten sie doch zuerst im Verdacht. Weißt du, was ich glaube? Ich glaube, da will mir jemand was anhängen, und das gefällt mir nicht.« Er unterdrückte den aufsteigenden Ärger. »Geh nach Hause, Clara. Wir treffen uns morgen früh in der Stadt. Es ist die Dime Savings Bank.«

»Das weiß ich auch. Wehe, du bist nicht da.«

»Ich bin da.«

»Wehe. Ich weiß eine Menge von dem, was da in den Tagebüchern steht. Eine Menge. Eine ganze Menge.« Sie wandte sich zum Gehen.

»Du verzeihst, wenn ich dich nicht zur Tür begleite.«

Sie antwortete mit einer Geste, die ganz und gar nicht ladylike war. Vivaldi schnaubte verächtlich. Dann ging er zur Tür, steckte den Kopf in den Korridor und sah zu, wie sie mit schwingender Handtasche die Treppe hinaufstolzierte, wobei sie ständig vor sich hin murrte. Dann machte er die Tür zu, ging an die Bar und schenkte sich einen steifen Scotch ein, den er in einem Zug hinunterkippte. Er schenkte sich noch einen ein und ging damit zum Schreibtisch. Dort betrachtete er die gerahmte Photographie von Edna. Er hob das Glas und trank ihr zu. »Mädchen, du kriegst 'ne Wahnsinnsbeerdigung von mir.« Da fiel ihm Ednas Familie in New Jersey ein. »Verdammter Mist.« Er setzte sich an den Schreibtisch und blätterte in seinem umfangreichen Adreßbuch, bis er bei dem Buchstaben Z angelangt war. Da war nur ein Eintrag – Zbernic, Ladislaus. Er rief die Vermittlung an, gab dem Fräulein die Nummer in New Jersey und kippte den zweiten Scotch hinunter. Er wußte, heute nacht würde er noch eine ganze Menge davon kippen.

Angie steckte den Schlüssel ins Schloß. Trixie sagte: »Angie, warte.«

»Kriegst du auf einmal kalte Füße?«

»Big Ike wird das nicht gefallen.« Sie zeigte auf die beiden leeren Koffer, die sie mitgebracht hatten. Ednas Wohnung lag in einem Backsteinhaus ohne Aufzug an der Neunundvierzigsten Straße West zwischen Eighth und Ninth Avenue. Es gab keinen Portier, der einem in die Quere kommen konnte. Vorne im Erdgeschoß wohnte eine neugierige Alte, die fast immer am Fenster saß, eine selbsternannte Wächterin, ein Zerberus am Tor. Doch um diese Zeit – es war kurz nach Mitternacht – waren ihre Vorhänge zugezogen, und so war anzunehmen, daß sie schlief.

»Ich mach mir da keine Sorgen. Wir sorgen dafür, daß es wie ein Einbruch aussieht. Wir machen das Fenster zur Feuerleiter auf. Wir verstreuen alles über den Boden. Wir kippen Schubladen aus und lassen sie da liegen. Na komm, das haben wir doch oft genug im Kino gesehen.« Sie drehte den Schlüssel im Schloß um und stieß die Tür auf. Im Wohnzimmer brannten sämtliche Lampen. »Kannst du dir das vorstellen? Edna, Gott hab sie selig, läßt alle Lampen brennen. Ihre Stromrechnung will ich lieber nicht sehen. Na komm. Mach die Tür zu. Aber leise.«

Sie sahen sich im Zimmer um. »Mein Gott, eine Ordnungsbestie war sie nicht gerade«, sagte Trixie. Bei einem Schrank standen die Schubladen offen, und ein Großteil des Inhalts lag verstreut auf dem Fußboden herum. Sofakissen sahen aus, als wären sie mit einem Messer oder einer Rasierklinge aufgeschlitzt worden. Die Schreibtischschubladen standen halb offen, und es waren Papiere auf dem Fußboden und dem Schreibtisch verstreut. Der Bücherschrank war umgekippt, und Ednas kostbare Bücher lagen in wirrem Durcheinander auf dem Boden. Da endlich dämmerte es, und Trixie klapperte mit den Augendeckeln. »O Gott! Man hat uns bestohlen!« Sie griff nach Angies Hand. »Das gefällt mir nicht. Los, machen wir, daß wir hier rauskommen.«

Angie schüttelte Trixies Hand ab. »Im Schlafzimmer. Da hat sie alles aufbewahrt. Sie hatte einen Wandtresor.« Ohne Rücksicht auf lauernde Gefahren rannte Angie ins Schlafzimmer. Auch dort sah es aus, als hätte ein menschgewordener Hurrikan getobt. Kleider und Pelze waren im ganzen Zimmer, auf Bett und Stühlen verstreut. Da hatte es jemand ungeheuer eilig gehabt. »Guck mal. Die Pelze sind unberührt.«

»Ihr Schmuck auch.« Trixie hatte den hübschen Schmuckkasten auf Ednas Frisiertisch aufgemacht, eine kunstvoll gearbeitete Schatulle, die Vivaldi bei Tiffany's erstanden hatte. Sie hatte fünf verschiedene Fächer, alle brechend voll von glitzernden Kostbarkeiten. »Das begreife ich nicht. Welcher Dieb bricht in eine Wohnung ein und nimmt dann nichts mit?«

»Und ihre Bilder? Hat sie nicht Bilder gekauft?«

»Guck doch selbst. Die hängen noch da.«

Angie kannte die Bilder und hatte keine Ahnung, daß sie wertvoll sein sollten. »Dieser Quatsch ist Geld wert?«

»Ja. Edna hat ständig damit angegeben.«

Angie lachte. »Haben wir ein Schwein! Ein Glück, daß wir das Zeug heute nacht holen wollten.« Sie breitete die Arme aus. »Alles wunderbar eingefädelt. Jemand bricht hier ein, guck mal ... das Fenster zur Feuerleiter steht offen ... und verwüstet die ganze Wohnung, nimmt aber nichts mit. Jedenfalls nichts Wertvolles. Was zum Teufel haben die dann gesucht?«

Trixie nahm das Fenster zur Feuerleiter in Augenschein. »Das Fenster ist aufgebrochen worden. So ist er reingekommen.«

»Bist du sicher, daß es nur einer war?« Sie flüsterte jetzt. »Trix, wenn sie nun noch in der Wohnung sind?«

»Mach mir keine Angst.«

»Vielleicht sind sie in der Küche. Oder auf dem Klo.«

Trixie bekam Herzklopfen. Sie konnte es unter der Haut hinter den Rippen spüren. »Komm, wir hauen ab.«

Angie war wild entschlossen. »Nicht ohne das Zeug, das wir mitnehmen wollten. Hol die Koffer. Ich leg die Kleider und Pelze zusammen.«

Trixie ging ins Wohnzimmer. Sie beeilte sich, die Koffer zu holen. Da hörte sie ein Geräusch aus der Küche. Sofort fing ihr Herz wieder an zu klopfen. Sie blieb wie angewurzelt stehen. »Angie!« schrie sie. »Angie! Da ist jemand in der Küche!«

Angie kam ins Wohnzimmer gerannt. Von dort konnte sie in die Küche sehen. »Jetzt trifft mich aber der Schlag!« Sie lachte. »He, Trix! Guck mal, wer hier den Einbrecher gespielt hat!«

Trixie drehte sich um. In der Tür stand Nicholas Benson. Sie stemmte die Arme in die Hüften. »Tja, Mr. Benson, so trifft man sich wieder.«

Seine Lippen bewegten sich, doch es kam kein Laut heraus. Er streckte den rechten Arm aus und ließ ihn schlaff wieder fallen. Seine Knie knickten ein, dann sank er langsam zu Boden. Im nachhinein nahmen sie an, daß sie wohl sein Todesröcheln gehört hatten, als er mit dem Gesicht voran ins Wohnzimmer fiel, denn in seinem Rükken steckte ein Tranchiermesser, das bis zum Heft eingedrungen war.

Trixie machte den Mund auf, um zu schreien, doch Angie legte ihr mit einer raschen Bewegung die Hand auf den Mund. »Nicht schreien! Nicht schreien, sonst sind wir geliefert.« Sie wartete ein paar Sekunden. »Kann ich die Hand wegnehmen? Versprichst du mir, daß du nicht schreist?« Trixie bewegte den Kopf auf und ab, ihr Herz pochte noch immer, und sie fühlte sich schwach in den Knien. Angie überlegte, ob sie ihr ein Glas Wasser holen sollte, aber dann hätte sie über Nicholas' Leiche hinwegsteigen müssen, und das wollte sie denn doch nicht.

Trixie schnappte nach Luft und fragte dann: »Was machen wir jetzt?«

Angie ließ sich auf ein Sofa fallen, wobei sie Trixies schweren Atem hörte, als sei sie die bedrohte Heldin eines Melodrams der Jahrhundertwende. Trixie wiederholte ihre Frage. »Wir erzählen alles Singer.«

»Spinnst du? Der glaubt uns doch nie.«

»Natürlich glaubt er uns. Schau mal, Trix. Wir haben keinen Grund, Benson zu ermorden, und Singer weiß das auch. Wir haben Edna nicht umgebracht, weil wir direkt neben ihr standen, als es sie erwischt hat. Wir sagen ihm die Wahrheit. Wir erzählen ihm, wir wären hergekommen, um ihre Sachen in Sicherheit zu bringen, bevor jemand auf die Idee kommt, bei ihr einzubrechen und sie zu bestehlen. Ja! Genau! Wir hatten uns gegenseitig versprochen, wenn einer von uns was passiert, dann würden wir die Wertsachen abholen und verwahren, bis wir sie der Polizei aushändigen können.«

»Meinst du, Singer nimmt dir das ab?«

»Ja, das meine ich.« Sie betrachtete die Leiche. »Armes Schwein. Bestimmt hat er das Fenster aufgebrochen.«

Trixie sagte mit Nachdruck: »Angie, er ist nicht alleine gekommen.«

»Woher weißt du das? Vielleicht wußte er nicht, daß da noch jemand in der Wohnung war, als er kam. Sie haben nichts Wertvolles mitgenommen. Was sie wohl gesucht haben?« Angie wählte die Nummer der Vermittlung und ließ sich mit Jacob Singer auf dem Revier verbinden.

»Glaubst du, der ist noch da?« fragte Trixie.

»Wenn nicht, dann wissen sie, wo er ist.« Sie sprach in den Hörer. »Kann ich bitte Mr. Singer sprechen? Sagen Sie ihm, hier spricht Angie Murray, und es ist sehr wichtig. Sagen Sie ihm, ich hab eine Leiche für ihn.«

FÜNFZEHN

Abel Graham war froh, daß er aus seinem Albtraum geweckt wurde, in dem er mit Edna Dore in ihrem Sarg kopulierte; er sollte zu Singer in Ednas Wohnung kommen. Singer gab ihm die Adresse.

»Nicholas Benson? Auf den wäre ich nie gekommen!«

»Tja, jemand anders schon!«

Graham war in fünf Minuten angezogen und auf dem Weg.

Die Telephonzentrale des Algonquin Hotel kam bei Abraham Wang nicht recht zum Zug, weil der bei der jungen Frau, die er eine Stunde zuvor unten in der Bar aufgelesen hatte, nicht recht zum Zug kam. Sie hatte sich als Lehrerin aus Montpelier, Vermont, ausgegeben, und Wang fand, sie hätte noch viel zu lernen. Nach dem zehnten Läuten nahm er den Hörer ab und log, er sei im Bad gewesen. »Benson? Also, das haut mich um.«

»Nein«, sagte Singer, »ihn hat es umgehauen.« Er gab ihm Ednas Adresse, legte auf und wählte dann Noël Cowards Nummer.

Noël und Jeffrey Amherst vergnügten sich gerade mit einer Partie Backgammon, da sie beide keinen Schlaf finden konnten. Sie saßen in sündhaft teure Morgenröcke von Sulka gewandet an einem Kartentischchen, tranken Brandy und rauchten Zigaretten. Als Noël nach dem Hörer griff, sagte er: »Um diese Zeit kann das nichts Gutes bedeuten. Es ist fast Mitternacht. Hallo? Jacob? Wie schön, von Ihnen zu hören. Ich bin überhaupt nicht müde, und Jeffrey auch nicht. Gehen wir tanzen ins Roseland?« Er verstummte und hörte zu. »Nicholas Benson.« Jeffrey starrte ihn an und blies Rauch aus. »Was hatte der denn mit Angie und Trixie in Ednas Wohnung zu suchen?« Fast hätte er noch gefragt: »Und was sind die neununddreißig Stufen?«, meinte dann aber, das sei nicht der rechte Moment für solche Scherze. »Wir sind gleich da.« Er notierte sich Ednas Adresse, legte auf und erklärte Jeff: »Nicholas Benson ist in Edna Dores Wohnung ermordet worden. Angie und Trixie haben ihn gefunden. Schau nicht so verwirrt drein. Es gibt bestimmt irgendeine einleuchtende Erklärung dafür. Du kommst doch mit, oder? Du willst sicher nicht ganz allein hier herumhocken, während wir anderen Detektiv spielen und uns köstlich amüsieren.«

Unverschämt, dachte Jacob Singer, einfach unverschämt. Angie Murray sah aus wie ein kleines Engelein, während sie ihr leicht durchschaubares Märchen aufsagte, warum sie mit leeren Koffern in Edna Dores Wohnung waren. Als Noël, Jeff, Wang und Abel eintrafen und sich zu der Versammlung im Wohnzimmer gesellten, sagte sie ihre Geschichte noch einmal auf. Außer Singer waren da noch der Leichenbeschauer mit seinen Assistenten, der Photograph und drei andere Kriminalbeamte, die den Raum auf Fingerabdrücke untersuchten.

Noël betrachtete das Durcheinander und bemerkte mit seinem unvermeidlichen Naserümpfen: »Edna war mir ja eine schöne Hausfrau.« Er warf einen Blick auf die Leiche. »Meine Güte, bis zum Heft. Egal, wer dem lieben Jungen das Messer in den Rücken gestoßen hat, er wollte auf jeden Fall ganze Arbeit leisten.« Er schaute aus dem Fenster. »Ah! Die Geier beginnen zu kreisen!« Er sah Reporter und Pressephotographen nahen. »Wie bekommen die so schnell Wind von einem solchen Ereignis?«

Abel erklärte es ihm. »Sie kriegen einen Tip vom Revier.«

»Dachte ich's mir doch.« Er ging in das Schlafzimmer, und Jeff kam hinterher. »Chaos in Reinkultur. Ah, ist das nicht ein wundervoller Balenciaga. Ach Gott, was würde die liebe Coco Chanel für hysterische Anfälle bekommen, wenn sie das gute Stück so traurig und mit Füßen getreten am Boden liegen sähe. Und was ist das für eine parvenuhafte Angelegenheit?« Er hob einen Morgenrock mit Kaninchenpelzkragen hoch. »Das Modell ist definitiv ›Ausverkauf bei Bloomingdale‹, würde ich sagen, aus der Zeit vor Ednas großem Durchbruch. Herr, du meine Güte! Nun schau dir mal diese Mineraliensammlung an.« Er hielt sich ein Paar Diamantohrringe ans Gesicht. Dann fragte er Jeffrey: »Wie sehe ich aus?«

»Du gewinnst nicht viel dadurch.«

»Ich habe auch nicht erwartet, daß ich irgend etwas gewinne.« Er legte sie in die Schatulle zurück. »Ich wollte nur wissen, wie ich aussehe.« Jetzt entdeckte er die Perlenkette. »Oh, wie hübsch! Da hatte jemand anfallsweise einen guten Geschmack.« Er ging zu einem Wandschrank. »Jeffrey, schau dir mal diese Schuhe an! So eine Kollektion habe ich nicht mehr gesehen, seit ich letztes Jahr in Jessie Matthews Schlafzimmer herumgeschnüffelt habe. Bis auf Cinderellas gläserne Schuhe ist alles vertreten. Ich muß schon sagen, es hat durchaus etwas für sich, einen Wohltäter zu haben. Warum habe ich nie so ein Glück?«

»Weil du immer selbst der Wohltäter bist.«

»Das ist wahr. Das ist nur zu wahr.« Er erspähte ein paar Blätter Papier auf dem Boden und hob sie auf. »Mein lieber Junge, das glaubst du mir nie. Edna war zweifellos vielseitig begabt.«

»Was hast du da?«

»Ein paar Seiten voll vermutlich selbstverfaßter Gedichte in freien Versen.«

»In freien Versen? Tatsächlich?«

Noël las etwas und sagte dann: »Wirklich sehr frei. O je. Ich hätte die Blätter nicht anfassen dürfen. Jetzt sind meine Fingerabdrücke darauf.«

»Mach dir mal keine Sorgen. Du hast ja einen direkten Draht zur Obrigkeit.« Jeff folgte Noël in das Wohnzimmer zurück. Nicholas' Leiche war mit einem Tuch bedeckt und auf eine Bahre gelegt worden. Das Tranchiermesser hatte man herausgezogen. Der Polizeiphotograph knipste wild drauflos, wobei seine Blitzlampen die anderen zeitweilig blendeten.

Noël zündete sich eine Zigarette an. Er erklärte Singer: »Deine Jungs werden leider meine Fingerabdrücke auf ein paar Seiten mit freien Versen im Schlafzimmer finden.«

»Edna hat Gedichte geschrieben?« war Singers erstaunte Frage.

»Was sie dafür hielt.«

»Sie hat ganz niedliche Sachen geschrieben«, nahm Angie ihre verstorbene Freundin in Schutz. »Mr. Coward, Edna hätte es noch weit gebracht. Sie war klug. Sie war ehrgeizig. Sie wollte nicht ewig das Anhängsel eines Mannes bleiben. Sie hat Bücher gelesen und war oft in Kunstgalerien.«

»Sie war auch oft bei Tiffany's und Saks Fifth Avenue«, fügte Noël hinzu.

»Was ist dagegen zu sagen? Wenn nicht sie, dann wäre es eine andere gewesen. Haben Sie die Klunker da im Schlafzimmer gesehen? Das ist noch längst nicht alles. Viele Sachen hat sie ins Pfandhaus gebracht und das Geld angelegt. Sie hat ihrer Familie ein Haus in New Jersey gekauft. Ihrem kleinen Bruder hat sie das College bezahlt. In New Jersey.« Voller Stolz verkündete sie: »Princeton University. Wissen Sie, wer noch in Princeton war? F. Scott Fitzgerald!« Noël hegte den Verdacht, daß sie keinen blassen Schimmer hatte, wer Fitzgerald war, aber er hoffte, nach seinem eigenen Tod würde jemand so leidenschaftlich für ihn eintreten wie Angie für Edna.

»Zierdeckchen konnte sie auch machen«, sagte Trixie, um noch eine Zusatzqualifikation anzuführen.

»Schon gut, schon gut«, unterbrach Singer, »bringen wir die Sache über die Bühne. Meine Damen, wenn Sie Ednas Schätze in Ihre Koffer packen, dann bringen wir sie auf das Revier und teilen den Angehörigen mit, daß wir sie haben. Sie werden sicherlich Anspruch darauf erheben.« Die Mädchen sahen zu, wie Nicholas' Leiche aus der Wohnung getragen wurde.

»Armes Schwein«, sagte Trixie, »wahrscheinlich hat er zu viele Fragen gestellt, genau wie Edna.«

»Was für Fragen hat er denn gestellt?« Singer sprach leise, während Noël eine Zigarette in die Zigarettenspitze steckte und bald vor sich hin schmauchte, die Augen zu Schlitzen verengt, weil der Rauch sie reizte.

»Zum Beispiel, ob wir wüßten, wer hinter dem Klub steckt. Das heißt, wo das Geld herkommt. Die Jungs sind ja ein paar Jahre pleite gewesen . . .«

»Der Legende zufolge«, warf Noël ein.

Wang fragte Noël: »Meinen Sie, das war alles nur vorgetäuscht? Als Vernebelungstaktik?«

»Jeffrey und ich kennen viele reiche Leute, die sich als verarmt bezeichnen, wenn sie bei der letzten Million angelangt sind, die armen Herzchen. Wenn ich mich als verarmt bezeichne, dann bin ich wahrlich verarmt, das können Sie mir glauben. Es gibt aber auch welche, die behaupten, sie hätten kein Geld mehr, und man kann ihnen sicher auch Glauben schenken. Das bedeutet aber nicht, daß sie keinen Grundbesitz und anderes Vermögen von ungeheurem Wert mehr hätten, nur wollen sie das nicht flüssig machen. Nach allem, was ich über die drei Kompagnons gehört habe, müssen sie in den zwanziger Jahren gewaltige Summen angehäuft haben. Irgendwie habe ich den Verdacht, daß ihnen das nicht alles verlorenging, als die Börse kollabierte. Die herrschaftlichen Häuser, die ihre Frauen und Kinder beherbergen, gehören doch sicher ihnen. Sie besitzen Automobile. Vielleicht haben sie Bankkonten im Ausland, an die man nicht herankommt. Die Schweiz ist in dieser Hinsicht ausgesprochen gastfreundlich, so wie viele andere bequem erreichbare Orte auch.«

»Da könnten Sie recht haben«, gab Singer zu, »aber ich werde das Gefühl nicht los, daß Nicholas etwas spitzgekriegt hatte, und deshalb hat er jetzt ein Messer im Rükken.«

Trixie räusperte sich und verkündete in einem Ton, der keinen Widerspruch duldete: »Das Schlafzimmerfenster ist aufgebrochen worden. So sind die hier reingekommen.«

»Sind Sie sicher, daß es mehrere waren?« fragte Singer.

»Tja, es muß doch einer mitgekommen sein, der ihm das Messer in den Rücken gestoßen hat. Es kann ihn natürlich auch was gejuckt haben, da wollte er sich mit dem Messer kratzen und hat sich aus Versehen umgebracht.«

Noël lächelte. Sie war so köstlich unbefangen. Er konnte nur hoffen, daß Fat Harry sie ebenso mit teuren Geschenken überhäufte, wie Big Ike das mit Edna Dore selig getan hatte. Er hörte Singer sagen: »Vielleicht hat Benson hier in der Wohnung jemanden überrascht.«

»Wenn ja«, bemerkte Noël kühl, »dann war es sicher keine große Überraschung für Nicholas.«

Wang hatte in der Küche herumgestöbert. Er kam in das Wohnzimmer zurück und verkündete: »Sie hat viel Thunfisch gegessen. Da stehen sechs Dosen im Schrank.« Aus unerfindlichen Gründen machte sich Abel eine Notiz darüber. Jeff starrte Trixie und Angie an und überlegte, was wohl zum Vorschein käme, wenn er ihnen die dicke Schminke vom Gesicht wischte.

Singer fragte Noël: »Meinen Sie, er wußte mit Bestimmtheit, wer hinter dem Mord an Edna und den Vergiftungen steckte?«

»Das meine ich allerdings«, sagte Noël, »und Sie doch gewiß auch, Jacob, also spielen Sie keine Spielchen mit mir. Wahrscheinlich hatte er auch den Verdacht, daß derselbe Mensch Maxine Howards Tod in Shanghai in Auftrag gegeben hat. Die Obduktion ist inzwischen vermutlich abgeschlossen und hat ergeben, daß sie bis oben hin mit Kaliumchlorid abgefüllt war.«

»So ist es«, sagte Singer. »Ich zeige Ihnen den Bericht des Leichenbeschauers, wenn wir wieder auf dem Revier sind, falls Sie und Jeff nicht zu müde sind.«

»Ich bin nicht zu müde, und Jeff sicher auch nicht.« Jeff unterdrückte ein Gähnen und war klug genug, Noël nicht zu widersprechen. Noël lächelte Trixie und Angie huldvoll zu. »Ich glaube, Sie sollten jetzt Ednas Schätze einpacken.« Sie verstanden den Wink und verzogen sich ins Schlafzimmer. »Also, Jacob, spielen wir nicht Flohhüpfen miteinander. Edna und Nicholas und vorher schon Maxine wurden ermordet, weil sie auf Erkenntnisse gestoßen sind, die für irgend jemanden eine gefährliche Bedrohung darstellten.«

»Vivaldi, Beethoven und Bizet«, sagte Wang, der sich noch immer fragte, wie ein Mensch so viel Thunfisch essen konnte.

»Bei den Morden hatten sie aber nicht die Fäden in der Hand. Da steckt noch jemand anders dahinter, wie ich stark vermute, und Sie auch, Jacob, Sie haben nämlich so ein schalkhaftes Grinsen im Gesicht, und aus dem niedlichen Alter sind Sie lange heraus. Und dieser Jemand hat die Hand am Geldhahn. Außerdem meine ich, daß dieser Jemand womöglich die Aufdeckung anderer Verbrechen fürchtet, in die eben dieser Jemand verwickelt ist. Wenn ich jetzt ins Schwimmen geraten bin, Jacob, dann führen

Sie mich doch freundlicherweise wieder aufs Trockene zurück.«

»Sie machen das großartig, Noël. Wirklich großartig.«

»Wie großzügig Sie sind, Jacob. Ich bin versucht, mich in hemmungsloser Rodomontade zu ergehen, was extravagante Aufschneiderei oder eitle Prahlerei bedeutet, doch aus irgendeinem Grund packt mich eben ein Anfall von ganz unangemessener Bescheidenheit. Also, was haben sie Ihrer Meinung nach hier gesucht?« Er steckte sich wieder eine Zigarette an. »Ich meine Nicholas und seinen Henker. Ist Henker in dem Fall korrekt? Oder muß es Schlächter heißen? Ach, zum Teufel. Kommen wir zur Sache. Was haben sie hier gesucht? Nun, ich will Ihnen sagen, zu welchem Schluß ich gekommen bin. Wer Schmuck und Pelze einfach so liegenläßt, der hat keinen Diebstahl vor, und das trifft auf Bensons Mörder eindeutig zu. Und schauen Sie nur, wie die Kissen und Möbel zugerichtet wurden. Also, ich will nicht lange um den heißen Brei herumreden, der Mörder oder die Mörderin hat etwas gesucht, das ihn oder sie belasten würde und sich seiner – oder ihrer – Vermutung nach in Ednas Wohnung befand. Ich glaube, Nicholas hatte denselben Verdacht, hat sich womöglich als Komplize ausgegeben und es so eingerichtet, daß er mit dem Mörder oder der Mörderin hierherkam, der Ärmste, ohne zu ahnen, daß er als nächstes Opfer dieser Nacht auserkoren war.« Plötzlich brach er in lautes Gelächter aus und zeigte mit dem Finger auf Singer. Abel schluckte schwer. Coward konnte doch nicht etwa Singer der Morde bezichtigen. Noël gakkerte: »Ich hab's ja gesagt, der Vollmond bringt Unheil, nicht wahr, Jacob? Und prompt ein zweiter Mord! Ha! Ha! Ha!«

»Noël, so langsam kommt mir der Verdacht, daß Sie selbst ein wenig Schwarze Magie praktizieren«, meinte Singer.

»Übrigens«, sagte Noël, »vielleicht hat es ja nichts zu bedeuten, aber soweit ich weiß, hat Nicholas heute abend in Harlem eine Voodoo-Zeremonie besucht. Electra und Dan hatten mich ebenfalls eingeladen, aber ich habe mich entschuldigt. Nicht daß ich glaube, das hätte irgend etwas mit seiner Ermordung zu tun.«

»Warum nicht?« Das war Wang. Wegen Maxine war er hier, und Electra war ihre Schwester. »Nicholas hat mir erzählt, es hätte Streit gegeben, weil Electra und Dan von Fat Harry für die Show engagiert wurden, ohne die Kompagnons zu fragen.«

»Das ist mir alles bewußt«, sagte Noël, »und ich glaube nicht, daß es etwas mit den Verbrechen zu tun hat. Das ist nur der alte Aberglaube des amerikanischen Showgeschäfts, daß schwarze und weiße Darsteller nicht zusammen auftreten dürfen. Gemeinhin ist das tabu.«

»Und was ist mit euren Minstrel-Shows?« wollte Wang von Singer wissen.

»Ich glaube, die gibt es gar nicht mehr«, entgegnete Singer.

»Und überhaupt waren das weiße Darsteller in den Minstrel-Shows, nur schwarz geschminkt. Schwarze sind nie mit Weißen zusammen aufgetreten, bis der schwarze Komiker Bert Williams vor ein paar Jahrzehnten die Barriere überwand. Seither hatten wir natürlich Ethel Waters in der ansonsten rein weißen Revue *As Thousands Cheer*, aber das war auch fast alles. Ich glaube, Fat Harry hat Electra und Dan tatsächlich irgendwo auftreten sehen ... in Paris? Rom? London? ... na egal, sie waren so brillant, daß er völlig hingerissen war und sie unbedingt in seiner Show haben wollte. Kompliment für Mr. Beethoven, auch wenn ich ihn erwürge, falls ich an seinen Hals herankomme. Ich lasse nicht zu, daß sie mir die Show stehlen, ich lasse es einfach nicht zu.«

Wang fragte: »Noël, stehen Sie jetzt zum ersten Mal mit schwarzen Künstlern zusammen auf der Bühne?«

»Ja, in der Tat«, sagte Noël, »obwohl ich in London schon vor ein paar Jahren die Gelegenheit hatte, in *Othello* mit Paul Robeson in der Titelrolle den Jago zu spielen. Ich habe abgelehnt, nicht, weil ich nicht mit Robeson zusammen auftreten wollte, der in der Rolle letzten Endes sehr enttäuschend war. Ich wollte mich durchaus an Shakespeare versuchen, aber in einer Rolle, die mir besser liegt. Für die Julia bin ich allerdings zu alt und für Desdemona zu groß. Hmmm.« Sein Blick war in weite Fernen geschweift, eine Angewohnheit, die Jeffrey Amherst durchaus vertraut war. »Ich würde einen formidablen Oberon abgeben und vielleicht einen umwerfenden Titus Andronicus. Hmmm. Doch das bringt uns im Augenblick auch nicht weiter. Ob Edna wohl Tagebuch geführt hat?«

»Ob Edna sich wohl als Erpresserin versucht hat?« Singers Überlegung schmeichelte Noëls Ohr, doch seine Phantasie ließ sie kalt.

»Irgendwie kann ich mir Edna nicht als Erpresserin vorstellen. Das paßt nicht zu jemandem, der sich mit *Krieg und Frieden* herumschlägt. Meiner Erfahrung nach sind Erpresser entsetzlich phantasielos. Und außerdem entsetzlich dumm. Schauen Sie mich nicht so an, Jacob, ich bin selbst schon einigen Erpressern in die Hände gefallen, aber zum Glück habe ich Freunde in einflußreichen Positionen. Nein, Edna war keine Erpresserin. Sie war eher ein Tratschmaul, eine Klatschbase, die überall ihre Nase hineinstecken und ständig herumschnüffeln mußte. Darum war sie so wertvoll für euch. Schauen Sie nicht so betrübt drein, Abel. Edna war kein Mädchen, das Sie mit zu Muttern nach Hause bringen konnten.«

»Ich habe keine Mutter«, sagte Abel.

»Wieso? Können Sie sich keine leisten? Jacob, Abel ist offensichtlich gewaltig unterbezahlt, diesem Mißstand müssen Sie bei nächster Gelegenheit abhelfen. Zurück zu Edna, der im Leben vielleicht nie so viel Aufmerksamkeit zuteil wurde wie jetzt im Tode. Ich hoffe, sie genießt jeden Augenblick, egal, von wo sie uns jetzt belauscht. Hmmm.«

»Was ist nun wieder?« fragte Singer.

»Ich überlege gerade, ob Big Ike Vivaldi im Schlaf spricht. Wenn ja, hat Edna vielleicht ein paar pikante Kleinigkeiten aufgeschnappt.«

Trixie und Angie kamen mit Pelzen und Koffern beladen aus dem Schlafzimmer zurück. »Das ist der größte Teil«, sagte Angie.

»Okay, meine Damen«, sagte Singer. Er gab zwei Assistenten ein Zeichen, sie sollten den Mädchen ihre Last abnehmen. Den einen fragte er: »Seid ihr mit den Fingerabdrücken fertig?«

»Alles erledigt«, sagte Abel, noch ehe der andere antworten konnte. »Es sind überall Fingerabdrücke, nur nicht auf dem Messergriff.«

»Das habe ich auch nicht erwartet«, erklärte Singer. »Und der Rest ist wahrscheinlich auch nichts wert. Die stammen sicher von Edna, Vivaldi, unseren Freundinnen hier ...« Er machte eine umfassende Geste zu Angie und Trixie hin.

»... und Hattie Beavers«, warf Angie ein. »Hattie hat für Edna geputzt.« Sie erläuterte, warum sie einen Schlüssel zu Ednas Wohnung besaß. »Edna wollte Hattie den Schlüssel nicht anvertrauen, deshalb hab ich ihn immer gehabt, wenn sie verreisen wollte, und Hattie reingelassen, damit sie den Haushalt besorgen konnte.«

»Okay. Hattie Beavers.« Singer nahm sich vor, Hattie am Morgen ausgiebig zu befragen. Abel hatte es sich auch schon notiert.

Noël legte den einen Arm um Abraham Wangs Schulter. »Sie haben so eine eisige Miene aufgesetzt, Abraham. Was quält Sie denn? Fühlen Sie sich vernachlässigt?«

»Keineswegs. Ich bin ein guter Zuhörer, und ein guter Zuhörer nimmt auch Dinge wahr, die dem Sprecher gar nicht bewußt sind. Zum Beispiel höre ich heute den ganzen Tag, wer ist der Mörder, warum wurde Nicholas Benson hinterrücks erstochen, über welche Erkenntnisse verfügte er, die Edna Dore womöglich auch besaß, und wenn er über solche Erkenntnisse verfügte, warum mußte er dann unbedingt hier einbrechen?«

»Um einem anderem zu helfen«, meinte Noël. »Was unsere Liste der Verdächtigen eingrenzt, nicht wahr?«

Trixie hielt den Atem an. Angie wandte kein Auge von Noël. Abel wandte kein Auge von Trixie. Er überlegte, ob sie wohl zu haben war. Singer sagte zu Trixie und Angie: »Ihr beiden geht jetzt nach Hause und ruht euch aus.«

Trixie wurde wütend. »Ausruhen? Sind Sie verrückt? Nach allem, was wir heute nacht durchgemacht haben, brauch ich ein heißes Bad und ein kühles Bier. Komm, Angie, wir holen uns ein paar Sandwiches, ich sterbe vor Hunger.«

Nachdem sie gegangen waren, sagte Singer zu Noël: »Ohne Beweise ist der schönste Verdacht nichts wert.«

»Das ist mir bewußt. Und unserem Killer auch. Eine klassische Pattsituation, bis man den schuldigen Teil mit List und Tücke dazu bringt, ein Geständnis abzulegen oder eben den falschen Schritt zu tun, ohne den sich der Fall nicht lösen läßt.«

»In unserem Fall wird ein Geständnis wohl nicht leicht zu erlangen sein. Und der falsche Schritt wurde heute nacht getan. Nicholas hätte nie ermordet werden dürfen. Kommen Sie, wir gehen aufs Revier zurück. Sie sollen sich dieses Gruppenbild mal genau ansehen. Und ich kann nur hoffen, daß Ihre halsbrecherische Theorie stimmt.«

»Jacob«, sagte Noël, indem er Zigarettenrauch ausblies. »Sie bedienen sich zuweilen fürwahr einer anschaulichen Ausdrucksweise. Finden Sie nicht auch, Abel?«

»Noël«, sagte Abel, »Sie wissen ja nicht, wie recht Sie haben.«

SECHZEHN

Vor dem Haus lauerte die Presse auf Trixie und Angie. Sie posierten für die Photographen, wozu sie sich mit Vergnügen auf die Treppenstufen setzten, die Beine übereinanderschlugen, den Rock bis über die Knie hinaufzogen und so ihren Platz im Lichte einer Öffentlichkeit genossen, die ihnen sonst nicht oft zuteil wurde. Eine Rührstorytante fragte mit vom Gin gezeichneter Stimme: »Was macht ihr Mädels denn hier am Tatort?«

Trixie sagte: »Wir haben Inventur gemacht.« Sie beugte sich zu einem Photographen hinunter, der mehr Dekolleté sehen wollte.

»Wir haben die Leiche entdeckt«, sagte Angie. »Sie kam aus der Küche.«

»Mach kein' Quatsch! Was soll'n das heißen, sie kam aus der Küche, zum Kuckuck nochmal«, wollte der *Daily Mirror* wissen, der im Dienste von Randolph Hearst stand und demzufolge nicht gerade eine Intelligenzbestie war.

»Genau das, was ich gesagt habe«, beharrte Angie. »Da war sie noch am Leben.« Die Rührstorytante stieß einen entsetzten Schrei aus. »Wirklich wahr, ich sag's doch. Sie hat die Hand nach uns ausgestreckt.«

»Dann hat er gegurgelt und ist mitten aufs Gesicht gefallen«, bemerkte Trixie nüchtern; was Mordopfer anging, war sie inzwischen eine Autorität.

»Gegurgelt?« fragte das *Evening Journal*. »Sie meinen sein Todesröcheln?«

»Woher soll ich das wissen.« Jetzt hatte Trixie es eilig, von diesen Leuten fortzukommen, die sie in Verlegenheit brachten. »Er hat halt so ein furchtbares Geräusch gemacht und ist mitten aufs Gesicht gefallen. Da haben wir dann gesehen, daß er ein Messer im Rücken stecken hatte.«

»Was für ein Messer?« rief der *Brooklyn Eagle* aus dem Hintergrund.

»Ein Tranchiermesser.« Sie ballte die Faust, hob die Hand und ließ sie auf einen imaginären Körper niedersausen. »Ganz bis zum Heft.«

»Viel Blut?« fragte die Rührstorytante.

»Überhaupt nicht.« Trixie stand auf und strich sich den Rock glatt.

»Gar nichts im Vergleich zu dem, was man da sieht, wenn Electra Howard in unserer Show einem Huhn den Kopf abhackt«, sagte Angie genüßlich. Die Sache machte ihr einen Riesenspaß.

Nun kam Jacob Singer aus dem Haus, gefolgt von Abel, Wang und Jeffrey. Das Schlußlicht bildete Noël mit einer frisch angesteckten Zigarette in der Zigarettenspitze und der linken Hand in der Jackentasche, hoch erhobenen Hauptes und zum Kampfe bereit. Er genoß das überraschte Gemurmel ob seines unerwarteten Auftretens, und überall flammten Blitzlichter auf, als er höchst effektvoll die Pose wechselte.

»Hey, Mr. Coward«, rief die *Associated Press* und versuchte, sich mühsam nach vorn durchzuschlagen, »was haben Sie denn mit dem Fall zu tun?«

Noël schritt weiter, der Inbegriff eines Stars, der sein Publikum – wenn auch auf äußerst dezente Art – spüren ließ, daß es sich durch seine Gegenwart geehrt fühlen sollte. »Ich verdanke es meinem lieben, lieben Freund Detective Jacob Singer, daß ich die Ermittlungsarbeit der Polizei verfolgen darf. Wie Sie bereits wissen, wurde heute eines unserer Revuemädchen ermordet, und gerade ist in ihrer Wohnung«, er deutete vage in die Gegend über seinem Kopf, »ein zweiter Mord verübt worden.« Dann fragte er Singer: »Dürfen wir es wagen, den Namen des Ermordeten preiszugeben, oder wartet man damit, bis die Angehörigen benachrichtigt werden konnten?«

»Die Bande weiß bestimmt schon, daß es sich um Nicholas Benson handelt«, sagte Singer, der sich da auskannte.

»Mr. Singers Überzeugung nach sind Sie bereits im Bilde, daß es sich bei dem Ermordeten um Nicholas Benson handelt, einen freischaffenden Journalisten, der sich auf wahre Verbrechen spezialisiert hat.«

»Hey, Jake!« brüllte die *United Press.* »Habt ihr schon einen Verdacht?«

»Du weißt doch, daß du mich das nicht fragen darfst«, gab Singer zurück.

»Nein, weiß ich nicht. Es reicht mir noch nicht für drei Spalten.«

»Dann strengen Sie mal Ihre Phantasie an«, schlug Noël vor, der sich jetzt, da die Photographen keine Bilder mehr von ihm machten, entsetzlich langweilte.

»Wer ist denn der Chinese da?« fragte die *Morning Tribune.*

Da trat Singer vor, die Arme in die Hüften gestemmt, nunmehr eine bedrohliche Erscheinung. Er verabscheute die Presseleute. Ihre ungehobelten Manieren, ihre Dreistigkeit, ihren Hang zum Verdrehen von Informationen, bis Wahrheiten zu Halbwahrheiten und Unterstellungen wurden. Oft genug hatte er unter ihrer öffentlich verbreiteten Häme zu leiden gehabt und wußte, sie würden auch in Zukunft bei jeder sich bietenden Gelegenheit auf ihm herumhacken.

»Der Herr hier zu meiner Linken ist Detective Abraham Wang von der Polizei in Shanghai. Er ist bei mir zu Besuch. Wir sind alte Freunde.«

Jetzt trat die *New York Times* vor. Der Mann war groß,

dünn, in Tweed gekleidet und bestrebt, zum Theaterkritiker seines Blattes aufzusteigen und mit seiner Schreibmaschine unumschränkte Macht auszuüben. Für das Theater hatte er überhaupt nichts übrig und wußte daher, daß er für die Nachfolge des amtierenden Kritikers Brooks Atkinson vollauf qualifiziert war. »Arbeitet Mr. Wang möglicherweise an der Aufklärung des Mordes an Maxine Howard mit, von dem ... ähäm ... die Boulevardpresse vor einigen Wochen berichtet hat? Sie war doch die Schwester von Electra Howard, die mit Mr. Coward in The Cascades auftritt.«

»Ja, allerdings«, gab Wang höchstpersönlich zur Antwort.

Die *Times* war noch nicht recht zufrieden. »Besteht da eventuell Konnexität?«

Wang war perplex. »Wie bitte?«

Die *Times* blickte überheblich drein, was die Gefühle des Mannes exakt wiedergab. »Eine Verbindung, Sir. Gibt es einen Zusammenhang zwischen dem Tod von Maxine Howard und dem von Edna Dore und Nicholas Benson?«

Singer griff ein. »Wir wissen es nicht genau. Es besteht eine vage Möglichkeit.«

Noël sagte mit galantem Lachen: »Wir hoffen allerdings, daß die Möglichkeit nicht gar zu vage bleibt.« Singers rascher Seitenblick verriet ihm, daß es dem Detective lieber gewesen wäre, wenn er den Mund gehalten hätte. »Doch angesichts der vorgerückten Stunde, und da uns allen die Äuglein zufallen und die warme Heia ruft« – jetzt warf ihm Jeff einen mißbilligenden Blick zu –, »meine ich, wir sollten allesamt für heute Schluß machen. Jacob, ich nehme doch an, die Polizeiautos da stehen uns zur Verfügung?« Er schritt mit Nachdruck voran und teilte so die Meute der Reporter und Photographen wie weiland Moses das Rote Meer. Er bedachte jeden Pressevertreter mit einem stummen Gutenachtgruß und schritt an ihnen entlang wie der König von England bei der Musterung der Truppen.

Noël, Singer und Wang teilten sich einen Streifenwagen, während Jeff und Abel in dem zweiten Auto hinterdrein folgten. Als Noël zwischen Singer und Wang auf dem Rücksitz saß, sagte er: »Nun hören Sie auf zu schmollen, Jacob. Es tut mir leid, wenn ich Sie vor den Kopf gestoßen habe, aber ich habe gleich erkannt, daß Sie und die Presse sich nicht sonderlich mögen, und ich hatte Angst, daß die Sache aus dem Ruder läuft. Zu Hause habe ich mit den Gentlemen von der Presse das gleiche Problem, und ich gebrauche das Wort Gentlemen mit Bedacht. Was ich da gesagt habe, und ich kann mich kaum noch erinnern, was ich eigentlich gesagt habe, wird wohl keinen großen Schaden anrichten. Ich bin ein wahrer Meister in der Kunst des hohlen Geschwätzes. Fragen Sie nur einen meiner jüngst abgelegten Liebhaber. Nun aber zur Sache. Mein Adrenalinstoß dauert noch an, und das sollten wir ausnutzen. Ich möchte das Photo sehen, das Sie heute nachmittag aufnehmen ließen. Ich will mich vergewissern, daß mein Verdacht richtig ist. Wenn ja«, fügte er geheimnisvoll hinzu, »dann besteht wohl die reelle Chance, daß einige Todesfälle der Vergangenheit als Mord interpretiert werden können.« Er blies Rauch aus. Der Beamte am Steuer hustete. Noël gab ein munteres »'tschuldigung, alter Knabe« von sich, und den Rest der Fahrt legten sie schweigend zurück; die drei auf dem Rücksitz hingen ihren eigenen Gedanken nach.

Währenddessen half Hattie Beavers ihrer Grandma Sadie, einem Liter Jamaikarum den Garaus zu machen. Es war zwar schon fast ein Uhr morgens, doch die beiden übergewichtigen Damen waren so putzmunter und quicklebendig wie zwei Schulmädchen, die zum Tanz in den Mai ziehen. Grandma Sadie schaute in ihre Kristallkugel und gab dabei schauerliche Gluckser von sich.

»Siehst du was Schlimmes, Grandma?«

Grandma streckte die Hand nach ihrer Maiskolbenpfeife aus, die in einem Aschenbecher vor sich hin qualmte. Die führte sie nun an den Mund, nahm einen langen, verführerischen Zug und legte sie dann in den Aschenbecher zurück. Sie behielt den Rauch über dreißig Sekunden in der Lunge und blies ihn dann mit glückseliger Miene aus. Hattie brauchte nicht erst zu fragen, was da im Pfeifenkopf glomm. Sie erkannte den verlockenden Duft von Opium, Sadies Sucht seit alters her.

»Was siehst du da, Grandma?«

»Ich seh einen toten Mann. Er ist jung. Er hat ein Messer im Rücken.«

»Kenn ich ihn?«

»Ich glaub ja. Stell mal das Radio an. Such WINS. Da kommen jetzt Nachrichten.« Hattie drehte das Radio an und spielte mit dem Knopf, bis sie den Sender gefunden hatte. Zunächst mußten sie einige öde Meldungen über sich ergehen lassen – Eleanor Roosevelt rief das Land dazu auf, Pfadfindermädchen Kekse abzukaufen, der Bürgermeister von New York, Fiorello H. LaGuardia, hielt mit seiner notorischen Piepsstimme eine Rede vor den Absolventen der Polizeischule –, und dann gab der Ansager den mysteriösen Mord an Nicholas Benson bekannt.

»Der Herr sei uns gnädig!« Hattie bekreuzigte sich und stellte das Radio aus. »Mr. Nicholas ermordet. Ein Messer im Rücken. In der Wohnung von meiner Miss Edna.« Ihre Gesichtszüge verhärteten sich. »Ich weiß, was die beiden Flittchen da wollten. Sie wollten den Schmuck und die Pelze von Miss Edna klauen.«

»So ein Mist, Mädchen, ich hab dir doch gesagt, du sollst gleich hingehen, als Edna umgebracht war.«

»Ich bin kein Dieb, Grandma. Das weißt du doch.«

»Und ob ich das weiß. Du bist das weiße Schaf der Familie. Trotzdem, hör mir zu, Mädchen, und paß gut auf.« Sie deutete mit dem Zeigefinger auf Hattie, die instinktiv spürte, daß gleich etwas Schreckliches kam. »Du sitzt in der Patsche.«

Hattie holte tief Luft. Kam etwa ihr Mann, der sie vor zehn Jahren verlassen hatte, aus der Versenkung zurück? Wollte Electra Howard sie verhexen, weil sie meinte, sie, Hattie, habe ihren Schwindel durchschaut? »Was für eine Patsche, Grandma? Ist es schlimm?«

»Eine Patsche ist niemals gut, mein Schatz. Und es ist etwas in deiner Wohnung.«

Hattie riß die Augen auf. »Ein Wasserrohrbruch?« Ihre Wohnung lag in einem heruntergekommenen Mietshaus an der St. Nicholas Avenue in Harlem, ihre Großmutter wohnte im Haus gegenüber. Hattie war kinderlos. Von Gelegenheitsliebhabern abgesehen, lebte sie allein.

»Du hast da etwas, das gefährlich ist, Hattie.« Der Blick der Großmutter wanderte rasch von der Kristallkugel zu Hatties schweißglänzendem Gesicht. »Ich weiß, daß du nicht stiehlst, Hattie. Ich glaube dir, wenn du sagst, daß du nicht stiehlst, aber du besitzt etwas Wertvolles. Du hast etwas, das dir nicht gehört. Nun? Heraus mit der Sprache, Mädchen.«

»Ich hab etwas von Miss Edna, Grandma.«

»Und es ist wertvoll.«

»Es muß wohl wertvoll sein, schließlich hat sie es mir gegeben, damit ich es an einem sicheren Ort für sie aufbewahre. Letzte Woche hat sie es mir gegeben. Aber Grandma, es ist nur ein ganz gewöhnlicher Briefumschlag. Ich glaub, da ist nichts weiter drin als ein Blatt Papier.«

»Bist du sicher?«

»Ich bin ganz sicher. Ich hab ihn ans Licht gehalten.«

»Hattie. Bring ihn zur Polizei.«

»Ich mag die Polizei nicht. Ich trau denen nicht. Die mögen keine Schwarzen.« Sie dachte kurz nach. »Aber Abel Graham mag ich.«

»Wer ist das?« Grandma Sadie nahm wieder einen Zug aus der Opiumpfeife. Sie lehnte sich in ihrem Sessel zurück. Ein Teil von ihr war in eine andere Welt entschwunden, der Rest wartete darauf, daß ihre Enkelin ihr Abel Graham vorstellte.

»Das ist so ein Detektiv. Miss Edna war mal ein Weilchen in ihn verknallt, aber dann hat sie Angst gekriegt, daß Vivaldi dahinterkommt und ihr die Hölle heiß macht. Er ist ein guter Mensch. Sein Chef Jacob Singer auch.«

»Von dem hab ich schon gehört. Gibt ja viel Gerede um ihn. Der hat's mit den großen Namen. Rennt gern mit Berühmtheiten rum.«

»Das stimmt. Im Augenblick scharwenzelt er um unseren Mr. Coward rum.«

»Du treibst mir Abel Graham auf.«

»Jetzt gleich?«

»Natürlich jetzt gleich.«

»Aber so spät ist er sicher nicht da, Grandma.«

Grandma Sadie warf einen Blick in ihre Kristallkugel. »Der ist wohl da, mein Schatz. Er hat mit dem Mord an Benson zu tun. Da steht das Telephon, Mädchen, geh und ruf ihn an.«

Hattie kippte einen großen Schluck Rum hinunter und ging, so gestärkt, zum Telephon, um Abel Graham aufzustöbern.

Abel war gerade mit Jeff in Singers Büro eingetroffen, wo Singer bereits mit Wang und Noël beisammen saß, als Singer ihm mitteilte, daß die Telephonzentrale einen Anruf für ihn in der Leitung hatte. Abel staunte. Wer könnte ihn zu dieser Zeit auf dem Revier anrufen?

»Hattie?« Alle Augen waren auf ihn gerichtet. »Was liegt denn an, mein Schatz?« Er lauschte. Er notierte etwas auf einen Zettel. »Bin schon unterwegs. Wir treffen uns vor dem Haus. In spätestens einer halben Stunde bin ich da.« Er legte auf.

»Was ist?« fragte Singer. Abel erklärte ihnen, daß Hattie einen Umschlag besaß, den Edna ihr gegeben hatte, damit sie ihn versteckte.

»Dann ist Hattie in Gefahr«, sagte Noël. »Wenn der Mörder etwas von der Existenz dieses Umschlags ahnt, und meiner Meinung nach tut er das, da er ihn nicht in Ednas Wohnung gefunden hat, dann ist es nur logisch, daß Edna ihn Hattie anvertraut hat.«

Wang fragte: »Warum nicht Trixie oder Angie?«

Noël erklärte: »Weil ich glaube, daß der Umschlag den Namen der Person enthält, die mit den drei Kompagnons unter einer Decke steckt, der vierten Partei in der unheiligen Allianz. Edna hat Hattie vertraut.«

Singer meinte: »Aber nicht genug, um ihr einen Wohnungsschlüssel zu geben.«

Noël sagte: »Jacob, ich kann mir logisch zusammenreimen, daß sie Hattie den Schlüssel nicht geben wollte, weil dieser Umschlag noch in ihrer Wohnung war und Hattie da nicht allein hingehen sollte, falls der Mörder kommt und den Umschlag sucht. Jacob« – er sprach jetzt mit feierlichem Ernst –, »ich glaube, Nicholas ist mit dem Mörder in Ednas Wohnung gegangen, weil er den Inhalt des Umschlags zur Bestätigung seines Verdachts brauchte. Genau wie wir.«

Singer fragte: »Sind Sie sicher, daß das in dem Umschlag ist?«

»Ganz sicher.« Er war sich ganz und gar nicht sicher, und Jeff, der eine Grimasse zog, wußte das auch.

»Warum hat Edna dann Abel diesen Namen nicht gesteckt?«

»Möglicherweise hatte sie eine Erpressung im Sinn, aber ich will lieber annehmen, daß es aus Treue zu Big Ike Vivaldi geschah. Ich mochte Edna mit ihrem tiefempfundenen Bildungsdrang ganz gern. Darum nehme ich lieber an, daß sie bis zu ihrem tragischen Ende ehrlich war. Also, meine Herren, wir lassen Hattie warten und uns selbst im ungewissen. Machen wir uns auf den Weg nach Harlem?«

Vor dem Aufbruch ermahnte Jacob Singer die Fahrer beider Streifenwagen, ja nicht die Sirene einzusetzen. »In Harlem«, ließ er Noël wissen, »gilt eine Polizeisirene als Kriegserklärung.« Wieder fand Noël seinen Platz zwischen Wang und Singer und saß dort wie eine Erstausgabe zwischen Buchstützen geborgen.

»Ülkiger und ülkiger«, sinnierte er.

»Wie meinen Sie?« fragte Singer.

»Der Lösung so nah und doch so fern.«

Wang sagte: »Wenn wir erst den Umschlag in der Hand halten . . .«

»Hoffentlich ist es so einfach.« Zum ersten Mal, seit Noël ihn kannte, hörte Singer sich müde an, als sei er alles leid. »Dir muß ich das ja nicht sagen, Abe, unerwartete Komplikationen kann es immer geben.«

An der Ecke Central Park South und Seventh Avenue fuhren sie in den Central Park. Mehrere Kutschen kamen vorüber, und Noël fragte sich, was junge Liebespärchen wohl so Romantisches an diesem Gefährt fanden. Ihn hatte noch nie ein Fahrzeug auf Rädern zu Höhepunkten der Leidenschaft beflügelt. Ozeandampfer ja, außer bei Sturm. Rechts von ihnen ragte düster und unheildrohend das Metropolitan Museum auf. Auf der Fifth Avenue herrschte nur wenig und, von den knirschenden Bremsen der Doppeldeckerbusse abgesehen, beinahe lautloser

Verkehr. Noël sehnte sich nach einem eiskalten trockenen Martini und überlegte, ob Hattie wohl gastfreundlich aufgelegt wäre.

Das war sie nicht. Sie stand vor ihrem Mietshaus und versuchte einen unauffälligen Eindruck zu erwecken. Selbst zu dieser nächtlichen Stunde schlief Harlem keineswegs. Hier kamen fast die ganze Nacht lang Touristen an, um die Mysterien auszukosten, die in den besseren Etablissements wie dem Cotton Club und Small's Paradise bis in die frühen Morgenstunden geboten wurden. Es waren noch Straßenhändler unterwegs und wollten Hot dogs, große warme Brezeln, Limonade und Coca-Cola verkaufen. Während ihrer Wartezeit mußte Hattie sich mehrerer Betrunkener und eines glücklosen Schürzenjägers erwehren. Hier wußte man auch ohne heulende Sirenen und Blaulicht instinktiv, daß die Bullen da waren. Fenster flogen auf, und Köpfe wurden herausgesteckt, um zu gucken, was da los war. Da war nichts los außer Hattie Beavers, und Hattie und ihre Grandma Sadie kannte jeder. Hattie war eine gottesfürchtige Frau, die jeden Sonntagmorgen in der Kirche saß und Kerzen anzündete und regelmäßig zur Beichte ging, weil sie liebend gern log. Grandma Sadie war wieder ein anderer Fall, doch ihre unheimliche Begabung als Wahrsagerin trug ihr weit und breit Achtung und Respekt ein. Was hatte Hattie dann mit der Polizei zu tun? Und noch dazu gleich zwei Streifenwagen; das stand nur ganz hohen Tieren zu, oder es war eine Razzia in einem Spielsalon oder Puff angesagt. In Hatties Mietshaus gab es keins von beidem.

»Ich bin völlig mit den Nerven runter von der Warterei auf euch!« rief Hattie aus, als die fünf Männer aus den Polizeiwagen stiegen. »Ach, was für eine schöne Überraschung, daß Sie auch hier sind, Mr. Coward. Sollten Sie nicht daheim sein und sich um Ihren Schönheitsschlaf kümmern?«

»Ich kenne gar keine Schönheiten, gutes Mädchen.« Noël schnippte Asche von seiner Zigarette, während Hattie sie ins Haus führte.

»Ich wohn da hinten, immer geradeaus. Es ist ganz ruhig.«

»Es ist ganz dunkel«, sagte Noël.

»Der Hauswirt hält nicht viel vom Fortschritt«, erläuterte Hattie. »Wir haben nur eine Vierzig-Watt-Birne auf jedem Stock. Ach, Jesus Christus erbarme dich, meine Tür steht sperrangelweit offen! Da war jemand drin!« Singer und Abel zogen ihre Dienstwaffe.

»Geh zur Seite, Hattie«, befahl Singer. »Wo ist der Lichtschalter?«

»An der linken Wand, gleich bei der Tür«, flüsterte sie.

Singer fand den Schalter. Das Licht erhellte ein kleines, spärlich möbliertes Wohnzimmer. Noël war überzeugt, daß Hattie normalerweise sehr auf Ordnung hielt, doch jetzt lag wie bei Edna Dore alles drunter und drüber, und Noël stellte sich vor, wie hier jemand rasend vor Enttäuschung gewütet hatte.

»Ach, Herr Jesus! Ach, du grundgütiger Jesus Christus!« Noël fragte sich, ob Hattie vielleicht ein Photo mit Autogramm von Seiner Heiligkeit besaß. »Wenn ich hier gewesen wäre, würdet ihr mich jetzt tot da liegen sehen!« Im stillen gab Singer ihr recht. »Mein Strickzeug und meine Handarbeit! Schaut euch diese Schweinerei an!« Sie stieß einen Entsetzensschrei aus. »Und da, der Teppich!« Er war zurückgeschlagen, so daß man einen abgetretenen Holzfußboden sah. »Ach, Mr. Singer«, jammerte Hattie mit Trauermiene. »Er ist weg! Der Umschlag ist weg! Ich hatte ihn unter dem Teppich versteckt!«

Noël erkundigte sich höflich bei Hattie: »Darf ich hier rauchen?«

SIEBZEHN

»Wie zum Teufel hat der Mörder bloß herausgefunden, daß Hattie etwas für Edna in Verwahrung hatte?« Abel gab seiner Enttäuschung Ausdruck und fuhr sich mit der Hand durch die Haare.

»Ganz einfach, mein lieber Junge«, sagte Noël, »durch logische Deduktion. Wenn es nicht in Ednas Wohnung war, dann mußte es bei dem einzigen Menschen sein, der Edna so harmlos erschien, daß er nicht in dem Umschlag herumschnüffeln würde. Nämlich Miss Hattie Beavers.«

»Ich wär beinah umgebracht worden«, murmelte Hattie vor sich hin. »Ich wär beinah umgebracht worden.«

Wang fragte: »Woher wußte der Killer denn, wo Hattie wohnt?«

Noël erläuterte: »Man schaut entweder im Telephonbuch nach, oder man schreibt die Adresse von der Dispo ab.«

»Von der Dispo? Was ist eine Dispo?« Wang war verständlicherweise ratlos.

Noël klärte ihn auf. »Die Dispo ist ein Blatt Papier, das in der Pförtnerloge beim Bühneneingang hängt. Da sind die Mitwirkenden einer Inszenierung mit Adresse und Telephonnummer aufgeführt. Bei den Künstlern stehen auch die Agenten dabei und wo man sie erreichen kann. Unsere Dispo wurde sogar hektographiert und an die ganze Truppe verteilt. Wirklich praktisch, besonders für den Killer. Tja, Jacob, was nun?«

»Zurück aufs Revier und zu dem Gruppenphoto. Gehen wir.« Er war schon halb zur Tür hinaus.

Abels Stimme hielt ihn auf. »Wir können Hattie nicht einfach hier allein lassen.«

»Warum nicht?« wollte Singer wissen. »Hier droht weiter keine Gefahr. Jemand hat sich den Umschlag geholt und hat jetzt, was er oder sie wollte. Hattie ist nicht in Gefahr.«

»Hattie«, sagte Hattie, »geht trotzdem zu ihrer Grandma Sadie gegenüber und übernachtet dort. Ich muß früh raus und zur Probe. Und Sie auch, Mr. Coward«, schalt sie gutmütig.

»Ich schlafe mich ordentlich aus, das verspreche ich Ihnen«, sagte Noël herzlich, »wenn nicht heute nacht, dann morgen oder übermorgen ...« Seine rechte Hand beschrieb kleine Kreise, als er Singer nach draußen folgte.

Eine halbe Stunde später waren sie in Singers Büro. Das vergrößerte Gruppenbild lag vor ihnen auf dem Tisch. Noël saß auf Singers Stuhl und betrachtete es eingehend, während die anderen um ihn herumstanden und sich fragten, was Noël wohl an dem Photo auszusetzen fand. Noël absolvierte erst sein übliches Ritual – er bestückte die Zigarettenspitze, setzte das Feuerzeug an und nahm einen tiefen Zug –, ehe er sich seiner Aufgabe widmete. Singer war todmüde und trat von einem Fuß auf den anderen. Er fand sich auf dem Photo nicht gut getroffen und sagte das auch. Noël war voller Mitgefühl. »Nun ja, mein Lieber, das Licht ist recht nachlässig gesetzt, und ein Retuschepinsel ist auch nicht in Aktion getreten. Ich sehe aus wie ein Jagdhund, der von der Fährte abgekommen ist. Nicholas Benson ist wunderbar photogen. Ein Jammer, daß er das Bild nicht mehr zu sehen bekommt. Electra Howard sieht aus, als wolle sie gleich Feuer spukken, und ich bin überzeugt, wenn sie wollte, dann könnte sie es auch. Dan Parrish ist wirklich recht attraktiv. Und da ist Diana und schaut ziemlich gelangweilt drein. Ist es nicht seltsam, Jeff, daß sie ihrer Mutter so gar nicht ähnlich sieht.« Jeff gähnte und sehnte sich nach seinem gemütlichen Bett. »Chick Mason und sein Orchester. Sie wirken wie sechzehn Gauner, die überlegen, wen sie als nächstes übers Ohr hauen können. Sie sollten sich lieber um eine anständige Orchestrierung kümmern. Als unverdächtigste Person ist Nancy Adam gleichfalls sehr photogen.« Er starrte ein Weilchen ins Leere. »Ich weiß nicht, ich weiß nicht.«

»Was haben Sie denn?« fragte Singer.

»Ich weiß nicht, was ich *nicht* habe. Ich komme nicht darauf, Jacob. Mit diesem Bild stimmt eindeutig etwas nicht, aber ich komme nicht darauf, was es ist.«

»Sie sind übermüdet. Wir sind alle fix und fertig. Machen wir Feierabend.«

Noël gähnte und streckte sich. »Ich geb's auf. Ich brauche einen schönen eiskalten Martini, und dann ab in die Heia.« Er fragte Wang: »Sollen wir Sie mitnehmen, Abraham?«

»Nein danke. Von hier zum Hotel kann ich gut zu Fuß gehen.«

»Um diese Zeit allein zu Fuß durch die dunklen Straßen gehen? Sind Sie übergeschnappt, oder tun Sie bloß so?«

»Mir passiert schon nichts.«

Noël warf noch einen letzten Blick auf das Photo. Zu Jeff sagte er: »Ich möchte wetten, wenn Bea Lillie hier wäre, hätte sie mit dem ihr eigenen unheimlichen Instinkt sofort auf die Stelle gezeigt und gesagt ›Da liegt der Hase im Pfeffer, Herzchen‹.«

»Vielleicht sollten wir Miss Lillie kommen lassen«, regte Singer verschmitzt an.

»Sie werden sie bei der Premiere kennenlernen. Sie bringt noch jemanden von uns lichtscheuem Gesindel mit, die unverwüstliche Gertie Lawrence. Diese Eröffnung wird der Traum eines jeden Autogrammjägers.

Oder vielleicht auch der Albtraum. Komm, Jeffrey, wir suchen uns ein Taxi und treten den Heimweg an.« Man wünschte sich gegenseitig eine gute Nacht, und als Noël und Jeffrey gegangen waren, sagte Wang zu Singer: »Vielleicht hat Noël sich das alles nur eingebildet. Vielleicht ist mit dem Arrangement alles in bester Ordnung.«

Singer stemmte die Arme in die Hüften, fuhr sich mit der feuchten Zunge über die trockenen Lippen und sagte nur: »Vielleicht.«

Im Taxi wollte Jeff von Noël wissen: »Warum hast du es ihnen nicht verraten?«

»Was verraten?«

»Was du da auf dem Photo entdeckt hast.«

»Ich habe überhaupt nichts entdeckt und will jetzt auch nicht mehr auf Entdeckungsreise gehen.«

»Noël«, sagte Jeff in einem Ton, den Noël nur selten von ihm zu hören bekam, »du hast da drin eine Weile ins Leere gestarrt. Dieser abwesende Blick, den du an dir hast, wenn du einer Sache auf der Spur bist, ist mir sehr wohl vertraut. Und ich glaube nicht, daß du Singer auch nur eine Sekunde lang etwas vormachen konntest.«

»Meinst du wirklich? Ich denke schon. Wir reden später darüber.« Mit einer Kopfbewegung zu dem Taxifahrer hin tat er kund, daß Schweigen angesagt war. Sie sprachen nicht mehr, bis sie die Achtundfünfzigste Straße West erreicht hatten.

In der Wohnung mixte Jeff jedem einen kalten Martini. »Es ist mir völlig egal, ob ich Jacob etwas vormachen konnte oder nicht«, sagte Noël, während er sich seine – wie Jeff hoffte – letzte Zigarette für diese Nacht anzündete. »Wenn ich Jacob erzählt hätte, was ich weiß, wäre es vielleicht zu einer übereilten Festnahme gekommen. Die betreffende Person wäre aber umgehend wieder auf Kaution freigekommen. Jacob hat keinerlei Beweise, keine hieb- und stichfeste Begründung für seine Überzeugung.

Ich sehe den Killer direkt vor mir, mit dem Umschlag in der Hand.«

»Der ist wahrscheinlich längst verbrannt oder in kleinen Fetzen aus dem Rückfenster eines Taxis in die Lüfte geflattert.« Jeff rührte die Martinis um.

»Tu dem Gin nicht weh«, mahnte Noël. Er ließ sich auf das Sofa sinken, während Jeff die Drinks einschenkte und servierte. »Ich werde den Killer selbst stellen.«

»Noël!« rief Jeff erschrocken aus.

»Paß auf die verflixten Drinks auf, herrje, fast hättest du etwas verschüttet!« Er nahm ein Glas von Jeff, nippte daran, stieß einen kleinen Wonnejauchzer aus und lehnte sich dann zurück. »Es geht nicht anders. Unser Killer schwebt mittlerweile sicher auf einem rosa Wölkchen eitler Selbstgefälligkeit dahin. Gut so. Ich will zusehen, daß das bis zur Premiere möglichst so bleibt.« Er lachte. »Ich kann der Versuchung einfach nicht widerstehen. Die Vorstellung, bei einer Premiere einen Mörder zu entlarven, ist gar zu unwiderstehlich!«

»Noël, du redest daher wie ein Narr. Ich habe das während unserer jahrelangen Bekanntschaft nur selten gesagt, aber jetzt gehst du meiner Meinung nach zu weit.«

»Ogottogottogott.« Noël hob betont mühsam die linke Hand an die Schläfe, und seine Stimme klang gelangweilt und weltverdrossen. »Ich weiß noch gut, wie oft du meintest, ich sei nicht weit genug gegangen.«

»Wenn ich mich recht erinnere«, gab Jeff zurück, »kam das nur alle Jubeljahre einmal vor. Ich kann diesen Plan ganz und gar nicht gutheißen. Er ist tollkühn und riskant, und ist dir schon in den Sinn gekommen, daß deine eitle Selbstgefälligkeit dich womöglich noch umbringt?«

»Das darf ich auf keinen Fall zulassen. Ich fange in zwei Wochen mit Dreharbeiten an. Hast du übrigens das Drehbuch zu *Ein charmanter Schurke* gelesen? Entsetzlich zynisch und durchtrieben. Der Film bringt bestimmt keine roten Heller ein. Schenk mir noch einmal nach. Und Jeffrey, daß du mir nicht zu Jacob läufst und meinen Plan ausplauderst. Ich werde alles lautstark abstreiten, und du kommst in Acht und Bann.«

Von der Bar her sagte Jeff: »Mir wäre es lieber, du redest mein Leben lang kein Wort mehr mit mir, als daß du dich mutwillig in Gefahr begibst.«

»Jeff«, sagte Noël, während er zusah, wie sein Freund langsam die nächste Runde Martinis mixte, »ich bin aufrichtig gerührt. Ich wußte ja gar nicht, daß ich dir derart viel bedeute.«

»Wenn du jemals so lange den Mund halten würdest, daß du anderen zuhören kannst, dann wüßtest du es.«

Noël senkte den Blick. »Asche auf mein Haupt. Ich hatte keine Ahnung, daß du mich so egozentrisch findest. Ich werde alles daransetzen, mich in Zukunft zu bessern. Jeff?«

»Ja?«

»Hab Vertrauen zu mir. Ich weiß, daß ich das schaffen kann, was ich mir da vorgenommen habe. In Ordnung?«

»In Ordnung. Aber nur zähneknirschend.«

»Das lasse ich gelten. Nun beeil dich mit dem Martini. Ich trockne dieser Tage so leicht aus. Und ich bin kein bißchen müde. Probieren wir doch einmal das neue Buchstabenspiel aus, das ich neulich gekauft habe. In Rechtschreibung sind wir beide eine Niete, da können wir herrlich schummeln. Du findest den Kasten im Schlafzimmer auf dem Fensterbrett.«

Jeff füllte die Gläser nach und ging dann ins Schlafzimmer. Noël stellte, tief in Gedanken versunken, den Kartentisch auf. Mutwillig, mag sein. Unvorsichtig und tollkühn, mag sein. Aber es gibt keine andere Möglichkeit, dem schuldigen Teil etwas nachzuweisen, und ich zumindest werde den Moment der Entlarvung genießen.

Jacob Singer saß allein in seinem Büro, schlürfte lauwarmen Kaffee und betrachtete das Gruppenbild. Dann sagte er laut: »Okay, Mr. Coward, wenn Sie unbedingt die große Show abziehen wollen, dann lasse ich Sie gewähren. Ich mische mich da nicht ein. Wenn es klappt, hält Ihr Freund Alfred Lunt sicher eine eloquente Eloge bei Ihrer Beerdigung.« Er schlug mit der Faust auf das Photo. Idiot. Verdammter Idiot. Ach, zum Teufel damit.

Downtown in der Dime Savings Bank trafen am nächsten Morgen Clara Bizet und Big Ike Vivaldi im Tresorraum aufeinander. In ihrem Pelzmantel, der dringend in den Reißwolf gehörte, sah Clara aus wie ein zu groß geratener Biber auf der Suche nach einem anständigen Damm, in den er die Zähne schlagen kann. Big Ike war im Krankenhaus gewesen und hatte sich aufrichtig gefreut, als er erfuhr, daß Fat Harry wie auch das Wiesel auf dem Wege der Besserung waren und Fat Harry wahrscheinlich am nächsten Tag entlassen würde. Diese Nachricht teilte er Clara mit, die mit ausgestreckter Hand dastand. »Gib mir den Schlüssel, Ike. Ich mach die Kassette selber auf. Es geht dich überhaupt nichts an, was da außer den Tagebüchern noch drin ist.«

»Ich war schon ein paarmal mit Irving hier, Clara. Du brauchst dich gar nicht so anzustellen.«

»Und du brauchst nicht so neugierig zu sein.« Sie schnippte mit dem Finger. »Na los, na los, den Schlüssel.« Er gab ihr den Schlüssel und pfiff dabei durch die Zähne, wie er es stets zu tun pflegte, wenn er einen Kinnhaken in Erwägung zog. Und diese Frau hatte er einmal verführen wollen. Da war wohl der schwarz gebrannte Fusel schuld gewesen. Der richtete ja viel Schaden an im Gehirn. Als er im Besitz der Tagebücher war, steckte er sie in eine Aktentasche und ließ Clara mit einem knappen »Wiedersehn« allein die Lebensversicherungspolicen ihres Gatten studieren. Er erholt sich also wieder, dachte sie übellaunig. Na, sie würde ihn trotzdem überleben. Alle Frauen in ihrer Familie hatten ihre Männer überlebt, und sie war sich gewiß, daß sie da keine Ausnahme bilden würde. Gute Policen. Guter Irving. Er würde sie wohlversorgt zurücklassen. Hoffentlich ließ er sie bald zurück. Da war so ein Eiskrem-Vertreter, mit dem sie sich heimlich traf.

Noël saß in seiner Garderobe im Klub, telephonierte mit einem Anflug von Belustigung in der Stimme mit Jacob Singer und machte vorübergehenden Gedächtnisschwund geltend. »Es ist wirklich äußerst deprimierend, Jacob. Als ob man eine Rolle schon wochenlang spielt und aus dem Effeff beherrscht, dann kommt man auf die Bühne, und ohne jeden Grund ist plötzlich alles weg. Allein schon der Gedanke, ich könnte meine eigenen unsterblichen Reden vergessen! Absolut unverzeihlich.«

Jacob konnte bei diesem Spielchen durchaus mithalten. »Sie dürfen es nicht erzwingen, Noël. Es kommt schon wieder. Da bin ich mir ganz sicher.«

»Sie sind ein Schatz, Jacob. Danke für Ihre trostreichen Worte.« Er hatte Electra Howard nicht hereinkommen hören. Auf einmal sah er sie in dem Spiegel auf seinem Frisiertisch. »Mein liebes Mädchen, Sie haben mir ja einen schönen Schrecken eingejagt! Ich habe Sie gar nicht hereinkommen hören.«

»Es heißt, Sie waren letzte Nacht in Harlem. Einer meiner Tänzer hat Sie und Ihre Freunde mit Hattie auf der Straße gesehen.«

»Ganz recht. Dem Mörder auf der Spur.«

»Sie haben erwartet, den Mörder in meiner Nachbarschaft zu finden?«

»Wenn Sie es unbedingt wissen wollen, eigentlich waren wir hinter einem Beweisstück her, von dem wir hofften, es würde uns verraten, wer der Killer ist.«

»Und haben Sie Ihren Beweis gefunden?«

»Nein, Pech auf der ganzen Linie, er war schon vor unserem Eintreffen fortgeschafft worden.« Er rieb sich die Finger mit Handcreme ein. »Im Grunde ist das nicht weiter schlimm. Ich bin mir ziemlich sicher, daß ich auch so weiß, wer der Killer ist.«

»Na los, reden Sie, reden Sie.«

»Wozu? Wir haben keine Beweise. Meine Theorie ist, wie Sie sich denken können, reine Vermutung. Schließlich habe ich noch nie als Detektiv gearbeitet.« Er wischte sich die Hände an einem Handtuch ab. »Es ist ungeheuer anstrengend, haben Sie es einmal versucht?«

»Nein, aber ich habe ein paar Theorien, wer meine Schwester umbringen ließ. Ich habe sogar vier verschiedene Theorien – die drei Schweinehunde, die hier das Sagen haben, und dann noch den stillen Partner. Die allgegenwärtige geheimnisvolle Person X. Samstag nachmittag ist die Beerdigung meiner Schwester.«

»Aber meine gute Electra, das ist der Tag nach der Eröffnungsvorstellung.«

»Na und? Die Show muß weitergehen.«

»Unsere oder die Ihrer Schwester?«

Angie Bates und Trixie Murray lauschten hingerissen, denn Hattie Beavers hatte sie mit ihrer Erzählung von dem nächtlichen Abenteuer in ihrer Wohnung ganz in ihren Bann geschlagen. »Und meine Grandma Sadie hat alles in ihrer Kristallkugel gesehn. Mr. Benson und das Messer im Rücken und alles. So, und was ist mit den Bildern von euch beiden in den Zeitungen?« Sie zierten die Titelseite sämtlicher Blätter mit Ausnahme der *New York Times*, die sie offenbar nicht für druckreif hielt. Den Mädchen war das herzlich egal. Ihre Freunde und Angehörigen lasen die Boulevardpresse, und dort lag der Ruhm, der für sie zählte.

Die Mädchen wußten bereits, daß sich ihre Wohltäter auf dem Weg der Besserung befanden, doch Angie war trotzdem besorgt. »Sag mal, Hattie, macht dir das gar keine Angst, daß der Mörder wirklich und wahrhaftig in deiner Wohnung war?«

»Der Mistkerl hat jedenfalls eine ordentliche Schweinerei angerichtet.«

Trixie rieb sich das Gesicht mit Cold Cream ein. »Ich wette, es sah genauso aus wie bei Edna.«

Plötzlich fragte Hattie: »Was ist aus ihren ganzen schönen Sachen geworden?«

»Konfisziert. Wahrscheinlich erhebt die Familie Anspruch darauf.«

»Ich hab ihren Schminktisch ausgeräumt. Für das neue Mädchen.«

»Die kommt nicht zu uns«, sagt Angie. »Die kommt zu den anderen. Der Schminktisch ist für die neue Flamme von Big Ike reserviert.«

»Wer ist das?« fragte Hattie.

Da sagte Angie: »Das weiß wohl nicht mal Big Ike.«

Jeff Amherst hatte sich in Noëls Auftrag bei Millicent Headman zum Kaffee eingeladen. Mit seinen vier Stunden Schlaf würde er den Tag nicht überstehen, das war ihm klar. Aber sie hatten sich so in ihr Spiel vertieft, bei dem man ähnlich wie beim Kreuzworträtsel Wörter bilden und miteinander verbinden mußte, daß sie sich nur mit Mühe davon losreißen konnten, selbst als Jeff steif und fest behauptete, das Wort »Sperenzien« gebe es gar nicht. Millicent hörte sich Jeffs Bericht von den Abenteuern des Vortages und der vergangenen Nacht gespannt an und rief schließlich verzweifelt aus: »Ach, wann wird dieser Mörder endlich gefaßt? Ich habe solche Angst um Diana.«

»Warum sollte Diana denn gefährdet sein?« fragte Jeff und biß in eine Blätterteigtasche.

»Ich kann mir denken, daß sie schon allein dadurch in Gefahr ist, weil sie dazugehört! Dieser Mörder kommt mir regelrecht geisteskrank vor. So einem Mensch ist es durchaus zuzutrauen, daß er wahllos und nur zum Spaß tötet!«

»Da ist Noël zum Glück ganz anderer Meinung. Er hält den Mörder für ausgesprochen intelligent.«

»Wirklich!« Allein schon die Vorstellung, daß Noël Coward einem Killer ein Kompliment machte.

»Ganz im Vertrauen, Millicent.« Er beugte sich vor. »Meiner Meinung nach hat Noël schon einen Verdacht, wer der Killer sein könnte.«

Millicents Lippen formten ein O. »Noël ist doch zu gescheit. Hat er die Polizei schon informiert?«

»Noch nicht.« Er trank einen Schluck Kaffee. Der Kaffee war dünn. Man hätte ihn mit Zichorie versetzen sollen, wie man das in England machte. »Er hat einen Verdacht, kann ihn aber nicht beweisen.«

Millicent stellte Tasse und Untertasse auf dem Tischchen ab. »Sie meinen, eine Anschuldigung, die sich allein auf logische Schlußfolgerungen stützt, würde zu nichts führen?«

»Nun, ich will es einmal so ausdrücken. Wie ich Noël und sein hervorragendes Talent zu dreisten Manövern kenne, brächte er es sicher fertig, den Mörder bloßzustellen in der Hoffnung, daß der die Nerven verliert, einen Schnitzer macht und sich damit verrät. Doch Noël hat auch eine andere Seite, er neigt zu Übertreibungen, das könnte den Effekt verwässern und all seine Mühe zunichte machen, und am Ende hat er womöglich noch eine Verleumdungsklage am Hals.« Er fiel mit Vehemenz über das Gebäckteilchen her. Während Jeff kaute, starrte Millicent zum Fenster hinaus.

»Was für ein schöner Morgen«, sagte sie. »Viel zu schön, um über Mord zu reden.« Ihre Augen waren feucht geworden.

»Millicent? Habe ich etwas Falsches gesagt?«

»Ach nein, nein. Es ist nur, daß Nicholas wie ein Sohn für mich war. Als Diana mir am Telephon erzählte, daß man ihm ein Messer in den Rücken gestoßen hat, da war mir, als hätte der Angriff auch mir gegolten. Nicholas wollte so gerne noch leben.« Sie betupfte sich die Augen, putzte sich die Nase und trank einen Schluck Kaffee. »Er hätte eine kleines Vermögen geerbt, wenn der Börsenkrach seinen Vater nicht ruiniert hätte. Der Selbstmord seines Vaters war ein furchtbarer Schlag für ihn, ich fürchtete sogar um seinen Verstand. Er war ein netter Kerl. Ich hatte immer gehofft, daß er und Diana einmal heiraten würden. Ich glaube, er hätte ihr inneren Halt gegeben.«

»Hätte sie denn einen Halt gebraucht?«

»Diana hat, wie man so schön sagt, ihren eigenen Kopf. Sie läßt sich keine Vorschriften machen. Das war schon immer so. Als Kind hatte ich meine liebe Not mit ihr. Ein kleiner Teufel und dabei blitzgescheit. Mehr als ein Dutzend Kindermädchen hat sie an den Rand der Verzweiflung getrieben. In der Schule hat sie sich unmöglich aufgeführt. Ich mache keinen Hehl daraus, bei ihrer Hochzeit haben ihr Vater und ich einen Seufzer der Erleichterung ausgestoßen. Sie war erst sechzehn und viel zu jung, aber wir dachten, jetzt kommt sie zur Ruhe. Aber es war hoffnungslos. Ich weiß nicht, was sie sich von der Ehe versprochen hat. Und er hat Selbstmord begangen. Der nächste auch. Und dann mein Mann.« Sie schenkte sich selbst Kaffee nach, nachdem Jeff dankend abgelehnt hatte.

Jeff sagte: »Ich dachte, er ist an einem Herzanfall gestorben.«

»Es war Selbstmord. Er hat Kaliumchlorid getrunken, den Extrakt eines giftigen Nachtschattengewächses. Es läßt sich nur schwer nachweisen. Wenn ein Arzt nicht weiß, wonach er suchen muß, kommt er sehr leicht zu der falschen Diagnose eines Herzanfalls. So war es auch bei Linus. Das Nachtschattengewächs kommt nur in Afrika vor. Wahrscheinlich hat er es sich verschafft, als wir bei Diana zu Besuch waren, um ihr bei dem Martyrium mit der Krankheit ihres Mannes beizustehen. Es war eine furchtbare Zeit.«

»Wie verkraftet Diana denn den Mord an Nick?«

»Sie ist völlig aufgelöst. Ich habe sie angefleht, heute nicht zur Probe zu gehen. Hoffentlich ist sie wirklich zu Hause geblieben. Ich wünschte, sie würde sich diesen Unsinn aus dem Kopf schlagen, daß sie unbedingt eine High-Society-Sängerin sein will. Sie hat so wenig Talent. Aber so ist meine Tochter nun mal. Eigensinnig, halsstarrig und – ach, was soll's!« Sie schlug mit der Hand auf den Tisch. »Ein richtiges Miststück ist sie. Weiß der Himmel, warum wir ausgerechnet *sie* adoptieren mußten ...« Sie stieß einen kleinen Schrei aus und sank dann in ihren Sessel zurück. »Das hätte ich Ihnen nicht verraten sollen. Ich ... ach, egal.« Sie knüllte ihr Taschentuch zu einer festen kleinen Kugel zusammen und ließ die Hand in den Schoß sinken. »Ich wurde einfach nicht schwanger. Linus hat so sehnsüchtig darauf gewartet, Vater zu sein. Daher beschlossen wir, ein Kind zu adoptieren. Was für ein Spiel wir gespielt haben!« Sie warf die Hände in die Luft, und das zusammengeknüllte Taschentuch flog durch das Zimmer. »Wir wollten es geheimhalten, es sollte so aussehen, als sei ich für die entsprechenden Monate auf Anweisung des Arztes zu meiner Tante in Palm Beach gefahren, um mit Bettruhe und guter Pflege für eine reibungslose Entbindung vorzusorgen. Also ging ich für rund sechs Monate ins Exil, als die Vermittlungsagentur in Chicago, die die Adoption in die Wege leitete, uns mitteilte, daß sie ein Baby für uns gefunden hätte. Sie war vier Wochen alt, als sie zu uns kam und wir sie nach New

York brachten. Ich hätte es gleich wissen sollen, daß nichts Gutes dabei herauskommen würde. Sie hatte ständig Koliken. Sie hat immerzu geschrien, und der arme Linus ist in einen anderen Wohnungsflügel gezogen. In Wahrheit hat er sie nie recht gemocht. Es war ja nicht sein eigen Fleisch und Blut. Er wollte ein richtiges eigenes Kind haben. Und ich wohl auch, wenn ich mir selbst gegenüber ehrlich bin. Ich habe mir jede Mühe gegeben, eine gute Mutter zu sein, was immer man darunter verstehen mag. Und ich habe alles darangesetzt, Linus nicht zu verlieren.« Jeff war ein wunderbarer Zuhörer, eine schöne Kunst, die nur wenige beherrschen. Er wußte, daß Noël beifällige Worte finden würde, wenn er ihm das alles wiedergab.

Millicent zündete sich eine Zigarette an. »Ich habe Linus damals sehr geliebt. Aber es war nicht einfach, diese Liebe am Leben zu halten. Es gab erbitterten Streit um Diana, sie war ein Teufelsbraten, völlig außer Rand und Band. Ich wünschte, ich hätte ihre wahren Eltern ausfindig machen können, um zu sehen, ob es da etwas Erbliches gab, das uns einen Anhaltspunkt geben würde, wie wir mit ihr fertig werden könnten. Mit ihren Tobsuchtsanfällen, ihren jähen Vorlieben und Abneigungen.«

»Jetzt kommen Sie doch anscheinend recht gut miteinander aus.«

»Wenn man eine Beziehung per Telephon pflegt, ist das nicht schwer. Wir sehen uns kaum.«

»Ich dachte, Sie wären erst kürzlich zusammen essen gegangen.«

»Was? Ach ja. Das stimmt.« Sie wechselte rasch das Thema. »Meinen Sie, daß der Klub einschlägt?«

»Noël sagt, die Eröffnungsvorstellung ist schon ausverkauft. Was danach passiert, steht in den Sternen. Sie haben einen erstklassigen Koch, das ist schon mal ein großes Plus. Die Preise sind nicht zu hoch; man weiß ja, wie es um den Geldbeutel der Nation bestellt ist. Mit Noël haben sie einen Unterhaltungskünstler der Spitzenklasse, und ich glaube, Electra Howard und Dan Parrish werden ein Riesenerfolg. Im Moment haben sie durch die Morde natürlich ein makabre Berühmtheit erlangt, und ich habe gehört, die New Yorker seien ein blutrünstiges Volk. Haben Sie schon einen Begleiter für die Premiere? Wenn nicht, darf ich mich anbieten?«

»Ach, Jeffrey! Sie sind so nett. Sie und Noël sind beide so nett, ich kann mich wahrhaftig glücklich schätzen, Sie beide zu kennen, so wahr ich hier sitze.«

ACHTZEHN

Noël war äußerst befremdet, als Jacob Singer ihn am Nachmittag vor der Eröffnung bat, zu ihm aufs Revier zu kommen. »Das schickt sich ganz und gar nicht, Jacob«, rügte er. »Am Tag der Premiere darf man einen Künstler nie behelligen.« Er sah das Gruppenphoto auf dem Schreibtisch liegen. Inzwischen waren zahlreiche Anmerkungen in verschiedenfarbiger Tinte darauf. Jacob hatte hart gearbeitet – und Abels und Wangs Dienste dabei zweifellos weit über ihre Pflichten hinaus in Anspruch genommen.

»Setzen Sie sich, Noël.« Er deutete auf einen Stuhl neben ihm. »Sie sollen nicht meinen, Sie hätten mich irgendwie an der Nase herumgeführt.«

»Das lag mir fern. Ich achte und bewundere Sie, und ich bin sicher, Sie wissen genausogut wie ich, wer für diese Morde verantwortlich ist, aber ich wette meinen letzten Penny, daß Sie nicht wissen, warum. Nun, ich will Ihnen etwas Interessantes erzählen.« Er berichtete ihm, was Jeff ein paar Tage zuvor beim Frühstück von Millicent in Erfahrung gebracht hatte. Abschließend meinte er: »Wenn ich Sigmund Freud wäre, könnte ich aus einem Schwächling als Vater, einem Waschlappen als Mutter und einer wilden Range von Adoptivtochter wohl ein paar interessante psychologische Schlüsse ziehen. Nun bin ich aber nicht jener brillante Doktor, sondern ein schlichter Arbeiter in den Weinbergen des Theaters, der durch Zufall in einen ausgesprochen widerwärtigen Mordfall geraten ist. Und er ist in der Tat ausgesprochen widerwärtig. Wir beide kennen die Mörderin, und Sie wissen ebensogut wie ich, daß wir ihr nicht das Geringste nachweisen können. Diana Headman ist ein äußerst gerissenes Geschöpf, hoffentlich hat sie ihr Hirn dem Smithsonian Institute vermacht. Wie ich sehe, haben Sie auf dem Photo mit Tinte einen großen rosa Stern über ihr Konterfei gesetzt. Ich dachte mir schon, daß Sie bald darauf kommen, daß da der Hase im Pfeffer liegt.«

Singer schmunzelte in sich hinein. »Als Pokerspieler wären Sie eine absolute Null, Noël. Als Sie sich das Bild angeschaut haben, hat Ihr Gesicht Sie sofort verraten. Ich wußte gleich, daß Sie da jemanden entdeckt haben, der sich in das Bild eingeschlichen hatte, obwohl er überhaupt nicht auf der Bühne war.«

»Genau. Und sie hat sich neben Nicholas gestellt, was sein Schicksal auf der Stelle besiegelte. Er wußte, daß sie nicht auf der Bühne gewesen war, ließ aber nichts verlauten, bis er mit ihr darüber reden konnte. Ich habe den starken Verdacht, daß sie versprochen hat, ihn endlich zu heiraten. Dann wäre er ihre Nummer vier geworden, und Millicents Wunsch wäre in Erfüllung gegangen. Und da Nicholas auch nur ein Mensch ist, gelüstete es ihn nach einem Anteil an Dianas Reichtum, zumal er womöglich ahnte, daß einiges davon einst seinem Vater gehört hatte.« Er hatte eine Zigarette in seine Zigarettenspitze gesteckt und zündete sie nun an. Singer wedelte in dem erfolglosen Bemühen zu verhindern, daß ihm die Rauchschwaden in die Augen bissen, mit der Hand herum. »Dabei stand Diana während der Probe in Wirklichkeit natürlich hinter den Kulissen und zielte mit dem Blasrohr, eine Kunst, die sie sich, wie wir sicher annehmen können, in Afrika angeeignet hat, während andere Ladies sich dem Golfspiel widmeten. Millicent hat Jeff zwar am Ende gestanden, daß ihr Gatte Selbstmord beging, doch ich halte es für sehr viel wahrscheinlicher, daß Diana ihm das Kaliumchlorid verabreicht hat. Mehr noch, ich bin überzeugt, daß Diana ihren Mann ermordet hat, ein Tod in kleinen Dosen. An Ihrer Stelle würde ich den zuständigen Stellen in Rhodesien empfehlen, Coleridges Leiche zu exhumieren und auf das Gift zu untersuchen.«

»Das habe ich bereits getan.« Singer hatte die Hände über dem Bauch gefaltet. »Ich hoffe, den Bericht noch rechtzeitig zur Eröffnung zu bekommen.«

Noël strahlte. »Eine Eins mit Sternchen, Jacob. Obwohl, eigentlich sind Sie ja der Detective und ich nur ein Stargast. Ich bin Ihnen ja so dankbar, Jacob. Es hat ungeheuer Spaß gemacht. Also, um von vorne anzufangen, Linus Headman steckte wohl schon lange in finanziellen Schwierigkeiten, als seine Pharma-Fabrik in die Pleite schlitterte. Schipperte? Nein, schlitterte ist richtig. Ich würde sagen, das war etwa zwei oder drei Jahre, bevor die Börse ins Trudeln geriet. Damals hat er meiner Meinung nach Vivaldi, Beethoven und Bizet kennengelernt und sich auf Geschäfte mit ihnen eingelassen. Ich kann mir denken, daß er ihnen die Anlagen gegen eine schöne, fette Gewinnbeteiligung zur Herstellung von Drogen überlassen hat. Klingt das einleuchtend?«

»Sehr sogar. Ich glaube, sie haben hohe Schulden bei ihm gemacht und ihn als Gegenleistung an ihren anderen Geschäften teilhaben lassen, Alkoholschmuggel und Menschenhandel.«

»Ich frage mich, ob Millicent etwas davon wußte.«

Singer zuckte die Achseln. »Wenn ja, können wir es nicht beweisen.«

»Es wäre sowieso von untergeordneter Bedeutung. Jetzt verdient Linus also auf eigene Rechnung Geld, während es mit seiner Firma bergab geht. In der Zwischenzeit heiratet Diana zwei Männer und schafft sie sich wieder vom Halse.«

»Sie glauben, sie hat sie umgebracht?«

»Sie macht keine halben Sachen. Sie werden es nie beweisen können, aber wenn sie nicht auf den elektrischen Stuhl kommt, schreibt sie mit Sicherheit ihre Memoiren und packt richtig aus. Und in dem Film spielt dann Carole Lombard die Hauptrolle. Nun kommt Coleridge daher und seine Abmachung mit Linus, einen Großteil von seinem Geld beiseite zu schaffen. Und jetzt packt Diana erst richtig die Habgier. Coleridge verrät Diana, wahrscheinlich im Rausch, sein Finanzkomplott mit ihrem Vater, und dann nimmt das Unheil seinen Lauf und ergreift schließlich von Dianas fieberhaft arbeitendem Hirn Besitz. Sie läßt Mummy und Daddy kommen, was zumindest bei Millicent hätte Verdacht erregen sollen. Doch Linus brannte ja aus naheliegenden Gründen darauf, nach Rhodesien zu fahren. Und da hat Diana ihn vermutlich auf Kaliumchlorid-Diät gesetzt, in kleinen Dosen natürlich. Coleridge stirbt also, Diana ist Alleinerbin, und Linus kann schäumen und toben, wie er will, Diana rückt ihm sein eigenes Geld nicht heraus. Sie kann ihm jederzeit das Abkommen unter die Nase halten, das er dummerweise mit Coleridge geschlossen hat. Dabei ist zu bedenken, daß es mit den unheiligen Kompagnons währenddessen bergab geht. Die Prohibition, der Zusammenbruch von Headman Pharmaceuticals, und wahrscheinlich auch Schwierigkeiten mit der Zwangsrekrutierung junger Damen für den Fernen Osten.«

Singer unterbrach ihn. »Wenn ein gewöhnlicher Sterblicher auch mal was sagen darf . . .«

Noël sagte spitzbübisch: »Mit unserer gütigen Erlaubnis.«

»Ich nehme an, Diana hat in Rhodesien von der Beziehung ihres Vaters zu den drei Schweinehunden erfahren.«

»Das mag durchaus sein. Zu bedenken ist weiter, daß Linus mit der armen, unglücklichen Edna Dore ein Verhältnis hatte. Edna muß ziemlich viel von ihm erfahren haben, und deshalb hat Diana ihr nach dem Leben getrachtet. Wieder im Lande und wiederum verwitwet, entschließt Diana sich zu einer Karriere im Showgeschäft. Von dem Geschäft hat sie keine Ahnung, nimmt aber nach reiflicher Überlegung Kontakt zu drei alten Kumpels von Daddy auf, die davon Ahnung haben. Seither ist sie die vierte Teilhaberin am Cascades und sichert sich damit einen Posten auf dem Programm. Höchstwahrscheinlich waren viele dieser belastenden Informationen in dem Umschlag, den Hattie Beavers von Edna bekommen hat, und deshalb hat Diana so hektisch danach gesucht. Sie wußte, daß sie sich Nicholas vom Halse schaffen mußte, und da sie eine Gelegenheit stets beim Schopfe packte, hat sie ihn irgendwie dazu gebracht, mit ihr zusammen Ednas Wohnung zu durchwühlen; als der Umschlag nicht zu finden war, hat sie Nicholas mit einem wohlgezielten Stoß des Tranchiermessers ins Jenseits befördert. Dann kam sie zu dem Schluß, daß der Umschlag bei Hattie sein mußte, machte sich auf nach Harlem und konnte frohlocken. Hätte Diana ihr Köpfchen und ihren Elan einem nützlichen Zweck zugewandt, dann hätte sie die ganze Welt beherrschen können.«

Noël zündete sich eine neue Zigarette an. »Tja, und wie zum Teufel wollen wir das alles beweisen?«

»Wenn wir mit der Autopsie bei Coleridge einen Coup landen, dann ist die Sache gelaufen. Wenn allerdings Electra Howard erfährt, daß unsere Miss Headman zu der Bande gehört, die ihre Schwester ermordet hat, verfügt sie vielleicht über ihre ganz speziellen Voodoomittel, um die Lady zu einem Geständnis zu zwingen.«

»Ob es wohl eine gute Idee wäre, Diana ein enthauptetes Huhn in die Garderobe zu legen?«

»Noël, Sie sind wirklich gemein.«

»Wo stecken übrigens Abel Graham und Abraham Wang?«

»Beim Frackverleih. Ist ja ein großes Ereignis heute abend.«

»Aber sicher. Jedes Ereignis mit Noël Coward ist ein großes Ereignis. Das wird ein regelrechter Prominentenauftrieb, Jacob. Die Creme der Gesellschaft, die Creme des Films, die Creme des Theaters, die allerdings einen gewissen Stich haben wird, wenn man bedenkt, wie sich die Saison am Broadway anläßt. Und wen führen Sie heute abend am Arm?«

»Mrs. Parker. Sie ist gestern abend von der Westküste gekommen und hat mich heute morgen angerufen. Ihren Mann hat sie dagelassen.«

»Sie läßt ihn immer mal hier und mal da. Der arme Alan Campbell. Wie jemand Dorothy Parker heiraten kann, weiß ich nicht. Wie ein Homosexueller überhaupt eine Frau, geschweige denn Mrs. Parker, heiraten kann, ist schlechterdings unbegreiflich. Aber schließlich haben auch Alfred und Lynn, meine geliebten Lunts, einander geheiratet ...« – er schnippte die Asche auf den Boden – »... und sich bald darauf unsterblich in die eigene Person verliebt. Ich muß gehen, meine Garderobe ist bestimmt schon zum Bersten voll von Blumen und Glückwunschtelegrammen aus nah und fern und allen möglichen Präsenten, und ich muß mich im Flur ankleiden. Berühmtsein ist so anstrengend.«

»Jetzt, wo Sie es sagen, Noël, ich hab auch ein Präsent für Sie.«

»Wie reizend.« Er stand schon in der offenen Tür. »Es wäre mir lieber, Sie würden mir eine Zukunft schenken.« Und damit rauschte er hinaus.

Singer drückte auf einen Knopf der Sprechanlage. »Wenn der Bericht aus Rhodesien kommt, will ich ihn in dreißig Sekunden hier auf dem Tisch haben, wenn's geht noch schneller.«

Obwohl er noch schwach auf den Beinen war, kam Bizet mit seinen Kompagnons zur Eröffnung von The Cascades. Auch Beethoven war noch nicht ganz wiederhergestellt und hielt sich an einem Glas Milch fest. Bizet spuckte Gift und Galle, als er von Vivaldi erfuhr, daß seine Tagebücher den Flammen des Heizkessels im Klub übergeben worden waren. »Dazu hattest du kein Recht, Ike, dazu hattest du kein Recht. Da war mein ganzes Leben drin in den Tagebüchern.«

»Du mit deinem Leben. Was glaubst du wohl, was mit dir und Fat Harry passiert wäre, wenn du abgekratzt wärst und deine Frau hätte die Bücher in die Finger gekriegt?«

»Ach, Clara würde nie Ärger machen.«

Vivaldi fragte: »Wie lange bist du jetzt mit Clara verheiratet?«

»Viel zu lange«, gab er mit finsterem Blick zurück. »Was glaubst du, wer hat uns die vergifteten Pralinen geschickt? Haben die Bullen noch keine Spur?«

»Mensch, du weißt doch so gut wie ich, wer die Pralinen da hingelegt hat, und nach der Vorstellung werden wir uns das Weibsbild mal vorknöpfen.«

»Warum nicht schon vorher?« wandte Fat Harry ein. »Sie ist so ein verdammtes Schwein.«

»Da sitzen jede Menge hochgestellte Freunde von ihr im Saal. Und alle Zeitungen und Nachrichtendienste sind auch da. Hört mal zu, ihr zwei, ich mußte heute früh die Feuerwehr bestechen. Zwei Beamte waren da und wollten den Laden dichtmachen, weil wir hier keine Fluchtwege haben, bis ich an den Safe gegangen bin. Mein Gott, Bestechlichkeit hat doch eine Menge für sich.«

Bizet hörte sich ganz elend an. »Warum sollte Diana uns umbringen wollen? Haben wir sie nicht immer ehrlich und anständig behandelt, genau wie ihren Vater?«

»Ich könnte mir da einige Gründe denken. Sie will aussteigen, und wir haben zu viel gegen sie in der Hand. Oder sie kann den Hals nicht vollkriegen und will den Laden ganz für sich allein.«

»Sie weiß doch gar nicht, was sie damit anfangen soll«, fauchte Fat Harry.

Vivaldi meinte sinnend: »Oder sie ist schlicht und einfach übergeschnappt. Ich hab ihr einen schönen Blumenstrauß geschickt.«

»Ach nee«, knurrte Fat Harry. »Was für welche denn?«

»Lilien.«

Hinter der Bühne ging es zu wie in einem Taubenschlag, und im Saal war der Trubel noch größer. Chick Masons Orchester legte sich mächtig ins Zeug, wobei Melodien aus Broadway- und Hollywoodmusicals den Schwerpunkt des Repertoires bildeten. Die Tische füllten sich nur langsam, da die Premierenprominenz draußen auf dem Bürgersteig stehenblieb und sich photographieren ließ, Interviews gab, Autogramme verteilte, sich gegenseitig stürmisch zuwinkte und zugleich im Flüsterton gehässige Bemerkungen machte. Polizeikräfte hatten vom Club gestellte Absperrkordeln aus edlem Samt aufgebaut, um den Pöbel fernzuhalten, der mit viel Getöse einen Blick auf die Prominenz zu erhaschen versuchte und jedesmal aufkreischte, wenn einer Limousine ein ganz besonders berühmter Mensch entstieg. Es gab Gekreisch, als Joan Crawford mit Franchot Tone eintraf, der bald ihr Exgatte sein sollte, und Jubel, als Constance Bennett aus ihrer Limousine glitt und hinterdrein Gilbert Roland, der bald ihr Exgatte sein sollte. Jeffrey und Millicent kamen gerade rechtzeitig mit dem Taxi an, um zu hören, wie die in Mexiko geborene Schauspielerin Lupe Valez ihren hübschen Begleiter fragte: »Wollen Sie nicht nach Mexiko kommen und sich auf meiner Finca vergnügen?«

Worauf er antwortete: »Wäre es nicht billiger, wenn ich mich gleich hier darauf vergnüge?«

Jacob Singer half Dorothy Parker aus dem Taxi und entlohnte den Fahrer. »Ich finde immer noch, Sie hätten heute abend mal ein bißchen leichtsinnig und verwegen sein dürfen, Jacob, und mich im Streifenwagen mit heulender Sirene und blitzendem Blaulicht herbringen können.«

»Dem Steuerzahler hätte das sicher nicht gefallen.«

»Den hätten Sie meinetwegen nicht mit einladen müssen. Schauen Sie mal, da ist Odgen Shoemaker, der Archäologe.«

»Wer ist die Dame da bei ihm?«

»Seine Frau. Auch so ein Ausgrabungsstück.«

Nancy Adman kniete in Diana Headmans Garderobe und nahm letzte Änderungen an deren purpurrotem Abendkleid mit Affenpelzbesatz vor. »Wenn Sie so herumzappeln, wird das nie etwas. Sie sollten etwas für Ihre Nerven tun.«

»Ich brauche einen Drink«, gab Diana zurück. Es klopfte an der Tür. »Herein!«

Mit einem strahlenden Lächeln im Gesicht trat Noël ein, die unvermeidliche Zigarettenspitze samt Zigarette in der Linken, und in der Rechten eine offene Schachtel Konfekt. »Ich wollte Ihnen Glück wünschen, meine Liebe. Meine Güte, wie bezaubernd Sie aussehen! Was ist denn das für ein Pelz? Luchs?«

Nancy Adman warf ihm einen raschen Blick zu. »Das ist Affenpelz.«

»Ach je.« Er bot Diana das Konfekt an. »Nehmen Sie doch eine Praline. Das wird Ihre Nerven beruhigen. Es ist eine prachtvolle Mischung, und alle sind mit Likör gefüllt.«

»Ich esse keine Pralinen.« Noël fragte sich, ob ihr Gesicht unter der dicken Schminke blaß war.

»Da haben Sie es gut. Fat Harry und das Wiesel hätten lieber auch keine Pralinen gegessen.«

Nancy Adman stand auf und fragte: »Warum denn, um alles in der Welt?«

»Weil sie das ins Krankenhaus gebracht hat. Vergiftete Pralinen, die auf Fat Harrys Schreibtisch standen.«

Nancy Adman war entsetzt. »Vergiftete Pralinen?«

»Jawohl«, bestätigte Noël. »Möchten Sie eine von diesen hier?«

Nancy wies sie von sich. Noël sagte: »Ich hab mal in den Saal rausgeguckt. Es wird langsam voll. Manch einer wird geblendet sein vom Glanze der Juwelen, seien sie echt oder Talmi. Ich hoffe nur, daß Jacob Singer pünktlich ist. Er kommt in Begleitung von Dorothy Parker, aber vielleicht wird er aufgehalten, weil er noch auf ein wichtiges Dokument aus Übersee wartet.« Er fing Dianas Blick auf, als sie sich an den Schminktisch setzte und sein Gesicht im Spiegel sah. »Er wartet auf etwas aus ... mein Gott ... aus *Ihrem* Rhodesien.« Die halb erhobene Haarbürste entglitt ihrer Hand und fiel auf den Tisch zurück. »Noch einmal, viel Glück, mein Schatz, möge dies der denkwürdigste Abend Ihres Lebens werden.«

Gleich hinter Dianas Garderobe tunkten die sechs Tänzer von Electras und Dans Truppe Fackeln in brennbare Flüssigkeiten. Die Fackeln sollten bei der Nummer, die sie zu »Stormy Weather« tanzten, in Brand gesetzt und hochgehalten werden. Als Noël aus Dianas Garderobe kam, wünschte er ihnen Glück. Im Vorbeigehen hörte er in Electras und Dans Garderobe ein Huhn gackern. Er steckte den Kopf ins Zimmer. »Alles Gute, meine Lieben. Es hat wohl nicht viel Sinn, wenn ich dem Huhn das gleiche wünsche.«

»Sie sind so beschwingt«, bemerkte Electra. »Sie haben

wohl Nerven wie Drahtseile?« Sie streckte die Hand aus. »Schauen Sie mal, wie die zittert.«

»Haben Sie dagegen keinen Zauberspruch parat?« Und damit war er verschwunden.

Draußen im Saal machte Tommy Manville, ein schwerreicher Playboy, der mit seinen zahlreichen Ehen und Scheidungen Berühmtheit erlangt hatte, einer rothaarigen jungen Dame den Hof, die von einer äußerst agilen Freundin erzählte. »Sie steigt mit jedem ins Bett. Da geht es auf und nieder wie in einem Fahrstuhl. Meine Mutter hält sie für eine Gymnastomanin.«

Jacob Singer und Dorothy Parker hatten einen erstklassigen Platz. Am Nebentisch saßen Noëls zwei spezielle Freundinnen, die Komikerin Beatrice Lillie und die mondäne Sängerin und Schauspielerin Gertrude Lawrence. Mrs. Parker machte Singer mit den beiden glanzvollen britischen Stars bekannt, die es in den Vereinigten Staaten zu ebenso großer Berühmtheit gebracht hatten, und Miss Lillie, die von Singers männlich-herben Zügen auf der Stelle hingerissen war, tat kund: »Ich erzähle gerade von diesem komischen deutschen Schauspieler, den ich mal kennengelernt habe und der behauptete, er wäre die Synchronstimme von Harpo Marx. Mein Gott, so eine Knalltüte! Gertie, wie geht's denn deiner Nichte, die diesen drögen Rechtsanwalt geheiratet hat?«

»Seine Eltern behandeln sie wie ihr eigen Fleisch und Blut – miserabel.«

Jacob sagte etwas zu Mrs. Parker. Sie nickte und winkte ihn fort, während er auf der Suche nach Noël Coward hinter die Bühne ging. Beatrice Lillie forderte Mrs. Parker auf, sich doch an ihren Tisch zu setzen, was diese nur allzugern tat.

Bea Lillie beugte sich vertraulich vor. »Nun, Dorothy ... ich darf doch Dorothy sagen, nicht wahr? Ich meine, wenn ich Sie Mrs. Parker nennen soll, dann müssen Sie Lady Peel zu mir sagen. Doch da ich mich schon längst von Lord Peel getrennt habe, sagen Sie lieber Bea zu mir – ach, lassen wir das. Wo steckt denn Ihr Mann heute abend?«

Darauf Mrs. Parker: »Das weiß nur Gott allein, und ich hoffe, er behält es für sich.«

Der Ober führte Abraham Wang und Abel Graham an ihren Tisch. Sie hatten zur Eröffnungsveranstaltung auf weibliche Begleitung verzichtet, da sie sich als unnötige Belastung erweisen würde, falls es zu einer letaleren Form von Feuerwerk als am Nationalfeiertag kommen sollte. Wang geizte nicht mit Lob für die Innenausstattung des Klubs mit seinen sturzbachartigen Wasserkaskaden, die geschickt so angelegt waren, daß sie den Saal zu überfluten schienen, in Wirklichkeit aber in Röhren geleitet wurden, die zu einem Abfluß unter dem Keller führten. Abel pflichtete ihm bei: »Hier wurden keine Kosten gescheut. Schauen Sie, da sitzt Walter Winchell mit dem Orchesterleiter Ben Bernie. Sie sollen in Dauerfehde liegen. Wahrscheinlich alles ein Reklamegag. Und da! Jean Harlow mit William Powell. Einfach umwerfend!«

Wang stimmte ihm zu. »Sie würde auch bei uns in Shanghai in jedem Freudenhaus umwerfend wirken. Blondinen stehen dort hoch im Kurs. Schwedinnen und Deutsche erzielen Höchstpreise. Da ist Mrs. Parker, aber Jacob sehe ich nicht.«

»Der ist wahrscheinlich hinter der Bühne und überreicht Noël sein Präsent.«

Noël sagte eben zu Jacob: »Wenn mir die Tränen lockerer säßen, stünde die Garderobe jetzt unter Wasser! Wart nur, bis Jeff das sieht.« Die Tür zur Garderobe war offen, und Dan Parrish erschien. Noël hielt Jacobs Präsent in der Hand, ein Polizeiabzeichen ehrenhalber.

»Ich kann nicht behaupten, daß das ein erfreulicher Anblick ist«, meinte Dan, der als junger Spund so manches Scharmützel mit der Polizei gehabt hatte.

»Ich finde, es ist der schönste Anblick der Welt«, sagte Noël. »Ich werde es stets in Ehren halten.«

Dan fragte Singer: »Kann so ein Abzeichen eigentlich jeder bekommen?«

Noël sagte eingeschnappt: »Noël Coward ist nicht *jeder.*«

Singer erläuterte: »Es ist die Belohnung für seine unschätzbaren Dienst bei der Aufklärung der Morde.«

»Sind sie aufgeklärt?« Von ihnen unbemerkt, stand Diana vor der Tür.

»Wir meinen ja.« Singer zog ein Blatt Papier aus der Innentasche seines Jacketts und reichte es Noël. »Das ist vor etwa einer Stunde gekommen.«

»Ah!« rief Noël begeistert aus. »Rhodesien hat sich endlich gemeldet.«

Diana hatte die Hände zusammengeschlagen und sich an die Wand gelehnt, offenbar gebannt von den schwarzen Tänzern zu ihrer Linken, die eben die Fackeln für ihren Auftritt entzündeten. »Es war also tatsächlich Kaliumchlorid. Ach mein lieber, guter Jacob, heißt das, daß die Vorstellung abgesagt wird? Daß mein Auftritt ins Wasser fällt?«

»Keineswegs. Meine Jungs haben das Haus umstellt, und sie treten in Aktion, sobald der Vorhang fällt. Die Show wird bestimmt ein großes Ereignis.«

Dan sagte: »Wir tun, was wir können«, und eilte hinweg.

Singer sagte: »Er erzählt jetzt alles Electra.«

»Eine Weile habe ich geglaubt, es wäre Electra, vor allem wegen der Geschichte mit dem Blasrohr. Aber wissen

Sie noch, wie ich nach dem Mord an Edna das Mundstück auf Lippenstiftspuren untersuchen wollte und keine fand? Tja, Jacob, als Diana gleich nach dem Mord plötzlich wieder auf der Bühne war, hat sie sich dick die Lippen angemalt. Die schlaue Lady hatte sich den Lippenstift abgewischt, bevor sie das Blasrohr benutzte.«

Diana hatte ihren Posten vor Noëls Garderobe verlassen, als sie hörte, wie Singer sagte, der Klub sei von seinen Männern umstellt. Sie ging die Kompagnons suchen und fand Fat Harry, der aus Angies und Trixies Garderobe kam. Diana packte ihn am Handgelenk. »Ich brauche Hilfe. Ich sitze in der Patsche, und wenn ich in der Patsche sitze, sitzt ihr drei auch in der Patsche!«

Fat Harry fauchte sie an: »Hast du wieder eine Schachtel Pralinen für uns?«

Diana zuckte zurück, und ihr Gesicht verriet Angst. Sie drehte sich um und rannte davon.

Die Vorstellung begann. Das Orchester spielte die Ouvertüre, ein Medley beliebter Melodien von Noël Coward, das mit dünnem Applaus belohnt wurde, da die meisten sich noch nach Berühmtheiten den Hals verrenkten. Tallulah Bankhead bearbeitete wie wild ihr Haar mit einem überdimensionalen Kamm, während ihr Begleiter, ein feuchtäugiger Import aus London, sie mit Blicken verschlang. Sie knurrte ihn an: »Montmorency, sollte ich je von einer beklagenswerten Geschmacksverirrung heimgesucht werden, dann ziehe ich Sie als Liebhaber in Betracht. Vorerst schnappen Sie sich einen Kellner, und lassen Sie keine Gnade walten. Ich brauch noch einen Drink. Dahling, schreibt Noël nicht ganz reizende Schlager? Man kann sie beinah singen.«

Über den Lautsprecher hörten sie, wie Chick Mason zu einem Trommelwirbel die Begrüßungsworte sprach, die Noël für ihn geschrieben hatte. »Meine Damen und Herren, herzlich willkommen im Klub The Cascades, und ein herzliches Willkommen für einen der größten Künstler der Welt. Der einzigartige, der unvergleichliche – ich brauche ihn nicht erst vorzustellen ... der Meister persönlich ... Mr. No-ell Coward.« Tadellos geschniegelt und gebügelt trat Noël mit weit ausgebreiteten Armen aus den Kulissen, das Publikum war aufgesprungen und applaudierte wie wild. Es wurde gekreischt und gepfiffen, während das Orchester im Hintergrund improvisierte. Noël trug voller Stolz sein Polizeiabzeichen ehrenhalber zur Schau, weshalb Mrs. Parker ihn einer Affäre mit Jacob Singer verdächtigte. Noël winkte, verteilte Kußhändchen und hauchte »Hallo, Bea« und »Hallo, Gertie« und »meine liebste Tallulah«, dann kamen ihm vor Freude fast die Tränen, als er Eleanor Roosevelt erblickte, die ganz vorne mit den Fiorello LaGuardias und J. Edgar Hoover zusammen an einem Tisch saß. Er bat mit erhobenen Armen um Ruhe und begann mit seiner dünnen, zarten und doch kehligen Stimme zu singen:

Big parades,
All lead to Club Cascades ...

Auf dem stufenartigen Podium hinter ihm tauchten Trixie, Angie und die anderen Revuemädchen mit einem geschmacklosen Kopfputz auf, der Wasserfälle, Katarakte und Kaskaden darstellte.

Charades ...
Are divine at the Club Cascades ...

Hinter der Bühne stellte Electra Howard mit der Machete für ihren Auftritt in der Hand Diana Headman nach, die sich ihr geschickt zu entziehen wußte ...

Even butlers and maids . . .
Delight to splurge at the Club Cascades . . .

Da kamen die Ballettmädchen beinewerfend auf die Bühne getanzt, sie steckten in knappen Dienstmädchenuniformen und schwenkten Staubwedel in der Luft . . .

Straight and gay blades . . .
Come directly to the Club Cascades . . .

Hinter der Bühne schwang Diana mit wildem Blick eine brennende Fackel und setzte die Garderoben in Brand. Hattie Beavers rannte kreischend auf die Gasse hinaus und einem Polizisten in die Arme. »Feuer! Feuer! Der Klub brennt!«

Bald strömte der Rauch in den Klub hinein. Noël zog schwungvoll ein Taschentuch aus der Brusttasche und wedelte damit in der Luft herum, wild entschlossen, sein Lied zu Ende zu bringen.

Cas . . . (hust) . . . *cades, Cas* . . . (hust) . . . *cades* . . .
Where all the world . . . (hust) . . . *masque* . . . (hust)
. . . *rades.*

Er stand allein auf der Bühne. Die Musiker hatten Reißaus genommen. Tische und Stühle wurden umgekippt, als Berühmtheiten wie gemeines Volk sich zu den viel zu wenigen Ausgängen vorkämpften. Jeff führte Millicent hinter die Bühne und sah plötzlich Noël in die Kulissen stürzen. Mrs. Roosevelt gab sich redlich Mühe, Würde auszustrahlen, während J. Edgar Hoover sie huckepack trug und nach einem Ausgang suchte, wobei die Sicht aufgrund des dichten Rauchs fast Null war.

Montmorency flehte Tallulah Bankhead an, den Tisch zu verlassen. »Erst trink ich noch den Martini hier aus,

Dahling. Er schmeckt verdammt gut, besonders für einen Nachtklub. Und außerdem, schauen Sie sich das Gewühl an den Ausgängen an. Ich sterb lieber beschwipst als durch Ersticken.«

Hinter der Bühne trieben ein halbes Dutzend Polizisten Vivaldi, Beethoven und Bizet zum Bühnenausgang hinaus und in eine grüne Minna hinein, von denen aus gegebenem Anlaß mehrere dort parkten. Trixie und Angie kletterten aus dem Garderobenfenster in der Hoffnung auf vergleichsweise Sicherheit in der Hintergasse.

Hinter der Bühne wurde Noël von Jeff und Millicent aufgespürt, die sich Taschentücher vors Gesicht hielten. Millicent schrie: »Wo ist Diana? Wo ist Diana?«

»Die fällt leider gleich einem Voodoozauber zum Opfer.« Singer und Mrs. Parker kamen auf die Bühne gestolpert, wobei Mrs. Parker Obszönitäten über ein zerrissenes Kleid von sich gab, das noch nicht bezahlt war. Oben vom Schnürboden hörten sie Dan Parrish rufen: »Nicht, Electra, nicht! Laß das die Bullen erledigen!«

Fürchterlich drohend die Machete schwingend, hetzte Electra auf einem Laufsteg hinter Diana her. Diana erreichte eine eiserne Sprossenleiter und begann hinabzusteigen. Doch Electra war schneller. Millicent schrie auf und fiel Jeff in die, wenn auch widerstrebend, offenen Arme. Jacob Singer legte die Arme um Mrs. Parker, die blutrünstig fasziniert zusah, wie Diana Headmans Kopf neben ihnen landete und noch ein Weilchen herumkreiselte wie ein Topfdeckel. »Falls es dich irgendwie tröstet, Dottie«, sagte Noël und zündete sich lässig eine Zigarette an, »in ihrer Nummer schlagen sie sonst einem Huhn den Kopf ab. Oje, Jeff kann Millicent Headman nur mühsam im Gleichgewicht halten . . .« Auf den Kopf deutend, bemerkte er beiseite zu Dorothy, ». . . ihre Mutter«.

Auf dem Laufsteg händigte Electra ihrem Bruder die blutverschmierte Machete aus und stieg dann hocherhobenen Hauptes die Leiter hinab. Auch wenn sie ihre Schwester Maxine nicht gemocht hatte, wußte sie doch, daß ihre Mutter stolz wäre auf ihre Tat. Natürlich war Maxine immer die süße Kleine gewesen, der Liebling ihrer Mutter.

Sie fanden den Weg auf die Gasse hinaus, wo sie Wang und Abel entdeckten, die den Verletzten Hilfe leisteten. Die Feuerwehr kam mit großem Getöse, die Feuerwehrmänner machten sich voller Eifer und Leidenschaft mit ihren mächtigen Schläuchen und Äxten ans Werk und hatten in kürzester Zeit demoliert, was die furchtbaren Flammen noch nicht zerstört hatten. Kurz darauf stand Noël in der Hell's Bells Bar, dem in Schutt und Asche gelegten Nachtklub gegenüber, am Fenster, hielt in der einen Hand einen Martini und in der anderen eine Zigarette und sagte: »So ein Jammer. So ein verfluchter Jammer.« Er wandte sich um und sah Singer und Mrs. Parker mit Nancy Adman, Millicent Headman, Jeff, Wang und Abel zusammensitzen. »So werde ich mein Honorar wohl nie kassieren.«

Millicents Schultern bebten, sie schlug die Hände vors Gesicht und brach in hemmungsloses Schluchzen aus. Nancy Adman nahm Millicent in die Arme und tätschelte sie sanft. »Ist ja gut, ist ja gut, meine Liebe. Sie wäre sowieso auf den elektrischen Stuhl gekommen.« Mrs. Parker schaute mißbilligend drein. Noël und Jeff tauschten belustigte Blicke. Singer kippte seinen Whisky hinunter und hatte es eilig, mit Wang und Abel wieder aufs Revier zu kommen, während Wang es ebenso eilig hatte, die drei Kompagnons zu der Operation Shanghai ins Verhör zu nehmen. Nancy Adman sagte: »Ich weiß, wie das ist, wenn man eine Tochter verliert. Vor vielen Jahren in Chicago ... da war ich ein ... da kannte ich ein törichtes junges Mädchen, das seine Tochter zur Adoption freigegeben hat ... und es bis zum heutigen Tag bereut.«

Noël warf einen hilfeflehenden Blick gen Himmel und sprach: »Meine Lieben, wir sollten uns jetzt auf den Weg machen. Es gibt noch so viel zu tun.« Jeff war anscheinend eingeschlafen. »Jeff! Jeff! Wach auf, mein Lieber. Wir gehen. Ich glaube, hier sind wir hereingekommen.«

George Baxt, geboren am 11.6.1923 in Brooklyn, schreibt für Bühne, Film und Fernsehen; lebt in New York; im Haffmans Verlag erscheinen seine Prominenten-Krimis. Bisher: *Mordfall für Dorothy Parker*, *Mordfall für Alfred Hitchcock*, *Mordfall für Tallulah Bankhead*, *Mordfall für Greta Garbo*.